Iain Pears
Der Raffael-Coup

Serie Piper
Band 5586

Zu diesem Buch

In »Der Raffael-Coup« stellt Iain Pears ein neues, ungleiches Detektivpaar vor: Generale Taddeo Bottando und seine Assistentin Flavia Di Stefano vom Italienischen Kunstraubdezernat in Rom.

Als der junge Kunsthistoriker Jonathan Argyll in einer heruntergekommenen römischen Pfarrkirche aufgegriffen wird, tischt er den Behörden eine abenteuerliche Geschichte auf: Das Altarbild aus dem 18. Jahrhundert, scheinbar wertlos, sei in Wirklichkeit ein übermalter Raffael – und jetzt ist es verschwunden.

»Vielschichtig wie die Farben eines Fälschers. Italophile und Museumsfans werden es lieben. Ein geglückter Wurf!«

The Guardian

Iain Pears, geboren 1955, kennt die Kunstszene durch sein kunsthistorisches Studium und die menschliche Durchtriebenheit durch seine journalistische Arbeit für die Presseagentur Reuter und verschiedene Kunst-Zeitschriften. Neben einigen Fachbüchern schrieb er bisher drei Krimis um Generale Bottando und Flavia Di Stefano. Nach jahrelangem Aufenthalt in Rom, Paris und den USA lebt Iain Pears heute in Oxford.

1

Wie jeden Morgen stieg Generale Taddeo Bottando den mit gestohlenen Kunstwerken geschmückten Treppenaufgang hoch, kurz bevor die Glocke von San Ignazio sieben Uhr schlug. Auf der Piazza war er schon viel früher eingetroffen und hatte, wie es seine Gewohnheit war, zehn Minuten über zwei Tassen Espresso und einem mit frischem Schinken gefüllten Panino in der Bar gegenüber verbracht. Die Stammgäste der Bar hatten ihn begrüßt, wie es dem täglichen Frühstückskunden zukam: ein freundliches »buon giorno«, ein Zunicken, aber keine weiteren Gesprächsversuche. Das Wachwerden ist in Rom wie in jeder anderen Stadt eine private Angelegenheit, die man am besten allein und ungestört erledigt.

Nach diesem angenehmen Morgenritual überquerte er den gepflasterten Platz und stieg die Treppe hoch, wobei er schon vor dem ersten Absatz zu ächzen und zu schnaufen anfing. Eigentlich lag es gar nicht daran, daß er zu fett war, versicherte er sich bei solchen Gelegenheiten immer. Stattlich vielleicht. Er selber bezeichnete seine Körperfülle lieber als distinguiert. Er müßte nur die Zigaretten, den Kaffee und das Essen aufgeben und statt dessen Sport treiben. Aber welchen Genuß hätte ihm das Leben dann noch zu bieten? Außerdem ging er schon auf die sechzig zu, und in diesem Alter fing man nicht mehr mit Körperertüchtigung an. Die Anstrengung würde ihn wahrscheinlich umbringen.

Er blieb einen Augenblick stehen, teils, um sich ein neues Bild an der Wand anzusehen, vor allem aber, um wieder zu Atem zu kommen. Eine kleine Zeichnung von Gentileschi, wie es aussah. Sehr hübsch. Schade, daß sie an ihre rechtmäßigen Besitzer zurückging, sobald der Papierkram erledigt, der Schuldige festgestellt und der Fall dem Staatsanwalt übergeben war. Trotzdem war das einer der Vorzüge, die der Posten des Chefs des Staatlichen Italienischen Kunstraubdezernats mit sich brachte. Wenn man, was selten genug vorkam, wirklich etwas wiederbeschaffen konnte, war es fast immer der Mühe wert.

»Hübsch, nicht?« fragte eine Stimme hinter ihm, während er noch das Kunstwerk betrachtete. Er unterdrückte seine Atemnot und drehte sich um. Flavia di Stefano war eine dieser wunderbaren Frauen, wie sie nach Bottandos Ansicht nur Italien hervorbringen konnte. Entweder wurden sie Ehefrauen und Mütter oder sie arbeiteten. Und wenn sie arbeiteten, mußten sie sich so anstrengen, um die Schuldgefühle wegen ihrer Flucht von Heim und Herd zu kompensieren, daß sie doppelt so gut waren wie alle anderen. Aus diesem Grund waren acht seiner zehn Mitarbeiter Frauen. Er wußte, daß das seinem Dezernat bei den anderen Abteilungen der Polizei einen unglücklichen Spitznamen eingebracht hatte. Aber wenigstens konnte Bottandos Bordell, wie offensichtlich eifersüchtige Kollegen sein Büro nannten, Erfolge aufweisen. Ganz im Gegensatz zu einigen anderen, die er nennen könnte.

Bottando begrüßte das Mädchen mit einem wohlwollenden Lächeln, oder genauer: die Frau. Es wurde ihm plötzlich bewußt, daß er inzwischen in einem Alter war, in dem jede Frau unter dreißig als Mädchen zählte. Er mochte sie sehr, obwohl sie offensichtlich vollkommen unfähig war, ihm den Respekt entgegenzubringen, der seinem Rang, seinem Alter und seiner Weisheit zustand. Während einige Freunde zartfühlend von einer gewissen Rundlichkeit seines Körpers sprachen, nannte Flavia ihn liebevoll und völlig ungeniert altes Faß. Doch abgesehen davon war sie eine fast perfekte jüngere Kollegin.

Flavia, die sich zum Beweis, daß sie weder in die Kategorie Polizistin noch in die der ernsthaften Geschäftsfrau gehörte, standhaft weigerte, etwas anderes als Jeans und Pullover zu tragen, erwiderte sein Lächeln. Es war aufrichtig gemeint. In den vergangenen Jahren hatte der General ihr eine Menge beigebracht, vor allem, indem er sie Fehler machen ließ und danach für sie geradestand. Denn er war kein Vorgesetzter, der sein Personal als eine Herde williger Lämmer betrachtete, die man problemlos opfern konnte, wenn etwas schiefging. Im Gegenteil: Er war stolz darauf, daß er seinen Untergebenen zeigen konnte, wie man etwas richtig machte, und gewährte ihnen beträchtliche, wenn auch immer inoffizielle Unabhängigkeit. Flavia hatte mehr als die meisten mit Enthusiasmus darauf reagiert und war in jeder Hinsicht außer dem Titel nach eine professionelle Fahnderin geworden.

»Die Carabinieri vom Campo dei Fiori haben angerufen und wollen jemand vorbeibringen«, berichtete sie ihm. »Sie haben den Kerl gestern nacht bei einem Einbruch in eine Kirche in ihrem Revier festgenommen, und wie's aussieht, hat er ihnen eine komische Geschichte aufgetischt. Anscheinend glauben sie, daß das eher was für uns ist.«

Sie sprach mit dem harten, nasalen Akzent des Nordwestens. Bottando hatte sie direkt von der Universität in Turin weg engagiert, und sie hatte ihre Doktorarbeit abgebrochen, um nach Rom kommen zu können. Sie behauptete immer, sie würde den Abschluß irgendwann nachholen, und gab das auch als Hauptgrund an, warum sie nicht Vollzeitpolizistin wurde. Aber sie arbeitete so engagiert im Dezernat, daß es kaum glaubhaft schien. Sie hatte blonde Haare und helle Haut wie viele Norditaliener. Auch wenn sie nicht so unbestreitbar schön gewesen wäre, wäre sie in Rom wegen ihrer Haare aufgefallen.

»Haben sie gesagt, worum es geht?«

»Nein. Nur, daß es etwas mit einem Bild zu tun hat. Sie vermuten, daß er vielleicht ein bißchen verrückt ist.«

»Welche Sprachen spricht er?«

»Englisch und ein bißchen Italienisch. Ich weiß nicht, wie gut.«

»In dem Fall müssen Sie mit ihm reden. Sie kennen ja mein Englisch. Lassen Sie es mich wissen, wenn er was Interessantes zu erzählen hat.«

Flavia salutierte ironisch, indem sie zwei Finger der linken Hand an den Pony hob, der ihr in sorgfältig in Unordnung gebrachten Fransen in die Stirn hing. Dann gingen sie beide in ihre Büros, sie in das kleine, vollgestopfte, das sie mit drei anderen teilte, er in sein etwas luxuriöseres im dritten Stock, an dessen Wänden fast ausschließlich gestohlene Kunstwerke prangten.

Bottando setzte sich und widmete sich dem allmorgendlichen Ritual des Durchsehens der Post, die ihm seine Sekretärin in einem ordentlichen Stapel auf den Schreibtisch gelegt hatte. Der übliche Unsinn. Er schüttelte traurig den Kopf, seufzte tief und warf den ganzen Stapel in den Papierkorb.

Zwei Tage später fand er eine umfangreiche Akte auf seinem Schreibtisch vor. Es war das Ergebnis von Flavias Verhör des Gefangenen, den die Carabinieri vorbeigebracht hatten, und es trug alle Merkmale ihrer Gewissenhaftigkeit. Obenauf lag eine kleine Notiz: »Ich glaube, das wird Ihnen gefallen – F.« Eigentlich hätte das Verhör von einem verbeamteten Polizisten durchgeführt werden müssen, aber Flavia hatte sehr schnell ins Englische gewechselt und so die Gesprächsleitung übernommen. Beim Durchblättern merkte Bottando, daß der Mann offensichtlich sehr gut Italienisch sprach. Aber der diensthabende Polizist war ziemlich einfältig gewesen und hätte wahrscheinlich alles Interessante verpaßt.

Die Akte gab das Verhör verkürzt wieder. Schriftstücke dieser Art wurden an den Staatsanwalt geschickt, wenn die Polizei glaubte, ein Verfahren eröffnen zu können. Bottando holte sich einen Espresso aus der Maschine im Gang – er war schon seit Jahren danach süchtig und konnte inzwischen ohne einen letzten Koffeinstoß vor dem Zubettgehen nicht einmal mehr einschlafen –, legte die Füße auf den Tisch und begann zu lesen.

Auf den ersten Seiten stand wenig Interessantes. Der Gefangene war Engländer, achtundzwanzig Jahre alt und ein Student, der an seiner Dissertation arbeitete. Er machte gerade Urlaub in Rom und war verhaftet worden, weil er allem Anschein nach versucht hatte, in der Kirche Santa Barbara in der Nähe des Campo dei Fiori zu übernachten. Nichts war gestohlen worden, und der Gemeindepfarrer hatte auch keine Schäden gemeldet.

Das waren die ersten fünf Seiten, und Bottando fragte sich schon, warum man sein Dezernat da hineingezogen hatte und warum die Carabinieri sich überhaupt die Mühe gemacht hatten, ihn zu verhaften. Wildes Übernachten war schließlich kein Kapitalverbrechen. Den ganzen Sommer über fand man fast auf jeder Bank und jedem freien Fleck in der Stadt schlafende Fremde. Manchmal hatten sie kein Geld oder waren zu betrunken oder zu high, um in ihre Pension zurückzufinden, aber ebenso häufig gab es weit und breit einfach kein freies Hotelbett mehr, und sie hatten keine andere Wahl.

Doch als er zur nächsten Seite umblätterte, wuchs sein Interesse. Der Gefangene, ein gewisser Jonathan Argyll, gab an, er sei nicht in die Kirche gegangen, um dort zu übernachten, sondern um einen Raffael über dem Altar zu untersuchen. Außerdem hatte er darauf bestanden, eine ausführliche Aussage zu machen, da ein gigantischer Betrug stattgefunden habe.

Bottando hielt inne. Raffael? Der Mann war offensichtlich nicht ganz klar im Kopf. Er kannte zwar diese Kirche nicht besonders gut, war aber überzeugt, daß er über jeden Raffael im Land Bescheid wußte. Wenn einer in einer so winzigen, unbedeutenden Kirche wie Santa Barbara hing, würde er das wissen. Er schaltete den Computer ein. Sobald die Maschine nach einem summenden und knackenden Anlauf Betriebsbereitschaft signalisierte, holte er sich die Datei auf den Bildschirm, in der die Standorte aller für Räuber interessanten Objekte gespeichert waren. Er tippte »Rom« ein, und als der Computer genauere Angaben verlangte, »chiesi«. Schließlich gab er den Namen der Kirche ein. Der Computer sagte ihm sofort, daß es in Santa Barbara nur sechs Objekte gab, die für Räuber von Interesse waren. Drei davon waren Silbergefäße, eines eine Vulgata aus dem siebzehnten Jahrhundert mit geprägtem Ledereinband, und die restlichen zwei waren Bilder. Aber keines von beiden war ein Raffael oder leicht mit einem zu verwechseln. Es handelte sich um zweitklassige Arbeiten, an die kein Dieb, der etwas auf sich hielt, auch nur einen Gedanken verschwenden würde. Der Markt für gestohlene, zweisiebzig mal einsachtzig große Kreuzigungsszenen von unbekannten römischen Malern boomte nicht gerade. Und der internationale illegale Kunsthandel dürfte auch kein großes Interesse an dem Altarbild haben – einer Landschaftsansicht mit der Rast auf der Flucht nach Ägypten von Carlo

Mantini, einem so wundervoll mittelmäßigen Maler des achtzehnten Jahrhunderts.

Bottando ging zum Schreibtisch zurück und las noch etwas weiter. Er war sich ziemlich sicher, daß Flavia den Fall nur deshalb für »interessant« hielt, weil er wieder einmal die Dummheit des Menschen bewies. Sie hatte eine große Vorliebe für diese Interpretation der menschlichen Natur, vor allem wenn es sich um Kunstsammler handelte. Schon öfters hatte das Dezernat die Suche nach einem weniger wertvollen Objekt aufgegeben, als man herausfand, daß es – als ein Michelangelo, Tizian oder Caravaggio – von einem ausländischen Sammler mit mehr Geld als Verstand gekauft worden war. Man schrieb dann dem Käufer, daß er betrogen worden sei, und informierte die Polizei vor Ort. Im großen und ganzen betrachtete man die Demütigung des Käufers als angemessene Bestrafung, und meistens war das Objekt auch zu unbedeutend, um den Aufwand von internationalen Haftbefehlen und Ausweisungsanträgen zu rechtfertigen.

Enthielt also dieses Fünfzig-Seiten-Dokument nichts anderes als die Wunschvorstellungen eines verwirrten Trottels, der sich eingebildet hatte, er könne schnell reich werden? Ein paar flüchtige Blicke auf die folgenden Zeilen überzeugten Bottando, daß mehr hinter der Sache steckte. Aus einem Frage-und-Antwort-Spiel war eine zusammenhängende Erzählung geworden. Je länger Bottando las, desto verwirrter wurde er.

»...bin Doktorand und arbeite an einer Dissertation über Mantini. Bei meinen Recherchen entdeckte ich eine Reihe von Dokumenten, die zweifelsfrei beweisen, daß Mantini in den 1720er Jahren mit Arbeiten für Kunsthändler in Rom Geld verdiente und dabei in einen Betrug von beträchtlichem Ausmaß verwickelt war. Sie dürfen nicht glauben, daß die italienischen Exportbeschränkungen für Kunstwerke eine moderne Erfindung sind. Ein Großteil der alten Staaten hatte sie sogar schon im sechzehnten Jahrhundert. Und im achtzehnten Jahrhundert wurden sie wirklich drückend. Vor allem der Kirchenstaat wurde immer ärmer, und viele Fremde kamen ins Land, die Kunst kaufen wollten. So dachte man sich Mittel und Wege aus, um diese Beschränkungen zu umgehen. Am gebräuchlichsten waren wohlüberlegte Bestechungsaktionen. Außerdem wurden Bilder zeitweise irgendeinem unbekannten Maler zugeschrieben, bis eine Ausfuhrerlaubnis erteilt wurde. Gelegentlich gingen Händler sogar so weit, daß sie die Bilder in kleine Stücke zerschnitten, sie nach London oder Paris schafften und dort wieder zusammensetzten und restaurierten.

Je bedeutender das Bild, desto schwieriger war es, es aus dem Land zu schaffen. Ich glaube, das ist auch heute noch so. Und am schwierigsten war es bei den Bildern, die – ob nun tatsächlich oder nur angeblich – von den drei Großen der Renaissance stammten: von Raffael, Michelangelo und Leonardo. Es kam häufig vor, daß Händler oder Sammler Werke von einem der drei Künstler kauften, im Vatikan eine Ausfuhrerlaubnis beantragten, diese aber nicht erhielten. In vielen Fällen sind die Bilder noch immer im Land. Als die Familie di Parma ihren wertvollsten Besitz verkaufen wollte, war daher eine illegale Transaktion unumgänglich, wenn sie an ihr Geld kommen wollte.

Die di Parmas waren eine große Familie, eine der mächtigsten in Mittelitalien. Wie viele andere damals mußten sie schlimme Zeiten durchstehen, und als der Earl of Clomorton anbot, ihnen den Raffael für eine unerhörte Summe abzukaufen, waren sie einverstanden. Um ihn aus dem Land zu schaffen, engagierten sie einen englischen Kunsthändler namens Samuel Paris, und der wiederum wandte sich an Mantini um Hilfe.

Der Plan, den sie sich schließlich ausdachten, war bewundernswert einfach. Mantini sollte den Raffael übermalen, und das Bild sollte das Land als eines seiner Werke verlassen. In England sollte es dann gereinigt werden, und der Raffael würde seinen Platz in der Sammlung des Earls einnehmen. Vermutlich trug Mantini eine Firnisschicht auf, um das darunterliegende Bild zu schützen, und verwendete nur leicht entfernbare Farben.

Ich weiß nicht in allen Einzelheiten, wie es gemacht wurde,

aber ich weiß, daß es gemacht wurde. Im Clomorton-Archiv gibt es einen Brief von Samuel Paris, in dem er versichert, er habe zugesehen, wie Mantini die Farbe auftrug und der Raffael darunter verschwand. Aber Clomorton hat das Bild nie bei sich aufgehängt.

Irgend etwas war schiefgelaufen, entweder durch Zufall oder mit Absicht. Wahrscheinlich wurde das Bild ausgetauscht. Das Geld für den Raffael wurde übergeben, aber dann wurde ein anderes Bild nach England geschickt. Offensichtlich wurde der Betrug schon kurz nach seinem Eintreffen entdeckt, und der Earl starb. Wie es aussieht, wurde die Angelegenheit in der Familie nie mehr erwähnt.

Die Sache ist nun die, daß der Raffael wirklich von Mantini übermalt wurde – Paris hat es gesehen –, daß er aber nie in England ankam, obwohl er aus der Sammlung der di Parmas verschwunden ist. Andererseits besaß die Familie im Jahr 1728 einen Mantini, den sie vier Jahre zuvor noch nicht hatte.

Das deutet nun alles darauf hin, daß der übermalte Raffael in Rom geblieben ist. Wenn das der Fall ist, dann weiß ich nicht, warum die Übermalung nie entfernt wurde. Aber die di Parmas taten es nicht, der Mantini blieb in ihrer Sammlung und wurde offensichtlich so gering eingeschätzt, daß er in den 60er Jahren des vorigen Jahrhunderts der Kirche Santa Barbara als Altarbild gestiftet wurde.

Und jetzt kommt der Clou. Über ein Jahrhundert lang hing das Bild unerkannt in der Kirche. Ich sah es zum ersten Mal vor einem Jahr während meiner Recherchen für die Dissertation. Als mir dann klar wurde, daß da vielleicht ein Raffael darunter war, kam ich zurück, um es nachzuprüfen, aber das Bild ist verschwunden. Jemand hat das verdammte Ding geklaut.«

Trotz der etwas gestelzten Sprache des offiziellen Schriftstücks war die Empörung des Gefangenen deutlich zu spüren. Man hatte ihn nicht nur um eine der aufsehenerregendsten Kunstentdeckungen des Jahrzehnts gebracht, sondern ihn außerdem noch als Landstreicher verhaftet. Wenn es tatsächlich eine so aufsehenerregende Entdeckung war. Aber wie auch immer, wenn das Bild verschwunden war, mußte man sich darum kümmern. Für Bottando war das ein guter Vorwand für einen Spaziergang, er rief deshalb Flavia an, ging die Treppe hinunter und machte sich mit ihr auf den Weg zu Santa Barbara.

Einer der Vorzüge seines Jobs, dachte Bottando, während sie gingen, war die Möglichkeit, in Rom zu leben. Obwohl nicht hier geboren, betrachtete er sich doch als Römer und hatte einen Großteil der letzten dreißig Jahre in der Stadt verbracht. Daß er mit seinem früheren Posten in Mailand unzufrieden gewesen war, rührte weniger von der Arbeit selbst her als von der Tatsache, daß er dort in einer Stadt leben mußte, die er als seelenlos und trist empfand.

Doch dann bekam er seine große Chance. Bottando wurde nach Rom zurückberufen, um die wachsende Zahl von Kunstdiebstählen in Italien zu bekämpfen. Sein Dezernat war infolge des Diebstahls von einem Dutzend berühmter Werke aus einem der besten – und theoretisch auch bestbewachten – Museen des Landes eingerichtet worden. Die Polizei wußte wie gewöhnlich nicht, wo sie anfangen sollte. Sie hatte keine Kontakte zur Kunstwelt, kannte keine für diese Arbeit geeigneten Detektive und hatte keine Ahnung, was mit den Bildern passiert sein konnte.

In einem Land, in dem die Liebe zur Kunst Teil der nationalen Identität ist, wuchs sich die Angelegenheit gleich nach Bekanntwerden zu einem Skandal aus. Die kleineren Parteien der Regierungskoalition forderten schon bald, man müsse das nationale Erbe vor räuberischen Ausländern schützen, und versuchten damit, die größere Fraktion der Christdemokraten zu treffen. Zu einem bestimmten Zeitpunkt sah es sogar so aus, als würden die Sozialisten die Koalition verlassen und als würde die Liebe zur Kunst die Regierung stürzen – und damit dem Land wieder einmal eine ungewöhnliche politische Führungskonstellation bescheren.

Aber soweit kam es nicht. Die Polizia, die darin eine Möglichkeit sah, ihren Ruf auf Kosten ihrer Rivalen, der Carabinieri, zu verbessern, regte die Einrichtung einer nationalen

Sondereinheit zur Bekämpfung des Problems an und wurde dieses eine Mal sogar von ihrem Minister unterstützt. Zu gegebener Zeit wurde Bottando dann zum Leiter der Abteilung bestimmt, und diese Berufung rettete ihn aus der Schinderei eines ungleichen und aussichtslosen Kampfs gegen Wirtschaftskriminelle und andere halblegale Schlawiner in der Mailänder Finanzwelt.

Seine Rückkehr nach Rom war einer der Glanzpunkte seiner Karriere gewesen, und er hatte endlose Abende damit zugebracht, durch die Straßen zu spazieren und altvertraute und liebgewonnene Orte wie das Forum mit seinen Ruinen aus der Kaiserzeit, die auf eine stille Art eindrucksvollen mittelalterlichen Kirchen und die überladenen Barockmonumente wieder zu besuchen. Er konnte gehen, wann und wohin er wollte, und er war froh um sein Junggesellendasein, das ihm das gestattete.

Während er jetzt mit Flavia durch die Straßen ging, sah er sich ständig um und führte seine Assistentin auf einem kleinen Umweg zum Ziel. Der Fall war nicht so dringend, daß fünf Minuten etwas ausgemacht hätten. Es war einer dieser römischen Frühlingsvormittage, die aus der Stadt, trotz ihrer Verkehrsstaus, des Lärms und der Unordnung, einen verzauberten Ort machten. Die ockerfarbenen Häuser hoben sich gegen einen klaren, blauen Himmel ab, der Duft von Kaffee und Essen wehte aus Bars und Restaurants, und überall konnte man das geschäftige Treiben adretter, makelloser Kellner beobachten, die Tische auf kleine Piazzas stellten und, dabei ununterbrochen redend, frische weiße Tischtücher festklemmten und Blumen in winzigen Vasen arrangierten. Einige wenige Touristen waren zu sehen, die in ihren immer gleichen zerknitterten Kleidern und mit ihren Rucksäcken so müde aussahen wie eh und je. Aber es waren nicht viele, das Jahr war noch zu jung dafür, und die alljährliche Invasion lag noch einige Wochen entfernt. Im Augenblick gehörte Rom noch den Römern, und man kam sich vor wie im Himmel.

Ihr Weg führte sie quer über den Markt auf dem Campo dei Fiori. Östlich davon verlief die Via Giubbonari, eine schmale, gerade Gasse voller Kleider- und Schuhgeschäfte hinter den

Ruinen des Theatrum Pompei. Sie war viel zu eng für Autos, aber dennoch versuchten einige Fiats, mit lautem Hupen Fußgänger beiseite scheuchend, sich hindurchzuzwängen. Gleich dahinter, in einem kleinen, von Antiquariaten gesäumten Durchgang, der links von der Gasse abging, lag Santa Barbara.

Es war eine winzige Kirche, die selbst Bottando noch nicht besucht hatte. Sie wirkte fast zerfallen und war so klein, daß sie beinahe aussah wie ein Modell. Im Gegensatz zu den großen Basiliken der Innenstadt war sie eine typische Pfarrkirche. Das vermutlich im siebzehnten Jahrhundert errichtete Gebäude war von der Anlage her so konventionell, daß sogar der aufmerksamste Tourist achtlos daran vorbeigegangen wäre.

Schon der erste Blick in den Innenraum bestätigte, daß der Tourist mit dieser Entscheidung wahrscheinlich recht gehabt hätte. Die Decke zeigte nur einfachen, gräulichen Verputz, es gab keine Seitenaltäre, und der Schmuck war durch und durch gewöhnlich. Und doch erlebte Bottando, während seine Augen sich an das Halbdunkel gewöhnten und er die Kühle des Innenraums auf der Haut und das schwache Aroma alten Weihrauchs in der Nase spürte, eben jenen kurzen Augenblick, der ihm den Besuch auch noch der bescheidensten Kirche Roms zum Vergnügen machte. Wie fast alle kleinen Kirchen hatte Santa Barbara etwas Trauriges, Vernachlässigtes, aber auch etwas sehr Einladendes. Der einzige Mißklang entstand dadurch, daß jemand, offensichtlich der Priester, beschlossen hatte, einen modernen Altar zu errichten, der zu dem alten, abgenutzten Gebäude in grellem Kontrast stand. Bottando hörte Flavia mißbilligend schnauben. »Typisch moderner Priester, der versucht, ein bißchen neuen Schwung in den Laden zu bringen«, bemerkte sie.

»Kann schon sein«, erwiderte Bottando. »Ich vermute, in dieser Gegend muß man wirklich was tun. Es wäre doch schade, eines Morgens aufzuwachen und zu merken, daß die ganze Gemeinde an Altersschwäche gestorben ist.«

»Wahrscheinlich. Aber mit diesem hemdsärmeligen klerikalen Enthusiasmus bin ich noch nie zurechtgekommen. Bei dem intensiven Starrblick dieser Typen wird's mir immer unbehaglich. Dann schon lieber 'nen korpulenten Korrupten.«

Bottando wollte schon erwidern, daß er ohnehin nie gedacht hatte, sie würde sich für Priester interessieren. Er versuchte eben, den Gedanken zu verdrängen, daß er selbst ein Bäuchlein hatte und dies in den Augen seiner Assistentin Dekadenz bedeutete, als der Gegenstand ihres Gesprächs aus einer kleinen Tür hinter dem alten Altar trat.

Auf den ersten Blick entsprach er ganz und gar nicht der Karikatur des großen, mageren, jesuitischen Typen, den Flavia offensichtlich gemeint hatte. Er sah nicht aus wie einer, der ein paar Jahre Nächstenliebe in den Vorstädten praktiziert und dann nach Südamerika verduftet, um dort den Papst mit Waffenschmuggel zu ärgern. Mit seiner stämmigen Figur und dem rosigen, fleischigen Gesicht schien er eher geneigt, in Rom zu bleiben und eine gemütliche Pfründe im Vatikan zu genießen. Aber bei Priestern weiß man ja nie, dachte Bottando. Immerhin grüßte er freundlich, als Bottando sich vorstellte.

»Soviel ich weiß, ist Ihnen ein Gemälde abhanden gekommen«, begann der Polizist, sobald die Höflichkeitsfloskeln ausgetauscht waren. »Da man mir sagte, daß es möglicherweise gestohlen wurde, hielt ich es für das beste, einige Nachforschungen anzustellen.«

Der Priester runzelte die Stirn und faltete in einer Geste klerikaler Nachdenklichkeit die Hände vor dem Bauch. »Ich kann mir nicht vorstellen, wer Ihnen das gesagt hat. Es stimmt, wir hatten hier früher ein Altarbild. Aber das haben wir vor ungefähr einem Monat verkauft.«

»Verkauft? An wen? Ist das nicht Eigentum der Kirche? Ich dachte, daß solche Verkäufe normalerweise über den Vatikan laufen, und die informieren uns immer davon.«

Der Priester machte ein verlegenes Gesicht. »Naja, die Sache ist so.« Er hielt inne. »Müssen Sie einen Bericht über die Sache schreiben? Ich möchte nämlich wirklich nichts mit Formularen und dem ganzen bürokratischen Kram zu tun haben.«

»Kommt darauf an. Wir haben gehört, daß hier ein Bild

gestohlen wurde. Wenn es nicht gestohlen wurde, gehen uns die Spitzfindigkeiten des Vatikans nichts an.«

»Das wurde es nicht.« Er überlegte einen Augenblick und setzte dann zu einer Erklärung an. »Ich habe ein kleines Projekt für die Süchtigen hier im Viertel laufen – Essen, Unterkunft, ein paar Versuche, sie von den Drogen wegzubringen.« Bottando nickte höflich und ermunterte ihn weiterzureden. Aus Mailand kannte er unzählige solcher Projekte, die meistens von wohlmeinenden Priestern geleitet wurden. In der Regel schafften sie es nicht einmal, die Oberfläche des Problems anzukratzen, aber der Staat bot auch keine Alternative.

»Der Bedarf ist groß, und wie Sie sehen, sind wir eine arme Gemeinde. Wir bekommen keine Spenden von Besuchern, nichts von der Diözese und nichts von der Stadt. Vor ungefähr einem Monat tauchte hier ein Mann auf, der das Altarbild kaufen wollte. Er bot mir so viel Geld dafür, daß ich das Programm für ein ganzes Jahr hätte finanzieren können, und ich habe angenommen. Der Verkauf wurde dem Vatikan nicht gemeldet, weil der das meiste Geld behalten hätte. Ich war der Meinung, daß meine Süchtigen es dringender brauchen.«

Bottando nickte wieder. So etwas passierte die ganze Zeit, und es war auch verständlich, machte aber seine Arbeit schwieriger. »Wieviel hat er bezahlt?« fragte er.

»Zehn Millionen Lire«, erwiderte der Priester. »Ich wußte alles über das Bild. Es ist praktisch wertlos. Das habe ich ihm auch gesagt, aber er meinte, es sei für einen Sammler, der ein Werk von Mantini wolle und bereit sei, auch einen überzogenen Preis dafür zu bezahlen.«

»Hat er Ihnen eine Quittung oder sowas gegeben?«

»Aber natürlich, es hatte alles seine Richtigkeit. Der Kaufvertrag wurde sogar ordnungsgemäß abgestempelt. Wenn Sie einen Augenblick warten, hole ich ihn.« Er lief in die Sakristei und kam einen Augenblick später mit einem großen Blatt weißen, linierten Papiers mit einem Stempel in der rechten oberen Ecke wieder. »Hier«, sagte er. »Verkauft: Eine Rast von Mantini aus der Kirche Santa Barbara in Rom, für zehn Millionen Lire. Mit dem Datum vom 15. Februar und meiner

Unterschrift und der des Händlers, Edward Byrnes. Ich sehe gerade, daß er keine Adresse angegeben hat. Das habe ich zuvor nicht bemerkt. Aber er hat bar bezahlt und mir außerdem noch eine Spende für das Projekt gegeben, also dürfte das wohl nicht mehr besonders wichtig sein.«

2

Etwa gegen acht an diesem Abend seufzte Flavia di Stefano, warf den erledigten und den unerledigten Rest ihrer Arbeit in den »Ausgangs«-Korb und verließ schnell ihr Büro. Es war ein hektischer Tag gewesen, aber kein besonders befriedigender.

Nach dem Besuch in Santa Barbara hatte sie den Rest des Tages mit Nachforschungen über den Mantini zugebracht, eine ziemlich frustrierende Arbeit für jemanden, der sich lieber mit Korruption in höchsten Kreisen beschäftigt. Die Transaktion war durch und durch legal gewesen. Der Besitzer hatte verkaufen wollen, der Käufer hatte das Bild mit nach England genommen und sich dabei größte Mühe gegeben, auch wirklich jeden von seinen Absichten zu informieren. Alle Formulare waren korrekt ausgefüllt, und alle juristischen Hindernisse, die das Kunst- und das Finanzministerium oder der Zoll dem Käufer in den Weg legen konnten, waren auf legalem Weg überwunden worden.

Das Paradebeispiel eines ehrbaren Kunsthändlers in Aktion. Nur daß Sir Edward Byrnes, der König der Londoner Kunsthändler, möglicherweise einen Raffael und nicht nur irgendeinen Schund außer Landes geschafft hatte. Doch obwohl Flavia einen ganzen Nachmittag über dem Strafgesetzbuch verbracht hatte, konnte sie nichts finden, das eine Anklage gerechtfertigt hätte. Hätte Byrnes den Raffael übermalt und es verheimlicht, wäre das eindeutig ein Verbrechen gewesen, und wenn er das Bild aus dem Land geschmuggelt oder gestohlen hätte, ebenso. In allen diesen Fällen hätten sie das Bild wahrscheinlich zurückholen können. Aber soweit sie das beurteilen konnte, war es nicht illegal, einen Raffael außer

Landes zu bringen, der mit einem Mantini bedeckt war, solange man den Mantini nicht selbst appliziert hatte. Und Byrnes würde sagen, er habe nicht gewußt, daß an dem Bild etwas Besonderes war. Das wäre natürlich glattweg gelogen, aber widerlegen konnte man es nicht.

Es war ärgerlich. Eigentlich sogar doppelt ärgerlich. Flavia nahm es als selbstverständlich, daß alle Händler in gewisser Hinsicht Betrüger waren. Schließlich war es ihr Geschäft, Dinge zu kaufen, von denen sie wußten, daß der Verkäufer anderswo mehr dafür bekommen würde. Aber Byrnes war ein Muster an Anständigkeit. Er sprach fließend Italienisch, stiftete häufig Werke an italienische Museen oder lieh andere für Ausstellungen aus. Anderweitige Verdienste hatten ihm Ehrungen in Italien und Frankreich und seinen englischen Adelstitel eingebracht. Seinen Ruf des gebildeten Ehrenmannes trübte nicht einmal der Verdacht einer Rechtsbeugung, geschweige denn einer Rechtsbrechung. Flavia machte das wütend, hieß es doch für sie nichts anderes, als daß er zu gerissen war, um sich erwischen zu lassen.

Ärgerlich war es auch, weil sie als Italienerin, wenigstens was die Kunst betraf, Patriotin war. Jahrhundertelang hatte der Rest der Welt Italiens großartigste Kunstschätze fortgeschleppt. Heutzutage gab es in Italien kein Museum, das dem Vergleich mit den Nationalgalerien in London oder Washington oder dem Louvre in Paris standhielt. Viele Bilder waren nur in Italien geblieben, weil sie auf Wände gemalt waren, und Flavia hatte sogar von einem amerikanischen Millionär gehört, der in den zwanziger Jahren die Kirche in Assisi kaufen wollte, um so die Freskos von Giotto, die sie schmückten, nach Arizona schaffen zu können. Für Italiener war der Verlust eines Raffael furchtbar, auch wenn sie gar nicht gewußt hatten, daß sie ihn besaßen.

Wütend vor sich hin murmelnd, ging Flavia mit schnellen Schritten auf die Piazza Navona zu. Sie hatte sich mit ihrem inzwischen entlassenen Gefangenen zum Essen verabredet, um mit ihm in einer Atmosphäre, die ihn vielleicht mitteilsamer machte, noch einmal über seine Geschichte zu reden. Sie glaubte zwar nicht, daß Argyll gelogen hatte, aber ein Verhör durch die Polizei nach einer Nacht in der Zelle läßt die Leute häufig gewisse Details vergessen.

Sie war in Eile, weil sie die Verabredung beinahe vergessen hätte. Im Gehen sah sie in ihre Handtasche, deren Riemen sie sich, wie es in Rom üblich war, zum Schutz vor Taschendieben um den Hals gehängt hatte. Es war genug Geld für ein Abendessen zu zweit darin. Sie hatte den Eindruck, daß ihr Essenspartner knapp bei Kasse war, und einen Mann zum Essen einzuladen, gab ihr immer ein angenehmes Gefühl. Ihre Mutter wäre nie alleine mit einem Mann ausgegangen. Und obwohl sie eher zur liberalen Sorte gehörte und ein solches Verhalten bei ihrer Jüngsten tolerierte, wäre sie doch sehr schockiert, wenn sie gewußt hätte, daß ihre Tochter sogar noch dafür bezahlte.

Das Treffen sollte in einer nahegelegenen Trattoria stattfinden. Wie die meisten Speiseetablissements Roms servierte sie wunderbare Pasta, großartige Antipasti und entsetzliche Hauptgerichte. Ganz im Gegensatz zu den Turinern, die wirklich wissen, was Fleisch ist, scheinen die Römer mit jeder alten Schuhsohle zufrieden zu sein. Wie auch immer, inzwischen hatte Flavia sich daran gewöhnt. Trotzdem war das Essen in Rom eines der Dinge, bei dem sie wehmütig an ihre alte Heimatstadt dachte.

Argyll saß an einem Tisch in der Ecke und winkte vorsichtig, als sie eintrat. Eigentlich sah er gar nicht schlecht aus, aber auf eine typische englische Art, die sie nicht besonders mochte. Er war groß und schlank, hatte blonde Haare und kleidete sich konservativ und nach italienischem Maßstab nicht besonders gut. Das Bemerkenswerteste an ihm waren vermutlich seine langen, feingliedrigen Hände. Während des offiziellen Verhörs hatte er sie ununterbrochen gerungen. Einem Geigenspieler hätten sie besser angestanden. Wenigstens hielt er sie jetzt einigermaßen ruhig.

Die Entlassung aus seiner vorübergehenden Gefangenschaft schien ihm wirklich gutgetan zu haben, und Flavia erwähnte das. »Für jemanden, dem gerade ein Raffael durch die Lappen gegangen ist, wirken Sie erstaunlich fröhlich«, sagte sie.

Er strahlte sie an. »Wahrscheinlich. Eigentlich müßte ich ja furchtbar deprimiert sein. Andererseits beweist die ganze Angelegenheit natürlich, daß ich recht gehabt habe, obwohl ich mir die Reaktion der Öffentlichkeit etwas anders vorgestellt hätte. Und außerdem war diese Verhaftung durch die Polizei irgendwie eine recht interessante Erfahrung.«

»Sie haben Sie also nicht schlecht behandelt?«

»Überhaupt nicht. Charmante Leute. Haben mich sogar zum Mittagessen ausgehen lassen, ich mußte ihnen nur versprechen, in drei Stunden wieder in meiner Zelle zu sein. Ich glaube nicht, daß es bei unseren Bobbys in London auch so locker zugeht.«

»Vermutlich hatten sie da schon gemerkt, daß Sie keine Gefahr für die Öffentlichkeit darstellen. Aber hat Sie denn diese Geschichte nicht ein bißchen aus der Fassung gebracht?«

»Doch, schon«, erwiderte Argyll, während er sich über seinen Teller mit Pasta hermachte. »Es war ja ganz anders, als ich es mir vorgestellt hatte. Ich hatte mir gedacht, ich würde das Bild freilegen und dann, nach einer Warnung an den Pfarrer der Kirche, in einer angemessen gelehrten Zeitschrift darüber berichten. Riesensensation. Ich ein gemachter Mann, der Pfarrer glücklich und die ganze Welt um einen Raffael reicher.«

Er sprach italienisch, was er auch recht gut beherrschte, natürlich nicht perfekt und mit einem starken Akzent, aber mehr als annehmbar. Flavia hielt es für richtig, mit Ausländern wenn möglich italienisch zu reden. Nicht viele konnten es, und die, die es versuchten, brachten meistens nicht mehr zustande als ein paar Formulierungen, die ihnen aus Reiseführern und von Straßenschildern im Gedächtnis geblieben waren. Aber Flavia war der Ansicht, sie müsse sie zum Üben zwingen. Sie selbst hatte Jahre damit zugebracht, Englisch zu lernen, und sah nicht ein, warum sich andere nicht ebenso anstrengen sollten. »Aber jetzt haben wir einen unglücklichen Pfarrer, einen noch unglücklicheren Vatikan, Byrnes hat das Bild, und Sie sind alles andere als ein gemachter Mann«, erwiderte sie. »Sind Sie sicher, daß da was drunter ist?«

»Ich war ganz und gar nicht sicher, deshalb habe ich ja so

viel Geld verschwendet, um hierher zu kommen und es zu überprüfen. Ich habe Monate gebraucht, bis ich genug für die Fahrkarte zusammenhatte. Aber überprüfen konnte ich es nicht, weil es nicht mehr da war. Ich bin einfach herumgestanden und habe mir überlegt, was ich als nächstes tun soll. Und noch ehe ich einen Entschluß fassen konnte, haben Ihre plattfüßigen Polizisten mich verhaftet. Aber jetzt«, fügte er hinzu, »bin ich mir sicher, daß was drunter ist. Einer wie Byrnes zieht nicht so eine Schau ab, wenn er nicht genau weiß, daß es der Mühe wert ist.«

»Ich verstehe nur nicht, warum Sie nicht schon vor Monaten dem Priester geschrieben, ihm von Ihrer Entdeckung berichtet und ihn um Erlaubnis gebeten haben, das Bild untersuchen zu lassen. Er hätte es dann nicht verkauft, bevor die Sache geklärt gewesen wäre.«

»Ach, das ist einfach. Ich bin ein Idiot. Und ein akademischer Grünschnabel, was noch schlimmer ist.« Argyll machte ein finsteres Gesicht und legte die Gabel weg, der Gedanke hatte ihm offensichtlich den Appetit verdorben. »Die Kunstgeschichte ist, wie Sie wahrscheinlich wissen, ein fieses, hinterhältiges Gewerbe. Ich habe mir gedacht, wenn ich zu irgend jemand in Italien auch nur ein Wort sage, ist einer von den hohen Tieren vom Museo Nazionale vor mir dort und nimmt den Ruhm für sich in Anspruch. Das ist schon öfters passiert, und wer könnte dieser Versuchung auch widerstehen? Es wäre die größte Entdeckung seit Jahren gewesen.«

»Das wird sie auch weiterhin sein«, bemerkte Flavia unnötigerweise, was seinem angeschlagenen Appetit nicht eben förderlich war.

»Vielen Dank«, erwiderte er.

Flavia sah ihn mitfühlend an. Wie es aussah, wollte er nichts anderes als ein winziges Stück vom Ruhm und einen kleinen Karriereschub in einem hoffnungslos überfüllten Berufszweig. Und sogar das hatte ihm Byrnes mit seiner Gier nach noch mehr Geld, als er sowieso schon hatte, verbaut. »Können Sie den Artikel nicht trotzdem schreiben? Und warum haben Sie Byrnes überhaupt davon erzählt? Sie haben bei dieser Sache eh nicht gerade den Meistertaktiker gespielt, aber das war der dümmste Weg, den Sie überhaupt einschlagen konnten.«

»Ich hab' es ihm nicht erzählt«, erwiderte Argyll empört. »Ich bin vielleicht nicht gerade der Hellste, aber so blöd bin ich auch wieder nicht. Ich habe es keinem Menschen erzählt. Na, bis auf meinen Professor. Dem mußte ich es sagen. Aber der ist schrecklich diskret, haßt Kunsthändler und ist außerdem seit längerem in der Toskana von der Außenwelt abgeschnitten. Tramerton kann es unmöglich gewesen sein. Ist eigentlich ein netter Kerl«, fuhr er fort und schweifte etwas vom Thema ab. »Ich glaube, ich sollte ihm einen Brief über diese Geschichte schreiben. Daß ich um der kunsthistorischen Erkenntnis willen ins Gefängnis gegangen bin, dürfte sogar ihn beeindrucken. Ja, und was meinen Artikel angeht... Natürlich werde ich den schreiben. Aber jetzt muß ich etwas unternehmen, das schneller wirkt, um meinen Anspruch anzumelden. Es dauert Monate, so einen Artikel in einer anständigen Zeitschrift unterzubringen. Und wenn der dann rauskommt, wollen die Leute von diesem verdammten Raffael schon nichts mehr hören. Sobald Byrnes sicher ist, daß er das richtige Bild hat, wendet er sich an die Presse. Sensationelle Entdeckung, das ganze Tamtam. Seine Hausakademiker werden glühende Artikel über durchscheinende Meisterwerke schreiben. Und wenn die Begeisterung dann ihren Höhepunkt erreicht hat, kommt das verdammte Ding zu Christies.«

Argyll hielt inne, als der Kellner den nächsten Gang brachte, den er mit Widerwillen musterte. »Und jedes Museum, jeder verrückte Millionär dieser Welt wird dasein, um mitzubieten«, fuhr er fort. »Die Leute von Getty zum Beispiel würden ihre Großmutter verpfänden, um es zu bekommen. Können Sie sich vorstellen, welchen Preis das Bild erzielt? Dagegen wirkt ein Strauß Sonnenblumen von Van Gogh wie ein Stück von der Ramschtheke.«

»Warum so viel? So dünn sind die Raffaels auch wieder nicht gesät. Der hat doch Dutzende Bilder produziert.«

»Ich weiß, aber die sind alle in Museen oder an den Wänden des Vatikans. Seit Jahrzehnten wurde kein echter mehr auf dem Markt angeboten. Geschweige denn ein neuer entdeckt. Es hängt alles von Angebot und Nachfrage ab. Auch wenn sich herausstellen sollte, daß es kein besonders gutes Bild ist, wird es trotzdem ein Vermögen bringen, vor allem mit dieser Vorgeschichte.«

»Keine schlechte Rendite für eine Investition von zehn Millionen Lire.«

»Hat er nicht mehr dafür bezahlt?« Argyll hielt inne, um über die Ungerechtigkeit der Welt nachzudenken. »Das macht die Sache nur noch schlimmer. So viel hätte sogar ich aufbringen können. Na, zumindest fast.«

Flavia fiel auf, daß er einen gut entwickelten, wenn auch leicht morbiden Humor besaß. Er sprach eher abfällig von sich selbst und versuchte seine offensichtliche Intelligenz bewußt zu verstecken. Und so wurde aus einem Geschäftsessen allmählich eine nicht unamüsante Begegnung.

»Erzählen Sie mal«, begann ihr Gast, um das Thema zu wechseln und ihr zu zeigen, daß er nicht ausschließlich an verschwundenen Meisterwerken interessiert war. »Wie ist denn Ihr Job? Viel Arbeit? Macht er Spaß?«

Sie schnitt eine Grimasse. »Viel Arbeit ist es auf jeden Fall. Fast so, als würde man beständig von einer Lawine bedroht. Irgend jemand hat mal ausgerechnet, daß alle zehn Minuten ein Kunstwerk verschwindet. Ist schon erstaunlich, daß überhaupt noch was zum Stehlen da ist.«

Argyll erwiderte, daß in Italien offensichtlich noch immer genug übrig sei.

»Das ist ja gerade das Problem. Es ist unglaublich, was da in heruntergekommenen Landkirchen und halbverlassenen Häusern herumhängt. Die Sachen verschwinden, und häufig wird der Diebstahl nicht einmal angezeigt.«

Argyll bemerkte erfreut, daß Flavia rauchte, zog deshalb seine eigene zerdrückte Packung heraus und zündete sich eine an. »Warum nicht? Was spricht dagegen, einen Diebstahl anzuzeigen?«

Sie zählte die Punkte beim Sprechen an ihren Fingern ab. »Erstens: ein grundlegendes Mißtrauen der Polizei gegenüber. Zweitens: die Überzeugung, daß wir es sowieso nicht wiederbeschaffen können. Drittens: man will nicht, daß die Behörden wissen, was man sonst noch alles besitzt, weil es besteuert werden könnte. Viertens: Drohungen. Was glauben Sie denn? Wenn ich die Wahl hätte zwischen einem Bild und meinen Ohren, dann würde ich mich wahrscheinlich auch lieber von dem Bild verabschieden.«

Es war kein schlechter Abend. Argyll hörte ihr mit allen Anzeichen aufrichtigen Interesses zu, und das war eine angenehme Abwechslung zu den gewohnten Essenseinladungen, bei denen man von ihr erwartete, staunend und mit offenem Mund zuzuhören, während ihr jeweiliger Begleiter seine überragenden Vorzüge demonstrierte. Außerdem hatte er einige abwechslungsreiche Anekdoten auf Lager und trug somit auch seinen Teil zur Unterhaltung bei. Nur nach dem Zahlen kam es zu einem kleinen Zwischenfall, als Argyll, verlegen die Hände zwischen die Knie geklemmt und mit dem Oberkörper vor und zurück wippend, plötzlich zur Decke sah und sagte: »Ich nehme nicht an,...«, dann verstummte und dümmlich lächelte.

Nach italienischen Maßstäben zählte das kaum als Annäherungsversuch: Einen besonders heißblütigen Verehrer hatte Flavia nur stoppen können, indem sie ihm mit einer Bratpfanne, die gerade zur Hand war, ins Gesicht schlug. Aber sie kannte genug Engländer, um Argylls Absichten durchschauen zu können, auch wenn die Anspielung so zurückhaltend vorgebracht wurde, daß sie kaum als solche zu erkennen war. Glücklicherweise war das Problem einfach zu lösen: Sie erwiderte sein Lächeln und schlug vor, ein Eis zu essen. Das war offensichtlich eine passende Alternative, denn das Angebot wurde mit deutlicher Erleichterung akzeptiert.

Zum Abschluß des Abends umrundeten sie zweimal die Piazza Monte Citorio und gingen dann zu Giolitti's. Flavia war Italienerin, und Argyll kannte das Land gut genug, um zu wissen, daß ein Tag ohne Eis als vergeudeter Tag angesehen wurde. Außerdem war Eisschlecken auf der Straße inmitten der vielen Leute für ihn eine gute Möglichkeit, den Glauben wiederherzustellen, daß die Welt, trotz aller augenblicklichen Beweise des Gegenteils, ihm wohlgesinnt war.

3

Argyll trat durch eine Tür an der Via Condotti und stieg die Treppe hinauf. Am Pförtner ging er schnell vorbei und winkte ihm zu, als würde er ihn kennen. Eigentlich hätte er eine Karte vorzeigen müssen, die ihn dazu berechtigte, den Club der Auslandskorrespondenten in Rom zu betreten. Da er keine hatte, war das etwas schwierig. Aber die meisten Pförtner in Rom messen solch unbedeutenden Kleinigkeiten sowieso wenig Bedeutung zu.

Er ging zur Bar, einem unattraktiven Ding aus Stahlrohr und Spanplatten, setzte sich und bestellte einen Aperitif. Dann sah er sich um und entdeckte sein Opfer. Rudolf Beckett saß im angrenzenden Zimmer alleine an einem Tisch und aß etwas verspätet zu Mittag. Vor ihm stand ein großes Glas Whisky. Argyll ging hinüber und setzte sich.

»Jonathan! Was führt denn dich nach Rom zurück?« Beckett schlug Argyll mit der einen Hand auf die Schulter und schüttelte mit der anderen heftig seine Rechte. Während Argylls Aufenthalt in Rom vor etwa einem Jahr war Beckett sein engster Freund geworden. Sie hatten sich bei einem unbedeutenden Diplomatenempfang in der Via Giulia kennengelernt. Beide waren sich fehl am Platz vorgekommen, und sie hatten sich den Abend damit vertrieben, dem Gastgeber seinen Alkohol wegzutrinken und über die anderen Gäste zu lästern. Danach waren sie in eine Bar gegangen und hatten weitergetrunken. Es war der Beginn ihrer Freundschaft gewesen.

»Ein Hirngespinst«, erwiderte Argyll auf die Begrüßung. »Man hat mich eben aus dem Gefängnis entlassen.«

Beckett unterdrückte ein Grinsen.

»Mach jetzt bloß keine Witze«, fuhr er fort, um die schnippische Bemerkung abzuwehren, die dem Journalisten offensichtlich auf der Zunge lag. »Das ertrag' ich im Augenblick noch nicht. Ich hab' mich gefragt, ob du vielleicht Interesse an einer netten Geschichte hast.«

»Ist der Papst katholisch? Natürlich habe ich Interesse. Kommt nur darauf an, was es ist. Und solang du nicht vergißt, daß ich nichts dafür zahlen kann.«

»Geld will ich sowieso keins. Mir würd's schon reichen, sie gedruckt zu sehen.«

Argyll erzählte nun die Geschichte von seiner Entdeckung und Sir Edward Byrnes' Einmischung bis hin zu seiner Nacht in der Zelle. »Meine Entdeckung. Vor der Nase weggeschnappt. Könntest du was schreiben, damit jeder erfährt, was wirklich passiert ist? Sonst bekommt Byrnes nämlich die Anerkennung und das Geld.«

»Nette Geschichte«, bemerkte Beckett, kippte seinen Whisky hinunter und ging sofort zu einem großen Grappa über. »Nur ist der Aufhänger der Raffael und nicht die Tatsache, daß man dich übers Ohr gehauen hat. Aber so'n Profischreiberling wie ich wird das schon schaffen. Große Entdeckung, berühmter Künstler, und so weiter. Dann ein bißchen was über dich armen Kerl am Ende der Leiter, damit Byrnes so richtig als Ekel rauskommt. Kein Problem. Aber du wirst mir verzeihen, daß ich die Geschichte erst einmal nachprüfe. Ein paar Anrufe hier und dort, so was in der Richtung. Okay? Geht's dir jetzt besser? Du siehst nicht gerade aus, als hättest du viel Spaß in der Ewigen Stadt.«

»Hab' ich auch nicht. Das einzig Gute bis jetzt war gestern ein Abendessen mit dieser Polizistin...«

»Das klingt aber übel.«

»War es aber ganz und gar nicht. Sie ist wirklich nett, erstaunlich nett sogar. Aber da ich morgen wieder nach London zurückmuß, ist es eigentlich egal.«

Einige Wochen später erklärte Beckett in einem Brief, daß es wirklich nicht seine Schuld gewesen sei, und schickte als Beweis seinen Originalartikel. Er hatte die Geschichte geschrieben wie versprochen: Enthüllungen über einen möglichen neuen Raffael, die angeblich aus »Museumsquellen« stammten, ein vorsichtig optimistisches Zitat von Byrnes, Kommentare einiger Kunsthistoriker und dann einige gut recherchierte Hintergrundinformationen über aufsehenerregende Entdeckungen in den letzten Jahren. Anschließend hatte Beckett über Argyll geschrieben und, ohne es direkt auszusprechen, sehr deutlich gemacht, daß hier offensichtlich ein junger

Doktorand von einem gerissenen Kunsthändler übers Ohr gehauen worden war. Es war ein guter Artikel.

Nur leider ein bißchen zu gut. Beckett hatte ihn an den Chefredakteur seiner Zeitung in New York geschickt, und der war so begeistert davon, daß er ihn als Einspalter links auf der Titelseite brachte und nicht im Kulturteil, wie Beckett es erwartet hatte. Aber es war eine ereignisreiche Zeit. Ein Gipfeltreffen stand vor der Tür, ein Korruptionsskandal in Lokalpolitikerkreisen machte Schlagzeilen, und die Regierung fiel wieder einmal verbal über ihren Lieblingsprügelknaben Libyen her. Der Redakteur hatte den Artikel nicht irgendwo auf die Innenseiten stecken wollen und ihn deshalb gekürzt, bis er auf den Titel paßte. Die letzten sieben Absätze waren seiner Schere zum Opfer gefallen und damit jede Erwähnung Argylls.

In jeder anderen Hinsicht wirkte dieser Artikel Wunder und rief ein gigantisches öffentliches Interesse hervor. In den folgenden Monaten traf alles ein, was Argyll Flavia über den Raffael vorausgesagt hatte. Die Geschichte eines Betrugs aus dem achtzehnten Jahrhundert und dessen Aufdeckung regte die Phantasie an. Die Farbbeilage der *New York Times* und die Kunstbeilage des Londoner *Observer* brachten erwartungsgemäß ausführliche Berichte über die kunsthistorische Detektivarbeit, die zu diesem Schatz geführt hatte. Auch sie vergaßen, Argyll zu erwähnen, waren aber ansonsten recht solide. Byrnes' Verkaufskampagne lief auf vollen Touren.

Argyll gab sich seinen dezent masochistischen Neigungen hin, indem er diese Artikel sammelte. Alle möglichen Kritiker und Historiker tummelten sich auf einer Spielwiese, die er zuvor als seine ureigenste betrachtet hatte. Die sorgfältigen Recherchen anderer förderten Dutzende von Einzelheiten zutage, die sein fragmentarisches Bild vervollständigten. Ein Artikel zitierte Briefe vom Schwager des Earls, die darauf hinwiesen, daß er vor Entsetzen über den Betrug an einer Herzattacke gestorben war und daß die Familie aus Angst vor der Blamage den Verlust verschwiegen hatte. »Seid versichert, liebe Schwester, daß man Euch keine Schuld an jener Attacke zuschreiben kann. Dieser Vorfall ist ausschließlich seinem unüberlegten Entschluß und seinem vorschnellen Wesen zuzuschreiben.

Aber die Angelegenheit wird unter uns bleiben; die Schande für unsere Familie und der Spott gewisser Freunde wären unerträglich…« Vor allem dieser Artikel machte Argyll wütend. Er kannte diesen Brief, hatte ihn aber nicht für einen schlüssigen Beweis gehalten. Jetzt, da alles andere geklärt war, fügte sich auch der Brief ins Bild.

Noch schlimmer an diesen Artikeln aber war, daß ihretwegen nicht einmal mehr der bescheidene Essay möglich war, den er für das *Burlington Magazine* geplant hatte; alles war schon mindestens einmal veröffentlicht. Er mied seine Freunde und fand eine eigentümliche Form des Trostes in der Rückkehr zu »Leben und Zeit von Carlo Mantini, 1675 – 1729«. Wenigstens diese Arbeit konnte er beenden. Sie würde zwar nicht mehr besonders gut werden, da das Hauptkapitel inzwischen nicht origineller war als die Geschichte von Romeo und Julia, aber sie würde ihren Zweck erfüllen.

Argyll behielt auch recht mit seiner Vermutung, daß Byrnes, der trotz seines sanften Wesens ein begnadeter Verkäufer war, den ganzen Vorgang der Reinigung und Restauration des Bildes in ein Medienereignis verwandeln werde. Die besten Restauratoren der Museen wurden hinzugezogen, um die Arbeit Mantinis abzukratzen und die schützende Firnisschicht von der Kostbarkeit darunter abzulösen. Fast jede Woche war im Fernsehen das Team der weißbemäntelten, teils wissenschaftlichen, teils künstlerischen Profis zu sehen, die dem Werk mit exotischen Lösungsmitteln und diffizilen Prozeduren zu Leibe rückten.

Inzwischen wußte auch fast jeder, daß unter dem Mantini ein Porträt der Elisabetta di Laguna lag, der Geliebten des damaligen Marchese di Parma und dem Vernehmen nach der schönsten Frau ihrer Zeit. Was jemand wie Raffael, der weit unattraktiveren Frauen das Aussehen von Liebesgöttinnen verliehen hatte, aus einem solchen Modell gemacht haben mochte, war zu diesem Zeitpunkt noch reine Vermutung. Kritiker vom *London Standard* und der *Baltimore Sun* spekulierten wild drauflos. Einige verstiegen sich sogar zu der Behauptung, Leonardos Mona Lisa werde vom Sockel des beliebtesten Gemäldes der Welt gestoßen werden.

Während das Bild noch im Verborgenen schlummerte, begann unter den potentiellen Käufern bereits das Gerangel um die besten Startpositionen. Der Louvre bekundete sein Interesse für den Fall, daß er bei den Preisgeboten mithalten konnte. Zwei große New Yorker Banken und drei Tokioter Rentenfonds gaben bekannt, daß sie über eine Teilnahme an der Auktion nachdachten. Und das Getty-Museum in Malibu Beach versuchte, mögliche Konkurrenten einzuschüchtern, indem es durchblicken ließ, es werde seine gesamte gigantische Kaufkraft einsetzen, um in den Besitz des Bilds zu kommen. Und in der ganzen Welt zählten Millionäre und Milliardäre ihr Geld und überlegten, ob sie das Bild in ein paar Jahren mit Profit wieder verkaufen könnten.

Die Präsentation des Bildes war bis ins kleinste Detail durchinszeniert. Die Enthüllung fand statt in einem großen Konferenzsaal des Savoy Hotel in der *Strand*, und Hunderte von Leuten waren geladen. Das Bild stand erhöht auf einem Sockel und war mit einem weißen Tuch verhüllt. Vor dem großen Augenblick gab es eine Einführung für die versammelte Presse und das Fernsehen, die Würdenträger aus der Welt der Museen und Kunstgeschichtsfakultäten.

Allen war Champagner serviert worden, spendiert von den Byrnes-Galleries, und alle hörten mit angemessener Aufmerksamkeit zu, als Byrnes selbst die inzwischen altbekannte Geschichte von der Entdeckung des Bilds rekapitulierte. Byrnes machte das recht kompetent und wirkte dabei so ganz und gar nicht wie der Archetyp des aalglatten Kunsthändlers. Der kleine, kahlköpfige, ängstlich wirkende Mann, der beim Sprechen beständig auf und nieder wippte, entsprach in keiner Weise dem Bild, das sich die meisten Leute von einem international agierenden Kunstliebhaber machten.

Und für Flavia, die rechts hinten in der fünfzehnten Reihe saß, sah er auch nicht aus wie die machiavellistische Bestie aus Jonathan Argylls offensichtlich überhitzter Phantasie. Flavia hatte die Neugier hergetrieben; es traf sich, daß sie zu diesem Zeitpunkt wegen eines informellen Meinungsaustauschs mit dem britischen Kunstdezernat gerade in London war.

Sie hatte behutsam bei ihrem Gesprächspartner in London

angefragt, ob er nicht für sie eine Einladung organisieren könne. Da das Dezernat in Mannschaftsstärke zur Bewachung des Bilds angetreten war, konnte Byrnes es ihnen kaum abschlagen. So saß Flavia da und hörte seinen Schlußbemerkungen zu. Anschließend stellte er Professor Julian Henderson vor, den Doyen der Renaissance-Forschung, der einen kurzen Vortrag hielt. Das Bild, so erfuhr man in seiner geschliffenen Rede, sei zweifellos Raffaels Meisterwerk, das Glanzstück des humanistischen Ideals weiblicher Schönheit.

Henderson schloß, indem er das Bild mit anderen Porträts Raffaels verglich und die Hypothese aufstellte, Elisabetta sei das Modell für die Sappho im Parnaß-Fresko des Vatikans gewesen. Diese Entdeckung, meinte er schließlich, werfe genug Fragen auf, um die Spezialisten für die Italienische Hochrenaissance über Jahre hinweg beschäftigt zu halten.

Unter vereinzeltem Gelächter und mäßigem Applaus setzte er sich wieder, und Byrnes ging auf das Bild zu.

Flavia fand den Aufwand, der bei dieser Präsentation getrieben wurde, allmählich etwas ermüdend, und war froh, daß Byrnes nun endlich zur Sache kam. Das Publikum war ja schon gespannt genug. Mit einem kleinen Schlenker wurde das Tuch weggezogen, Augen und Kameras richteten sich auf das Bild, das in den letzten Monaten zu einem der berühmtesten der Welt gworden war, und ein leises Raunen ging durch den Saal.

Dank der vorangegangenen Publicity hatte fast jeder eine Vorstellung, wie das Porträt aussah. Dennoch war es eine freudige Überraschung, es jetzt in Wirklichkeit vor sich zu haben. Es war ein wunderschönes Bild von einer sehr schönen Frau. Flavia konnte es von ihrer Position aus nicht besonders gut sehen, aber es schien ein Brustbild mit leicht nach rechts gedrehtem Kopf zu sein. Blonde Haare waren locker am Hinterkopf zusammengerafft, das linke Ohr zum Teil bedeckt. Die linke Hand lag an einer Halskette, und das Kleid, das sie trug, leuchtete in einem großartigen, satten Rot. Der Hintergrund war konventionell, aber perfekt ausgeführt. Die Frau – schlank und ohne die Fleischigkeit, die viele von Raffaels Madonnen leicht übergewichtig wirken ließ – saß in einem Zimmer. Im linken Hintergrund sah man durch ein Fenster auf einen bewaldeten Hügel hinaus, rechts waren Wandbehänge, ein Tisch und einige Ziergegenstände zu erkennen. Die Gestaltung der Figur selbst strahlte eine erstaunliche Ruhe aus und auch die subtil angedeutete Sinnlichkeit, die so typisch für den Maler war.

Aber Flavia war vor allem erstaunt über die Reaktion des Publikums. Die Leute bewunderten nicht die Zartheit der Pinselführung, die Meisterschaft in der Schattierung oder die Raffinessen der Komposition, das war deutlich zu sehen. Sie glotzten – für Kunstkenner eine nicht gerade typische Reaktion. Auch sie selbst ließ sich von der Begeisterung mitreißen. Das Bild war, in seiner Geschichte wie in seinem Thema, außerordentlich romantisch. Diese wunderschöne Frau, beinahe ein halbes Jahrtausend alt, war fast dreihundert Jahre lang verloren gewesen. So etwas mußte einfach die Phantasie anregen. Flavia war in einer Stimmung, in der sie sogar Byrnes vergeben konnte.

Die Begeisterung, mit der Elisabettas Rückkehr in die Welt begrüßt worden war, begleitete das Bild bis zur Versteigerung, die etwa einen Monat später im großen Auktionssaal von Christie's abgehalten wurde. Auch dieses Ereignis erfüllte alle Erwartungen.

Das Auktionshaus wußte sehr gut, wie man so etwas am effektvollsten inszenierte. Ein aufwendiger Katalog mit Farbabbildungen, Satellitenleitungen zu Auktionsräumen in der Schweiz, New York und Tokio, Liveübertragungen in acht Länder; und das waren nur die offensichtlichsten Anzeichen dafür, daß hier etwas außerordentlich Bedeutendes stattfand. Die Atmosphäre in dem dezent mit nicht ganz so hochklassigen Werken ausgeschmückten Saal war wie elektrisch aufgeladen. Offiziell hieß die Versteigerung nur »Ölgemälde und Zeichnungen alter Meister aus dem sechzehnten und siebzehnten Jahrhundert«, und Elisabetta war bescheiden als Nummer achtundzwanzig auf der Auktionsliste plaziert. Aus der Masse hob sich der Raffael nur dadurch ab, daß für ihn kein Schätzwert angegeben war.

Auch die Gäste waren dem Anlaß entsprechend. In dem gut dreihundertköpfigen Publikum trugen nur ein knappes Dutzend Männer kein Dinnerjacket. Die Frauen, hier im Verhältnis eins zu vier unterrepräsentiert, zeigten sich entsprechend vorwiegend in Abendkleidern oder aber in Pelzen – bis die Hitze der Kamerascheinwerfer diese unerträglich machte. Die Luft war erfüllt vom Duft hundert verschiedener Parfums.

Die Spannung stieg langsam, als die Auktionsposten auf die Bühne gebracht wurden und das Bieten begann. Ein Maratta wurde für dreihunderttausend Pfund verkauft, ohne daß es jemand beachtete. Auch ein Imperiali, der einen Rekordpreis erzielte, erregte nicht die geringste Aufmerksamkeit. Bei Posten siebenundzwanzig, einer schönen Ölskizze von Palma, blieben die Gebote so niedrig, daß er vom Auktionator zurückgenommen wurde.

Dann kam Posten achtundzwanzig. Der Auktionator, ein Mann Mitte Sechzig und ein alter Hase im Gewerbe, wußte genau, daß eine vollkommen ausdruckslose Präsentation am wirkungsvollsten Spannung erzeugte und Brieftaschen lokkerte. Schon das geringste Anzeichen von Begeisterung oder der Versuch, das Publikum marktschreierisch zu manipulieren, hätte genau die entgegengesetzte Wirkung gehabt. Understatement ist in solchen Situationen immer das beste. Während er sprach, trugen zwei junge Männer in braunen Overalls das Bild herein und stellten es auf die Staffelei rechts vom Rednerpult. Da stand es, in Licht getaucht, als wäre die Bühne ein Altar und das Bild selbst ein Gegenstand der Anbetung, wie ein poetisch angehauchter Fernsehreporter es nachträglich formulierte.

»Posten achtundzwanzig. Raffael. Ein Porträt der Elisabetta di Laguna, um 1505. Öl auf Leinwand, achtundsechzig mal einhundertachtunddreißig Zentimeter. Ich bin mir sicher, daß viele von Ihnen die Geschichte dieses Werks kennen, wir werden deshalb das Gebot bei zwanzig Millionen Pfund eröffnen. Was höre ich?«

Das Mindestgebot so hoch anzusetzen, war ein Risiko, gleichzeitig aber auch genau die richtige Dosis unterkühlter Extravaganz. Noch wenige Jahre zuvor wäre es eine Sensation gewesen, eine Auktion bei einer solchen Summe zu beenden. Bisher hatten in der ganzen Welt nur vier Bilder mehr erzielt. Ohne jedes laute Geräusch und ohne daß sich im Publikum irgend jemand zu bewegen schien, stiegen die Gebote auf dreißig, fünfunddreißig, schließlich vierzig Millionen. Bei zweiundvierzig Millionen griffen einige Händler, die an der einen Wand des Saals vor ihren Telefonen saßen, zu den Hörern und sprachen mit ihren Kunden in einem Dutzend verschiedener Länder. Bei dreiundfünfzig Millionen hängten einige von ihnen die Hörer ein und verschränkten die Arme als Zeichen, daß ihre Kunden ausgestiegen waren. Bei siebenundfünfzig Millionen waren dann nur noch zwei Leute im Rennen, ein stämmiger Mann in der dritten Reihe, von dem Insider wußten, daß er in der Vergangenheit für das Getty-Museum aufgetreten war, und ein kleiner Mann, der seine Gebote mit einer knappen nervösen Handbewegung abgab, so als würde er in einer angeregten Unterhaltung seinen Worten Nachdruck verleihen.

Dieser zweite Mann war es, der schließlich gewann. Nachdem er dreiundsechzig Millionen Pfund geboten hatte, sah der stämmige Mann mit der purpurnen Krawatte auf, zögerte kurz und schüttelte dann den Kopf. Etwa drei Sekunden lang herrschte Stille.

»Verkauft. Für dreiundsechzig Millionen Pfund. Er gehört Ihnen, Sir.«

Im Saal brauste Applaus auf, und die angestaute Spannung löste sich in Erleichterung und Begeisterung. Es war nicht nur irgendein Rekord, es war ein gigantischer Rekord. Der professionelle Teil des Publikums fragte sich allerdings, wer dieser Mann war. Obwohl in der Kunstwelt fast jeder jeden kennt und weiß, für wen er arbeitet, hatte keiner auch nur die geringste Ahnung, wer dieser Mann war, und er verschwand durch eine Seitentür, bevor jemand ihn fragen konnte.

4

Es dauerte nur wenige Tage, bis durch die geheimen Kanäle in der Welt der Kunsthändler, -kenner und -sammler die Nachricht sickerte, der kleine, unbekannte Mann, der das Getty überboten hatte, sei ein ranghoher Beamter des italienischen Finanzministeriums gewesen, der mit einem Blankoscheck von der Regierung und dem Auftrag, das Werk um jeden Preis zu kaufen, zu der Auktion geschickt worden war. Die italienischen Museen mußten, wie die staatlichen Museen anderer Länder, mit einem Budget auskommen, das viel zu knapp bemessen war. Und wie die Direktoren von fast jedem Museum in Europa mußte auch der Direktor des Museo Nazionale tatenlos und verzehrt von einer Mischung aus Wut und Neid zusehen, wie ein kostbares Werk nach dem anderen Preise erzielte, die er nicht einmal mit seinem gesamten Jahresbudget hätte bezahlen können. Aber er war ein Mann, der die Rettung von Kunstwerken für Italien als moralische Pflicht betrachtete, und hatte deshalb schon seit Monaten bei den Mächtigen antichambriert, damit die mehr Geld bereitstellten. Er hatte damit sogar Erfolg gehabt, und als dann die Elisabetta zur Versteigerung angeboten wurde, war er der Regierung noch einmal um den Bart gegangen und hatte darauf gedrängt, daß sie ihre Zusage einlöste.

Ganz offensichtlich waren in dem verzweigten und obskuren Intrigennetz, das sich italienische Regierung nannte, ein paar erstaunliche Fäden gezogen worden. Es war geradezu ein Paradebeispiel politischer Praxis. Das Interesse, das dieses Porträt im Ausland erregte, war nichts im Vergleich zu dem in Italien selbst. Die Art und Weise, wie ein gerissener englischer Händler die Elisabetta dem Staat und dem Vatikan weggeschnappt und dabei ganz legal alle Beschränkungen umgangen hatte, die eben dies verhindern sollten, ließ die Regierung vertrottelt, die Museumskuratoren beschränkt und die Kunstgeschichtler inkompetent erscheinen.

Und einige Regierungsmitglieder erinnerten sich noch gut an den Aufruhr, der der Gründung von Bottandos Dezernat vor knapp einem Jahr vorausgegangen war. Die Behörden gaben deshalb dem beharrlichen und überzeugenden Museumsdirektor nach, stellten die Summe, die sie versprochen hatten, bereit und schickten ihren Mann auf den Weg. In gewisser Hinsicht war das eine riskante Sache: Die Kommunisten in der Opposition versuchten sofort, Kapital aus der Sache zu schlagen, indem sie auf unzählige andere Probleme hinwiesen, für die das Geld besser hätte verwendet werden können. Andere schrieben polemische Zeitungsartikel über das italienische Haushaltsdefizit und behaupteten, daß sich das Land einen solchen Luxus einfach nicht leisten könne.

Aber die Regierung und vor allem der Kulturminister hatten richtig gerechnet. Er stand da als Retter des italienischen Erbes, bereit, dieses Vermächtnis zu verteidigen, was es auch koste. Wenn Italien ein so wertvolles Gemälde verloren hatte, mußte das Land es zurückbekommen. Wenn das Geld kostete, mußte es aufgebracht werden, schließlich war es eine Investition zur Wahrung der künstlerischen Integrität der Nation. Der Schachzug hatte, wie Meinungsumfragen zeigten, den patriotischen Nerv der Wählerschaft getroffen. Außerdem war es außerordentlich befriedigend, das teuerste Gemälde der Welt zu besitzen und die Amerikaner und die Japaner in einem fairen Kampf überboten zu haben. Auch im Ausland wurde die italienische Entscheidung begrüßt. Die Direktoren anderer staatlicher Museen führten den Kauf als Beispiel an, dem ihre Regierungen zu folgen hätten. Einige Zeitungen verstiegen sich sogar dazu, dem Minister – einem Mann mit wenig politischem Geschick und geringer Intelligenz – zu attestieren, er habe das Zeug zum Premierminister.

Das machte ihn zwar nicht gerade zum Liebling des derzeitigen Amtsinhabers, da aber die gesamte Regierung davon profitierte, für effektiv, reaktionsschnell und kultiviert gehalten zu werden – letztere Eigenschaft ist in Italien oft wichtiger als die ersten beiden –, wurde Stillschweigen bewahrt.

Die Rückkehr des Gemäldes wurde inszeniert wie ein Staatsbesuch. Einen Monat nach der Auktion und nachdem Spezialisten in London eine ganze Reihe von Tests und Untersuchungen an ihm durchgeführt hatten, traf es in einer Luftwaffenmaschine auf dem Flughafen Fiumicino ein und wurde mit Motorradeskorten und gepanzerten Autos ins Nationalmuseum überführt. Die gepanzerten Autos waren vielleicht etwas übertrieben, aber Bottandos Abteilung und seine Kameraden von der regulären Armee wollten kein Risiko eingehen. Die Brigate Rosse, die Stadtguerilla der siebziger Jahre, war zwar schon seit Jahren nicht mehr in Aktion getreten, aber man wußte ja nie.

Im Museo Nazionale selbst wurde die Elisabetta aufgestellt wie ein Heiligtum. Ein ganzer Raum wurde geräumt, damit das Porträt, hinter einer Seilabsperrung, die Besucher drei Meter entfernt hielt, in einsamer Größe wirken konnte. Auch hier behielt die Vorsicht die Oberhand. Polizei und Kuratoren erinnerten sich noch gut an den Hammerangriff auf Michelangelos »Pietà« im Petersdom wenige Jahre zuvor. Zu viele Bilder hatten in den letzten Jahren gelitten unter den Messerstichen oder Schrotschüssen von Verrückten, die sich für den Erzengel Gabriel hielten oder dem lange toten Künstler die Verehrung verübelten, die ihnen selbst nicht zuteil wurde. Und alle waren der Überzeugung, daß der Ruf des Bildes es zu einem perfekten Ziel für geltungssüchtige Geistesgestörte machte.

Der Raum war insgesamt in gedämpftes Licht getaucht, und ein einzelner Scheinwerfer beleuchtete das Bild. Unter vorgehaltener Hand gaben selbst die Dekorateure des Museums zu, daß das ein bißchen zu melodramatisch war. Zeichnungen, wie zum Beispiel Leonardos Madonna in der National Gallery in London, mußten tatsächlich vor Licht geschützt werden, um sie zu erhalten. Ölbilder waren da viel widerstandsfähiger, natürliches Licht konnte ihnen nichts anhaben. Doch die Wirkung dieser Beleuchtung war großartig, sie schuf eine beinahe religiöse Atmosphäre und ließ die Besucher mit gedämpften, ehrfürchtigen Stimmen sprechen, was die Wirkung des Werks nur noch erhöhte.

Besucher gab es in Hülle und Fülle. In den ersten Monaten verdoppelte sich ihre Zahl. Ein Besuch war plötzlich zur Pflicht geworden, und das nicht nur für Touristen, die das Museum bis dahin oft ausgelassen hatten, weil es ungünstig außerhalb des Zentrums lag, sondern auch für die Römer selbst. Tausende von Postkarten wurden verkauft, beliebt waren auch T-Shirts mit der Elisabetta di Laguna, und ein multinationaler Kekskonzern zahlte dem Museum ein Vermögen, um eines seiner Produkte mit dem Porträt der Schönen schmücken zu dürfen. Dazu kamen beträchtlich erhöhte Eintrittsgelder, und so konnte der Direktor sich ausrechnen, daß der Staat, sollte die Popularität des Werkes anhalten, innerhalb von vier Jahren einen Großteil der Kosten wieder hereingeholt haben dürfte.

Für Bottando und seine Assistentin begann mit der Rückkehr des Bilds eine der hektischsten Perioden seit Jahren. Der Aufbau der Sicherheitseinrichtungen, die Beobachtung bekannter einheimischer und internationaler Diebe und die Angst vor Irrtümern und Fehleinschätzungen hielten sie an ihre Schreibtische gefesselt.

Bottando, der diese Aufgabe mit den Augen eines altgedienten Polizisten betrachtete, dessen Budget schon jetzt viel zu klein war, lebte fast ständig in Angst. Er wußte nur zu gut, das das Bild, unabhängig von seinem künstlerischen Wert, eine gemalte Zeitbombe für seine Abteilung war. Falls ihm irgend etwas passierte, würde kein anderer als er den Kopf dafür hinhalten müssen.

So bestand ein Großteil seiner Arbeit darin, Schutzmaßnahmen zu ergreifen. Er war weder Zyniker noch Taktierer, aber auch kein Trottel. Und in den langen Jahren im Dienst des Verteidigungsministeriums hatte er eine Menge über Überlebenstechniken in einer Welt gelernt, gegen deren Scharmützel der Kampf in der Armee vornehm und zivilisiert wirkt. So schwitzte er viele Stunden über vorsichtig formulierten Berichten, feilte und polierte an Memoranden und verschwendete viel Zeit damit, einige wenige, sorgfältig ausgesuchte Bürokraten und Politiker zum Essen einzuladen.

Das Ergebnis entsprach zwar nicht ganz seinen Erwartungen, war aber besser als nichts. Er hatte um zusätzliches Personal gebeten und die Elisabetta als Argument für die Aufstockung seines Budgets benutzt. Am Ende kam dabei die Verdoppelung des Wachpersonals im Museo Nazionale heraus. Und obwohl es nie offiziell ausgesprochen wurde, kam man zu der stillschweigenden Übereinkunft, daß seine Abteilung aus der Verantwortung für die Sicherheit des Bilds entlassen würde, sobald es aufgehängt war.

Das gewährte einen gewissen Schutz. Aber Bottando mit seinem wachen Auge für Probleme erkannte natürlich sofort, daß es keine offizielle schriftliche Bestätigung seiner Nichtzuständigkeit gab, und das machte ihm Sorgen. Vor allem da er es bei Cavaliere Marco Ottavio Mario di Bruno di Tommaso, dem so feinsinnig aristokratischen Direktor des Nationalmuseums, mit einem Mann zu tun hatte, der ein begnadeter Politiker geworden wäre, hätte er sich nicht dem Museumsbetrieb zugewandt. Einen geschickteren Taktierer fand man in der ganzen Camera dei Deputati nicht. Tommaso hatte sich ein Bild unter der Nase wegschnappen lassen, war gezwungen gewesen, es zu einem unerhörten Preis zurückzukaufen, und hatte daraus einen persönlichen Triumph gemacht – ohne Zweifel eine eindrucksvolle Leistung.

Bottando sah sich in seiner Meinung bestätigt, als er bei dem Empfang anläßlich der Installation des Gemäldes im Museum Gelegenheit zu einem kurzen Gespräch mit dem Direktor hatte. Es war eine wirklich sehr illustre Gesellschaft: ein beträchtlicher Teil des Kabinetts mit seinem unvermeidlichen Gefolge, Museumsleute, einige Kunsthistoriker und gerade so viele Journalisten, daß die Sache auch in die Zeitungen kam. Denn zumindest in der Kunst, begeisterte Artikel über seine Aktivitäten in die Zeitungen zu bringen, war Tommaso Bottando überlegen.

»Gehen Sie nicht ein ziemliches Risiko ein? Ich meine, mit all diesen zweifelhaften Figuren da vor Ihrem hochgeschätzten Besitz?« Bottando wies verächtlich auf den Justizminister und einen Armeeoberen, die mit Zigaretten in den Händen das Bild betrachteten.

Tommaso stimmte ihm leise stöhnend zu. »Ich weiß. Aber es ist schwierig, den Premierminister zu bitten, nicht zu rauchen. Der bekommt schon nach zehn Minuten Entzugserscheinungen. Wir mußten sämtliche Rauchmelder ausschalten, sonst würden die Sprinkleranlagen alles durchnässen.

Kann nicht sagen, daß ich besonders glücklich drüber bin. Aber was soll ich denn machen? Diese Leute bestehen auf ihrem Anteil am Rampenlicht.« Er zuckte die Achseln.

Die Unterhaltung schleppte sich noch ein paar Minuten dahin, dann wandte Tommaso sich ab, um mit anderen zu reden. Das war typisch für ihn. Jedem gestand er die üblichen fünf Minuten höflicher Unterhaltung zu. Er war ein perfekter Gastgeber, aber Bottando wäre es lieber gewesen, wenn er es ihn nicht dauernd hätte spüren lassen. Er war immer freundlich, vergaß nie einen Namen und erwähnte immer ein Detail aus einer früheren Unterhaltung, damit man das Gefühl bekam, er schätze einen. Bottando haßte ihn. Und das um so mehr, als er ihm eben eine unangenehme Überraschung aufgetischt hatte.

Es werde ein weiterer Verbindungsausschuß eingerichtet werden, hatte er gesagt. Als ob es nicht schon genug davon gäbe! Vertreter des Museums und der Polizei sollten sich zusammensetzen, um Sicherheitsprobleme des Museums zu diskutieren. Bottando sollte die Polizeidelegation leiten, und Antonio Ferraro, der Leiter der Abteilung Skulptur, die des Museums. Offensichtlich war es Ferraros Idee gewesen. Geschieht ihm recht, dachte Bottando. Hätte er schon im voraus davon erfahren, hätte er die ganze Sache sabotieren können. Aber Tommaso hatte die Initiative ergriffen und alle nötigen Zustimmungen eingeholt, bevor er den Plan bekanntgab.

Es stimmte natürlich, daß die steinzeitlichen Sicherheitseinrichtungen des Museums eine eingehende und sorgfältige Prüfung dringend nötig hatten. Aber ein Ausschuß würde nicht viel erreichen, und das war eigentlich auch gar nicht beabsichtigt. Tommaso wollte ihn nur als Schutzschild zwischen sich und der Verantwortung, für den Fall, daß etwas passierte.

Der einzige, der Bottando leid tat, war Ferraro, den er auf der anderen Seite des Saals stehen sah. Groß, breit und kräftig. Dunkle Haare, die ihm am Schädel klebten wie pomadisiert. Ein redseliger Unterhalter, der einen mitten im Satz unterbrach, um voller Enthusiasmus mit seiner eigenen Erzählung fortfahren zu können. Mitte Dreißig, mit einer immer leicht sarkastischen Miene. Ein intelligenter, ungeduldiger Mann. Kein Wunder, daß er und Tommaso nicht gut miteinander auskamen; jeder erwartete vom anderen Unterordnung. Ein etwas zugänglicherer Mensch wäre Bottando für den Ausschuß lieber gewesen.

»Sie machen ein mürrisches Gesicht«, sagte eine Stimme neben ihm. »Daraus schließe ich, daß Sie mit unserem geliebten Chef gesprochen haben.«

Bottando drehte sich um und lächelte. Enrico Spello war inoffiziell der Stellvertretende Direktor, und Bottando mochte ihn. »Stimmt wie immer. Wie sind Sie drauf gekommen?«

Spello hob die Hände, um das Geheimnis menschlicher Intuition anzudeuten. »Ganz einfach. Nach einer Unterhaltung mit Tommaso sehe ich auch immer so aus.«

»Aber er ist Ihr Chef. Sie haben ein Recht, ihn nicht zu mögen. Zu mir ist er immer freundlich.«

»Natürlich. Auch zu mir ist er immer ganz reizend. Sogar wenn er mein Budget um fünfundzwanzig Prozent kürzt.«

»Hat er das wirklich getan? Wann?«

»Ach, das läuft jetzt schon über ein Jahr. Kein Interesse mehr an den Etruskern, das ist nur etwas für Archäologen und Altertumswissenschaftler. Was wir brauchen, ist ein bißchen mehr Glanz, das Zeug, das die Massen anzieht. Wie Sie wissen, ist unser Tommaso doch ein kleines Wunderkind. Meine Abteilung wird zusammengestutzt, damit er sich einen sehr teuren beigen Stoff für die Wände der Abendländischen Kunst leisten kann.«

»Ist Ihre Abteilung die einzige, die gekürzt wird?« fragte Bottando.

»Nein, nein. Aber wir sind mit am schlimmsten betroffen. Es hat unseren Freund da drüben eine Menge Popularität gekostet.« Er lächelte verschmitzt. Bottando hatte Mitleid mit dem Mann. Er war ein echter Gelehrter, einer von der Art, die in der Museumswelt allmählich ausstarb. Er lebte und atmete für etruskische Antiquitäten. Niemand wußte mehr über dieses geheimnisvolle Volk als Spello. Leute wie er wurden nun mit Verwaltern, Geldbeschaffern und Unternehmern ersetzt.

Und die waren ganz anders als der kurze, stämmige und exzentrisch gekleidete Spello.

»Ich wußte gar nicht, daß der überhaupt Popularität zu verlieren hatte«, bemerkte Bottando.

»Hatte er eigentlich auch nicht. Keine Ahnung, warum er sich deswegen Sorgen macht. Der hat so viel Geld, daß er's gar nicht nötig hätte.«

Bottando hob die Augenbrauen. »Tatsächlich? Das hab' ich gar nicht gewußt.«

Spello sah ihn von der Seite an. »Und Sie nennen sich Polizist? Ich dachte immer, Leute wie Sie wissen alles. Riesiges Familienvermögen, soweit ich weiß. Wird ihm aber auch nichts helfen. Eines Tages findet man ihn in seinem Büro mit einem Messer im Rücken. Und Sie haben dann mehr Verdächtige, als Ihnen lieb ist.«

»Wo sollte ich anfangen?«

»Naja«, begann Spello nachdenklich. »Ich hoffe, Sie erweisen mir die Ehre, mich ganz oben auf die Liste zu setzen. Dann kommen die Leute vom Nichtitalienischen Barock, die er in eine winzige Dachkammer gesteckt hat, wo niemand sie findet. Der Impressionismus mag es überhaupt nicht, daß man ihn zum Realismus gesteckt hat, und Glas hat etwas gegen die imperialistischen Absichten von Silber. Eigentlich ein richtiges Hornissennest. Unsere kleine Kantine hallt täglich wider von seinen Greueltaten, den vergangenen und den gegenwärtigen.«

»Und welche vergangenen haben Sie gerade im Sinn?« wollte Bottando wissen. Er liebte Klatsch und merkte, daß Spello ihm eine Anekdote erzählen wollte. Außerdem ärgerte er sich, weil er nichts von Tommasos Reichtum gewußt hatte.

»Ach, ich habe gerade an die Sache mit dem falschen Correggio gedacht. Das war damals in den sechziger Jahren, als unser Freund noch Gemäldekurator im Treviso war. Ein recht nettes Museum, der richtige Startplatz für die Aufsteiger in der Kunstwelt. Ehrgeizig und aggressiv wie er damals war, begann der junge Tommaso Bilder im Ausland einzukaufen und heimste dafür die Budgets fast aller anderen für sich ein. Er kaufte Dutzende Bilder und schuf sich so einen

Ruf als ehrgeiziger junger Mann, der genau weiß, was er tut. Sie haben vielleicht schon bemerkt, daß er sehr gerne Bilder kauft. Daß er dabei jeden anderen im Museum vor den Kopf stieß, war ihm ziemlich egal. Er hatte schließlich Größeres vor.

Aber dann machte er einen Fehler. Er kaufte für eine beträchtliche Summe einen Correggio und hängte ihn im Museum auf. Doch dann fing das Getuschel an. In einem Zeitungsartikel wurde behauptet, daß das Bild aus stilistischen Gründen möglicherweise nicht echt sei. Einige Herkunftsnachweise kamen ans Tageslicht, die den Schluß nahelegen, daß es nur eine Kopie ist. Er zwingt den Händler – keinen geringeren als Edward Byrnes –, das Bild zurückzunehmen. Aber die Zweifel an seiner Kompetenz bleiben bestehen. Doch an diesem Punkt kommt das Genie unseres Freundes ins Spiel. Seine Freunde in Rom flüstern in diverse Ohren. Er zwingt den Direktor, einen freundlichen, naiven Mann, den Skandal auf seine Kappe zu nehmen. Der Direktor dankt ab, und Tommaso tritt aus Loyalität ebenfalls zurück, was seinen Ruf natürlich nur erhöht. Er geht für kurze Zeit in die Wüste, ist aber bald wieder da und klettert die Leiter hinauf bis zu den Sternen. Und da ist er jetzt, in seinem Firmament.

Sie sehen also«, fügte Spello hinzu, nachdem er sich in dem allmählich leerer werdenden Saal umgesehen hatte, »wir wirken vielleicht nach außen wie eine glückliche Familie, aber im inneren schwelt die Unzufriedenheit. Ein Fehler von unserem Freund dort drüben, und die Leute stehen einen halben Kilometer Schlange, um ihm den Hals umzudrehen.«

5

Trotz der Sorgen, die die Elisabetta noch immer bereitete, mußte die Arbeit des Dezernats so gut wie möglich weitergeführt werden. War die Öffentlichkeit auch verzaubert von dem Bild, hielten die Diebe doch nur kurz inne, bevor sie sich wieder an ihre eigentliche Arbeit machten.

Es war sogar durchaus möglich, daß der Aufruhr um dieses

Bild verstärkte Aktivität provoziert hatte, vielleicht waren sich mehr Leute des Werts und der leichten Transportfähigkeit eines kleinen Stückchens Leinwand bewußt geworden, und sie versuchten deshalb ihr Glück mit anderen, weniger illustren Objekten. Es war ermüdend, aber in gewisser Weise auch befriedigend, weil die Verhaftung von Amateuren die Erfolgsquote des Dezernats verbesserte. Der Diebstahl einer Statue oder eines Bilds ist in Italien oft sehr einfach: Man muß meistens nur eine schwache Tür aufbrechen, das Objekt in ein Auto laden und davonfahren. Jeder zweitklassige Gauner schafft das. Die Beute danach loszuwerden, ist allerdings eine ganz andere Geschichte. Man kann die heiße Ware nicht einfach in einen Auktionssaal bringen und dort versteigern; und wenn man sie an einen Händler weitergeben will, muß man die ehrlichen von den unehrlichen unterscheiden können. Der erfolgreiche Diebstahl eines Kunstwerks ist eine Beschäftigung, die höchste Qualifikation verlangt, und bringt, im Gegensatz zu vielen anderen, immer wieder Meister ihres Fachs hervor.

Und eben wegen der ruhigen, aber beharrlichen Aktivität eines solchen Meisters mußte Flavia einige Monate nach Elisabettas triumphalem Einzug in Rom noch einmal nach London zurückkehren.

Anlaß dafür war eine internationale Konferenz mit Polizisten aus Frankreich, Italien, Griechenland und Großbritannien, die in London zusammenkamen wegen eines einzigen Mannes, vermutlich ein Franzose, der im Verdacht stand, mit dem Diebstahl von griechischen Ikonen einträgliche Geschäfte zu machen.

Ikonen sind außerhalb der Kunstwelt nur wenig bekannt, sie sind ein Spezialgebiet, für das sich nur Enthusiasten interessieren. Die Schönheit dieser Bilder, meistens auf Holztafeln gemalt und vorwiegend in orthodoxen Kirchen anzutreffen, wo sie als Andachtshilfe dienen, ist oft nur schwer zugänglich. Ihre einfachen Goldhintergründe und die stark formalisierte Darstellung setzen einen fein ausgebildeten Geschmack voraus, vor allem da das Fehlen jeglicher Perspektive sie schwierig macht für einen Betrachter, dessen Auge an der Dynamik der Renaissance geschult ist. Aber ist dieser Geschmack erst einmal gebildet, können Ikonen zur Leidenschaft werden, denn die stilisierte Eleganz und die klaren Formen vermitteln eine Friedlichkeit und Ruhe, die die robusteren, lebendigeren Darstellungen des Westens nur selten erreichen.

Vielleicht noch wichtiger ist aber, daß sie hohe Preise erzielen und der Markt für sie deutlich krimineller ist als für andere Kunstgattungen. Da die Sowjetunion eine der wichtigsten Quellen für Ikonen darstellt, ist Schmuggel an der Tagesordnung. Russische Ikonen werden regelmäßig von Emigranten außer Landes gebracht, da ihnen die Ausfuhr von Bargeld verboten ist. Sie werden nach Wien und weiter nach Tel Aviv geschmuggelt und dann über New York und London auf den Markt geworfen. Der Ankauf von Ikonen durch reiche Westler gilt schon fast als Spende für arme Osteuropäer auf ihrem Weg in die Freiheit, und nur wenige Händler oder Sammler machen sich Gedanken über ihre Herkunft.

All diese Faktoren trugen dazu bei, einen Markt zu schaffen, den Jean-Luc Morneau offensichtlich attraktiv fand – natürlich nur unter der Voraussetzung, daß die Schlüsse der Sûreté zutrafen und dieser in Paris ansässige Händler wirklich hinter den Diebstählen steckte. Das Kloster auf der Kykladen-Insel Amorgos hatte einen Diebstahl gemeldet, der dortige Ortspolizist hatte die Nachricht an die Zentralbehörde in Athen weitergeleitet, die darauf Nachforschungen in ganz Europa anstellte, und während dieser Zeit tauchte immer wieder der Name Morneau auf, obwohl keine eindeutigen Beweise vorlagen, die ein Einschreiten gegen ihn gerechtfertigt hätten.

Doch wer der Schuldige auch war, seine Vorgehensweise war recht einfach. Ein Tourist erscheint an der Schwelle des Klosters und bittet darum, die Kirche besichtigen zu dürfen. Drinnen fotografiert er dann und konzentriert sich dabei vor allem auf die Ikone über dem Altar. Schließlich dankt er dem Mönch, der am Portal gewartet hat, gibt ihm eine Spende und verschwindet.

Monate später kehrt er zurück, versteckt hinter einem inzwischen gewachsenen Bart oder einer dunklen Sonnenbrille, damit er nicht wiedererkannt wird. Wieder läßt man ihn nach Belieben herumstreifen. Er sieht nach, ob die Kirche leer ist, geht dann zum Altar und öffnet seine große Kameratasche. Er holt die Kopie heraus, die er nach den Fotos gemalt hat, vertauscht sie mit der echten Ikone über dem Altar und steckt die behutsam in seine Tasche. Dann verläßt er die Insel mit dem nächsten Boot – der Besuch ist zeitlich so gelegt, daß das Boot etwa eine Stunde danach ablegt –, fährt nach Kreta oder Rhodos, wo der Zoll am Flughafen nur selten kontrolliert, und verläßt das Land.

Die Kopien, die er auf Amorgos und etwa zwanzig anderen Inseln sowie in einigen Orten im Nordwesten Italiens zurückgelassen hat, werden als Fälschungen entlarvt, sobald ein Experte sie untersucht. Aber sie sind gut genug, um die üblichen Betrachtungen im Halbdunkel der Kirche durch die Mönche oder gelegentliche Besucher unbeanstandet zu überstehen. Nach den Angaben der Mönche auf Amorgos blieb die Kopie über ein Jahr unentdeckt. Und andere Klöster hatten ihre Kopien sogar noch länger bewundert.

Der Verdacht fiel auf Morneau, weil er zum einen mit Ikonen handelte, zweitens eine Ausbildung als Maler hatte und drittens nicht gerade für seine Ehrlichkeit bekannt war. Aber darüber hinaus gab es keine schlüssigen Beweise, und die Konferenz war einberufen worden, damit man gemeinsam versuchen konnte, über diskrete Nachforschungen einige der Werke aufzuspüren.

Auch die griechische Polizei wollte bei der Suche nach Morneau, der von der Bildfläche verschwunden war, helfen. Die Franzosen hatten herausgefunden, daß er sein Atelier an der Place des Abbesses schon vor einiger Zeit aufgegeben hatte. Da man nicht wußte, wo er sich im Augenblick aufhielt, war es um so schwieriger herauszufinden, wo er gewesen war. Die Angaben der Mönche aus den verschiedenen Klöstern waren alles andere als hilfreich. Die einen hatten den Besucher mit der Kameratasche für einen Franzosen gehalten, andere für einen Schweden, einen Amerikaner und einen Italiener. Auf Fotos konnte ihn keiner identifizieren.

Die Konferenz verlief mehr oder weniger ergebnislos, vor allem, weil ein junger und nicht allzu ernsthafter Engländer mit einem Seufzen bemerkt hatte, daß er wünschte, er wäre auf ein solches Verbrechen gekommen. Das verärgerte die Griechen, die sich daraufhin über betrügerische französische Händler ausließen, und nun schmollte die gallische Abordnung. Das Treffen war nicht gerade ein Paradebeispiel für europäische Zusammenarbeit.

Doch wenigstens ein indirektes Ergebnis hatte diese ansonsten fruchtlose Konferenz: Flavia sah Jonathan Argyll wieder. Er hatte ihr einige Monate zuvor geschrieben und sie um ein Wiedersehen gebeten, falls sie nach England kommen sollte. Er wolle sich revanchieren, schrieb er, und diesmal sie zum Essen einladen. Sie hatte ihm nicht geantwortet, einerseits, weil damals noch kein Grund für eine Englandreise vorlag, andererseits, weil sie Briefeschreiben haßte, und das war für sie ein sehr triftiger Grund.

Aber ein Abend allein in einer großen Stadt kann sehr langweilig sein, vor allem, wenn die Tage kurz sind, das Wetter kalt ist, und es, wie immer in London, leicht, aber beständig nieselt. So konnte sie sich weder die Stadt ansehen noch einen Schaufensterbummel machen. Alleine in ein Restaurant gehen mochte sie nicht, in den Kinos liefen keine Filme, die sie interessierten, das einzige Theaterstück, das sie hätte sehen wollen, war ausverkauft, und die Vorstellung, den Abend alleine im Hotelzimmer mit einem erbaulichen Buch zu verbringen, war alles andere als erheiternd.

Nachdem sie also alle anderen Möglichkeiten ausgeschöpft hatte, griff sie zum Telefon und rief ihn an. Er freute sich sehr, von ihr zu hören, und schlug vor, sofort zum Essen zu gehen. Sie war einverstanden, und er meinte, sie komme am besten zu seiner Wohnung. Sie zögerte, überschlug das potentielle Risiko und lehnte dann ab. In der eigenen Wohnung konnten sogar Engländer auf komische Gedanken kommen, und obwohl sie mit derartigen Situationen durchaus fertigwerden konnte, ruinierte so etwas doch immer den Abend.

»Also kommen Sie. Ich weiß noch nicht, in welches Restaurant wir gehen, und es wäre viel einfacher, wenn Sie zuerst hierherkommen würden. Es ist nicht weit weg von der U-Bahn.«

Die arglose Freundlichkeit, die in dieser Bitte mitschwang,

stimmte sie schließlich um. Sie versprach, um 19 Uhr 30 bei seiner Wohnung zu sein, ließ sich den Weg beschreiben und legte auf.

Es war kein Problem, von ihrem Hotel zur Notting Hill Gate zu kommen. Im großen und ganzen mochte Flavia London nicht, vor allem wegen seiner Größe und der unmenschlichen Art, wie die Stadt angelegt war. In Rom wohnte sie nur fünfzehn Gehminuten von ihrem Büro entfernt in einem ruhigen und preiswerten Viertel in der Nähe des Mausoleo Augusto mit einer Unmenge von Restaurants, zahllosen Läden und einer lebenslustigen Bevölkerung. Aber London war ganz anders. Niemand schien in der Nähe des Zentrums zu wohnen, und jeder verbrachte auf dem Weg zur Arbeit und wieder nach Hause Stunden in U-Bahnen oder Zügen. Und die Wohnviertel waren fast alle unglaublich eintönig, es gab kaum Läden, dafür aber eine Grundstimmung der Ehrbarkeit, die nur den Schluß zuließ, daß sich die Bewohner um halb zehn mit einem Glas heißer Milch ins Bett verkrochen. Leben auf der Straße, Leute, die herumspazierten, nur weil es ihnen Spaß machte, die Freunde begrüßten oder sich einen Drink genehmigten, all das, was das Leben in der Stadt lebenswert machte, gab es hier praktisch nicht. London war nicht gerade das, was Flavia sich unter einer aufregenden Stadt vorstellte.

Die Straße, in der Argyll wohnte, lag hinter dem ehrbaren Teil von Notting Hill, der die U-Bahn-Station umgab, in einem der weniger wohlhabenden Viertel. Das Haus gehörte weder zu den besten noch zu den schlechtesten, die die Gegend zu bieten hatte. Er wohnte im obersten Stock eines Reihenhauses, und als sie auf die Klingel drückte, bellte er durch die defekte, knackende Gegensprechanlage, sie solle die Treppen hochsteigen, bis es nicht mehr weitergehe.

Seine Wohnung zeigte deutliche Spuren eines sehr überstürzten und nur zum Teil erfolgreichen Fluchtversuchs. Papierstapel türmten sich in Schachteln, auf dem Boden standen geöffnete Koffer voller Kleider und Bücher, und aus einem Haufen diverser Socken ragte eine Flasche Weißwein heraus, die er allem Anschein nach ihr zu Ehren eben erst gekauft hatte.

»Ziehen Sie um?« fragte sie und ihr war klar, daß man nicht gerade den Verstand eines Sherlock Holmes brauchte, um zu diesem Schluß zu kommen.

»Ja«, erwiderte er, während er die Flasche öffnete und dann hineinspähte, um nach Korkenstückchen auf dem Wein zu suchen. Nach einem mißbilligenden Blick auf die Krümel in der Flasche sah er mit einem fröhlichen Lächeln hoch. »Leb wohl, London, sei mir gegrüßt, Rom. Für ungefähr ein Jahr, vielleicht noch länger. Bis ich diese verdammte Dissertation abgeschlossen habe. Was ich in England tun konnte, habe ich getan, jetzt ist alles, was ich brauche, in Italien. Was mir eigentlich gar nicht so schlecht in den Kram paßt.«

»Ich dachte, Sie sind so arm?«

»War ich auch. Aber nicht im Augenblick. Es ist einer der unvorhergesehenen Nebeneffekte dieses Raffael.«

»Wie das?«

»Na ja, wissen Sie, ich war da auf eine Party eingeladen, und Edward Byrnes war auch da. Hat sich etwas dümmlich an mich herangemacht, und wir sind ins Reden gekommen. Es lief darauf hinaus, daß er sich beinahe bei mir entschuldigt hätte, weil er mir das Bild vor der Nase weggeschnappt hat. Irgendwelche krummen Dinger hat er natürlich nicht zugegeben. Faselte was von unabhängigen Nachforschungen, die in die gleiche Richtung geführt hätten. Und das Bild gehöre sowieso nicht ihm. Ein dummer Zufall, die ganze Sache. Wie auch immer, ich glaub's ihm nicht. Irgendwie hat er durch mich Wind von der Sache bekommen. Na, aber das wichtigste war, daß er mir eine Art verdeckter Entschädigung angeboten hat. Seine Firma vergibt ein Stipendium für Kunstgeschichtler, und er meinte, wenn ich mich dafür bewerbe, würde ich es wahrscheinlich bekommen. Das hab' ich getan, und ich hab's auch bekommen.«

»Und Sie haben das akzeptiert?«

Argyll zögerte einen Augenblick. »Na, ich dachte mir, warum eigentlich nicht. An das Bild komm' ich eh nicht mehr ran. Und dank mir hat Byrnes jetzt eine Menge Geld. Ich hätte natürlich den Ehrenmann spielen und mich weigern können, sein schmutziges Geld anzulangen – Sir, wie können Sie es wagen, mich so zu beleidigen. Aber er wäre dann genauso reich wie zuvor, und ich genauso arm. Eigentlich hätte er mir ja ein paar Millionen anbieten müssen, aber das hat er nicht getan, und so hieß es eben, das oder gar nichts.«

»Was hat er damit gemeint, daß es nicht sein Bild sei?«

»Anscheinend genau das. Das ist die Geschichte, die er verbreitet, wahrscheinlich wegen der vielen Neider im Gewerbe. Er habe nur im Auftrag gehandelt. Er habe das Bild für jemand anderen gekauft, und dieser andere habe jetzt auch das Geld.«

»Wer?« fragte Flavia, die neugierig geworden war.

»Hat er nicht gesagt. Um ehrlich zu sein, ich hab' ihn gar nicht danach gefragt, weil es ein so offensichtlicher Unsinn war. Außerdem war ich viel zu sehr damit beschäftigt, mir meine Rückkehr nach Italien auszumalen.«

»Aus Ihnen würde nie ein guter Polizist«, entgegnete Flavia.

»Ich weiß. Aber das will ich auch gar nicht. Die Geschichte kam mir so lächerlich vor, daß ich nicht weiter drauf eingegangen bin. Ich meine, können Sie sich vorstellen, daß ein Händler, der etwas auf sich hält, einen Raffael in die Finger bekommt und sich den so ohne weiteres wieder wegnehmen läßt?« Er hielt einen Augenblick inne, um die Korkenstückchen mit dem Finger aus der Flasche zu fischen.

»Wie ekelhaft. Tut mir leid«, sagte er entschuldigend.

Er goß ein, sie trank, er setzte sich auf den Boden, und sie unterhielten sich belanglos über ihre Reise, seine Forschungen und wie er seine Wohnung gefunden hatte. Sie sprachen italienisch und über Italien, und Argyll redete sich allmählich in Begeisterung. Er liebte das Land, wie nur die verkrampften, monochromatischen Bewohner des Nordens, die der farbenfrohe mediterrane Überschwang faszinierte, es tun konnten. Aber bei ihm war es keine glotzende, blinde Verehrung; er kannte das Land gut, auch dessen Schattenseiten. Die Unzulänglichkeiten, die moralische Strenge und die Engstirnigkeit Italiens verstand und tolerierte er. Er kannte auch dessen

Kunst und konnte mit nostalgischem Vergnügen von seinen langen und beschwerlichen Busfahrten und Fußmärschen zu den unbekannteren Schätzen erzählen, die in Italien oft an unzugänglichen Orten versteckt sind. Flavia kam der Gedanke, daß er sich vermutlich gut mit Bottando verstehen würde. Dann wechselte er wieder das Thema und sprach über London, seine Arbeit und die Museen. Während er ihr ein zweites Glas Wein eingoß, hob er den Zeigefinger. »Es gibt übrigens noch einen zweiten Grund, warum ich Byrnes' Geld angenommen habe. Es kam mir nämlich fast vor wie ein Sieg.«

Sie sah ihn verwundert an. »Schöner Sieg«, sagte sie.

»Warten Sie mal ab«, erwiderte er, kniete sich vor eine große Schachtel und wühlte in den Papieren. »Wo hab' ich das bloß hingesteckt? Das ist das Problem, wenn man packt. Die Sachen, die man braucht, sind immer ganz unten in den Schachteln. Da ist es ja. Das muß ich Ihnen zeigen. Ich glaube, es wird Sie amüsieren.«

Argyll erklärte, daß er sich nach dem Debakel in Rom zu Hause mit Feuereifer auf seine Arbeit über Mantini gestürzt hatte. Grund dafür war weder seine große Liebe zur Kunstgeschichte noch eine besondere Hingabe an die Wiederherstellung des guten Rufs seines auserwählten Malers – eines Mannes, den man auch beim besten Willen nur als zweitklassig bezeichnen konnte. Er hatte es sich vielmehr in den Kopf gesetzt, aus dieser Arbeit, in die er nun schon einige Jahre investiert hatte, etwas herauszuschlagen, auch wenn es nur ein Blatt Papier und das Recht war, sich Doktor Argyll nennen zu dürfen.

Er erzählte weiter, daß er sich alle Mühe gegeben habe, den Raffael und alles, was damit zusammenhing, aus seinem Gedächtnis zu verbannen. Sein Maler war bei englischen Touristen in Rom Anfang des achtzehnten Jahrhunderts ziemlich beliebt gewesen, und viele von ihnen hatten bei ihm eine kleine Arbeit als Erinnerung an ihren Aufenthalt in Auftrag gegeben – etwa so, wie man sich heutzutage eine Postkarte der Spanischen Treppe kauft. Meist lieferte er nicht gerade originelle Landschaftsansichten im Stil von Claude Lorrain oder

Gaspard Dughet, die damals in hohem Ansehen standen. Argyll nun hatte, um ein vollständiges Werkverzeichnis des Malers zusammenstellen zu können, an fast jeden Landhausbesitzer in England geschrieben und ihn gefragt, ob er ein solches Bild besitze. Er hatte sogar einige Häuser besucht, um in ihren Archiven nach Hinweisen auf Zeitpunkt und Art des Kaufs und des Kaufpreises zu suchen.

Einer dieser Ausflüge führte ihn nach Backlin House in Gloucestershire, einem riesigen, feuchtkalten Gemäuer, in dem noch immer die ursprüngliche Familie lebte, obwohl sie es sich offensichtlich nicht mehr leisten konnte. Wären die Leute vernünftig gewesen, meinte Argyll, hätten sie das Haus dem National Trust vermacht und wären nach Südfrankreich gezogen, so wie die Clomortons es nach dem Krieg getan hatten.

Das Archivzimmer, in dem die Urkunden der Familie in staubig moderiger Dunkelheit aufbewahrt wurden, ließ den Rest des Hauses richtig fröhlich erscheinen. Schon nach dem ersten Blick wäre er beinahe wieder nach Hause gefahren.

»1903 kam ein Mann von der Kommission für alte Handschriften in das Haus, um die Urkunden zu katalogisieren, er starb aber nach der Hälfte der Arbeit an einer Grippe. Das überrascht mich gar nicht. Wenn ich in weiser Voraussicht nicht Handschuhe, eine Wollmütze und einen Flachmann mitgebracht hätte, wäre es mir wahrscheinlich genauso gegangen. Aber der erfahrene Forscher ist eben für alle Eventualitäten gerüstet«, ergänzte er hochmütig.

Wegen des vorzeitigen Ablebens des armen Gentleman waren die Papiere nie sortiert und katalogisiert worden. Und aus demselben Grund hatte sich seit Jahren keiner mehr in ihre Nähe gewagt. Deshalb fand Argyll, als er schließlich die Dachkammer mit den zusammengeworfenen Erinnerungen aus vierhundert Jahren betrat, eine Unmenge von Dokumentenrollen, Truhen mit Besitzurkunden, unzählige Bündel von juristischem Material und eine ganze Reihe von Pappkartons aus dem neunzehnten Jahrhundert mit Aufschriften wie »Erster Earl«, »Zweiter Earl« und so weiter.

Ein Großteil dieser Abertausende von Papieren lag ungeordnet beieinander; oder wenn es eine Ordnung gab, dann konnte er sie nicht erkennen. Aber einige der Schachteln zeigten noch die Spuren des alten Archivars, offensichtlich waren sie vor seinem Tod zur Durchsicht vorbereitet worden. Diese waren etwas präziser beschriftet. Eine große Schachtel trug die Aufschrift: »Briefe des achtzehnten Jahrhunderts.«

»Das war meine große Entdeckung«, sagte Argyll. »Ein Bündel enthielt ausschließlich Briefe an den Besitzer des Hauses, Sir Robert Delmé, von seiner Schwester Arabella.«

»Na und?« fragte Flavia, die allmählich Mühe hatte, ihre Ungeduld im Zaum zu halten.

»Arabella war eine dieser großen Damen, die mit dem Ende des achtzehnten Jahrhunderts ausgestorben sind. Sie hatte insgesamt vier Ehemänner und hat sie alle überlebt. Sie war siebenundachtzig und eben dabei, sich Nummer fünf zu angeln, als sie nach einem Übermaß an Cognac umkippte. Der springende Punkt ist aber, daß Gatte Nummer zwei kein anderer war als unser Freund, der Earl of Clomorton – dieser berühmte Raffaelkenner –, und daß zehn der Briefe aus dieser Zeit stammen.«

Die meisten der Briefe seien relativ uninteressant gewesen, berichtete Argyll – Klatsch aus London, Einzelheiten aus dem Leben des Prince of Wales sowie anzügliche Bemerkungen über die zahllosen Unzulänglichkeiten ihres Gatten. Trotz seines Reichtums schien der zweite Earl bei seiner Frau nichts gegolten zu haben, er war übertrieben geizig und offensichtlich von einem höchst unsicheren Urteilsvermögen.

»Er war genau der Typ, den die römischen Kunsthändler schon eine Meile gegen den Wind riechen. Für die war es vermutlich eine Ehrensache, ihm Schund zu überhöhten Preisen aufzuschwatzen. Das einzige, was ihm wirklich am Herzen lag, waren seine Hämorrhoiden, wenn man Lady A. glauben darf. Anscheinend hat er jahrelang nur von ihnen gequasselt. Die sind ja bestimmt schmerzhaft, aber für die Atmosphäre beim Frühstück nicht gerade förderlich.«

Zwei der Briefe stammten aus dem Zeitraum, als der Earl starb, der eine war kurz vor seinem Tod datiert, der andere danach. »Hier«, sagte Argyll und wühlte in einem Stapel

Papiere in einer braunen Mappe. »Ich habe sie abgeschrieben. Sehen Sie sie sich an.«

Flavia nahm das erste Blatt und kniff die Augen zusammen, um Argylls schnelles und unordentliches Gekritzel zu entziffern.

»Liebster Bruder,« begann der Brief, *»wie Sie zweifelsohne aus der ›Gazette‹ wissen, ist mein Lord von seiner Reise an unsere Gestade zurückgekehrt. Meine Güte, wie verändert er doch ist! Nichts hat er mehr vom rotwangigen Sportsmann; die milden Lüfte Italiens haben einen wahren Kunstkenner aus ihm gemacht. Ich kann Ihnen nicht sagen, wie sehr mich seine neue Beschäftigung in Erstaunen versetzt. Den ganzen Tag stolziert er in feinster französischer Spitze auf und ab und erteilt der Dienerschaft Befehle in einem Kauderwelsch, das er für elegantes Italienisch hält. Da sie ihn nicht verstehen, machen sie, was sie wollen, wie sonst auch. Aber das schlimmste ist, seine neue Begeisterung hat ihm die Taschen geöffnet.*

Allem Anschein nach hat er versucht, ganz Italien zu kaufen, und dabei seine Familie in den Ruin gestürzt. Einige dieser Unsäglichkeiten sind bereits hier eingetroffen. Ich beabsichtige, sie in den dunkelsten Winkeln aufzuhängen, damit es meinen Besuchern nicht sofort ins Auge sticht, wie schändlich mein Gatte von diesen ausländischen Händlern übertölpelt wurde. Er versprach mir Bilder der ersten italienischen Künstler, doch gebracht hat er nur übelsten Tand, die krudesten Nachahmungen. Nur im Preis sind sie den genialen Kompositionen der Meister ebenbürtig. Der herbste Schlag jedoch steht uns erst noch bevor. Seit drei Wochen weilt er nun schon bei Mr. Paris in London und erwartet ungeduldig die letzte Lieferung Ruinen von diesen niederträchtigen römischen Landschaftsmalern, die ihn mit größtem Vergnügen um sein Geld erleichtert haben. Mein Lord verspricht mir – mit seiner geheimnisvollsten Stimme –, daß diese mich wie nichts anderes in Entzücken und Erstaunen versetzen werden. Ich gestehe, ich kann mir nicht vorstellen, wie ich noch mehr erstaunt sein könnte. Es hat den Anschein, als habe er mehr als siebenhundert Pfund für ein Gemälde ausgegeben, das in Wahrheit, dessen bin ich mir ganz sicher, nicht mehr wert sein wird als zwei Schilling.«

Die Schreiberin fuhr fort mit lokalem Klatsch und Politik, mit Klagen über die Diener und der Nachricht über den Tod der Tochter eines entfernten Verwandten. Dann kehrte sie zu ihrem Gatten zurück und ließ ihr Gift wieder ungehindert fließen:

»Ich habe Ihnen, mein lieber Bruder, in der Vergangenheit schon häufig von den amourösen Abenteuern meines Gatten berichtet. Neuerdings jedoch weniger, nachdem ich dieses erbärmliche Flittchen zur Rede gestellt hatte, mit dem er sich kurz vor Beginn seiner Reise entehrt hatte. Ich gestehe, als ich ihm damals sagte, ich würde ihm die Kehle durchschneiden, sollte er mich je wieder so demütigen, wich ihm die Farbe aus den Wangen! Mein lieber Bruder, ich war so überzeugend, daß sogar ich selbst glaubte, ich würde es tun. Doch die Drohung brachte ihn wieder auf den Pfad der Treue zurück. Ein Tunichtgut allerdings bleibt immer ein Tunichtgut. Er scheint auch weiterhin entschlossen, den Namen seiner Familie in den Schmutz zu ziehen. In zwei Tagen wird mein Lord aus London zurückkehren. Sicher vermögen Sie sich auszumalen, welchen Empfang er erhalten wird von Ihrer Sie zärtlich liebenden Schwester, Arabella.«

»Na!« sagte Argyll triumphierend. »Was halten Sie davon?«

Flavia zuckte die Achseln. »Dann war er eben ein alter Schürzenjäger. Was soll ich denn davon halten?«

»Wohl nicht richtig aufgepaßt, was? Sehen Sie noch mal hin. ›Niederträchtiger römischer Landschaftsmaler‹ – Mantini. Das geheimnisvolle Getue paßt auch. ›Siebenhundert Pfund‹ – damals ein stolzer Preis für ein Bild.«

»Dann redet sie eben von der bevorstehenden Ankunft der Elisabetta. Na und?«

»Sehen Sie doch, was sie schreibt. Sie spricht von Ruinen – bestimmt in einer klassischen Landschaft –, die er erwartet.«

»Und?«

»Die Elisabetta wurde unter einer Rast auf der Flucht nach Ägypten entdeckt. Das ist doch komisch, nicht?« Nach dieser Feststellung, die er offensichtlich für verblüffend hielt, lehnte er sich siegessicher zurück.

»Also offen gestanden, nein, das ist es nicht«, erwiderte

Flavia unbeeindruckt. »Vielleicht hat sie die Qualität des Bilds gemeint und nicht das Thema. Außerdem wissen wir doch alle, daß es das falsche war.«

Argyll sah aus wie jemand, der brave Bewunderung und keine Gegenargumente erwartet hatte. »Oh. Daran habe ich gar nicht gedacht«, sagte er.

»Aber«, fuhr er dann mit wieder aufflackernder Begeisterung fort, während er sich eine von Flavias Zigaretten anzündete und das Streichholz in sein leeres Weinglas warf. »Passen Sie mal auf. Das Verbindungsglied ist der Händler, Sam Paris. Er hat Mantini in Rom bei der Arbeit zugesehen, und er war dabei, als das Bild in London ausgepackt wurde. Wenn mit dem Schiff ein anderes angekommen wäre, hätte er es bemerkt. Aber er hat offensichtlich nichts bemerkt, da Clomorton immer noch glaubte, alles liefe nach Plan.«

Flavia nickte nachdenklich, aber noch nicht recht überzeugt. »Okay, so weit gebe ich Ihnen recht.«

»Und wie's aussieht, hat niemand bemerkt, daß etwas nicht stimmt, bis das Bild gereinigt wurde. Deshalb muß Mantini also eine Ruinenansicht über den Raffael gemalt haben. Immer noch einverstanden?«

Flavia spitzte die Lippen. »Hm, vielleicht. Aber vielleicht steckte auch Paris in der Sache mit drin und wußte, daß ein anderes Bild abgeschickt worden war. Schließlich war er auch nur Kunsthändler, und wenn ich mich recht erinnere, ist er gleich danach verschwunden. Jeder Polizist, der was auf sich hält, sieht darin ein verdächtiges Verhalten. Außerdem hängt jetzt im Museo Nazionale ein international anerkannter Raffael, und das tut Ihrem Argument überhaupt nicht gut. Wobei ich allerdings zugeben muß, daß mir noch nicht ganz klar ist, worin Ihr Argument eigentlich besteht.«

»Das ist mir auch selber noch nicht ganz klar. Wahrscheinlich ist es gar nicht wichtig. Aber es würde eine hübsche Fußnote abgeben. Wäre es denn nicht großartig, wenn die im Museum den falschen Raffael hätten? Der Gedanke hält mich schon seit Wochen bei Laune.«

Auf diese Art fröhlich gestimmt, ging Argyll beschwingt über das nasse, glänzende Trottoir und wich behende den Wasserfontänen aus, die Busse und Autos im Vorbeifahren hochspritzten. Er öffnete einen riesigen, schwarzen Regenschirm, wie er von professionellen Flaneuren benutzt wird, und streckte seinen Ellbogen aus.

Ohne lange zu überlegen, hakte Flavia sich ein. Sie konnte sich nicht erinnern, jemals von einem Mann auf eine so höflich altmodische Art behandelt worden zu sein. Arme, die sich verstohlen um ihre Taille legten und dann nordwärts wanderten, die kannte sie zur Genüge; und auch an die kalte, bewußt eingehaltene Distanz, mit der ihr letzter Freund sein Mißfallen ausgedrückt hatte, war sie gewöhnt. Doch diese Geste hatte eine leise Freundlichkeit an sich, die ihr die Möglichkeit gab, sie zu übersehen und damit das Angebot auf elegante Weise auszuschlagen, wenn sie es wollte. Außergewöhnlich altmodisch, aber praktisch und sehr charmant; sie brachte sie so nahe zusammen, daß sie beide unter der Kuppel des riesigen Regenschirms Platz fanden.

»Ich dachte mir, wir könnten in ein Thai-Restaurant gehen«, sagte er. »Das römische Essen ist sehr gut, aber als ich dort war, habe ich mich richtig nach etwas Würzigem gesehnt.«

Flavia erwiderte nichts und hörte auch kaum zu, während er munter über belanglose Themen plauderte. Im Restaurant nickte sie nur abwesend, als er sie fragte, ob sie etwas zu trinken wolle, und nickte noch einmal, als er Sake vorschlug, ein Getränk, von dem sie noch nie etwas gehört hatte. Danach konzentrierte sie sich auf die Speisekarte.

»Warum würden Sie es toll finden, wenn das Bild das falsche wäre? Ich würde es schrecklich finden – übrigens, das geht auf Rechnung des Dezernats«, sagte sie, nachdem der Kellner die Bestellung aufgenommen und eine Flasche in einer Schale mit heißem Wasser gebracht hatte. Sie merkte, daß sie ihm gerade zum ersten Mal eine Frage gestellt hatte, deren Antwort sie wirklich interessierte. Seine wiedergefundene Lebhaftigkeit gab seinem Wesen etwas viel Sympathischeres, obwohl er manchmal Gefahr lief, die Grenze zur

Blasiertheit zu überschreiten. Auf jeden Fall war er nicht so trottelig, wie es anfangs ausgesehen hatte.

»Auf keinen Fall. Sie haben das letzte Mal bezahlt. Außerdem soll es eine Art Entschuldigung sein, weil ich Sie in Rom zu Tode gelangweilt habe. Und keine Sorge, es geht auf Sir Edward Byrnes. Ich habe gestern meinen ersten Scheck bekommen. Was den Raffael angeht – denken Sie nur an die Scharen anerkannter Autoritäten, die im Augenblick darum kämpfen, wer sein Buch über den neuen Raffael als erster herausbringt. Überlegen Sie mal, wie viele sich mit Lobhudeleien in Magazinen und Zeitungen eine goldene Nase verdient haben. Und noch schöner, stellen Sie sich vor, wie dumm die dastehen, wenn sich plötzlich zeigt, daß sie ihre ganzen bewundernden Adjektive an eine Fälschung verschwendet haben. Sind Sie verheiratet?«

»Nein, bin ich nicht.« Sie hielt inne und trank das kleine Glas Sake in einem Zug aus. Es schmeckte nach fast gar nichts, aber es war warm. Sie goß sich ein neues Glas ein und trank es ebenfalls aus. Die Wärme machte den offensichtlich mangelnden Alkohol zum Teil wieder wett. »Haben Sie jemand davon erzählt?«

»Keinem Menschen. Ich habe meine Lektion beim letzten Mal gelernt.«

»Hören Sie. Halten Sie sich zurück und seien Sie vernünftig. Ich weiß, daß Sie diese Sache ziemlich aufgeregt hat, aber der Raffael kann keine Fälschung sein. Jeder Kunstgeschichtler auf der Welt hat einen Artikel über ihn geschrieben. Und jeder bestätigt, daß er echt ist. Ich weiß, daß diese Leute auch Fehler machen, aber alle auf einmal können sich nicht täuschen. Sie können unmöglich ein wenig überzeugendes Fragment eines Briefes von einer Frau, die vorwiegend mit den sexuellen Eskapaden ihres Gatten beschäftigt ist, gegen die übereinstimmende Meinung der geachtetsten Kunstkenner stellen.«

»Ich seh' nicht ein, warum nicht. Wie Sie sagen, die Leute machen Fehler, und manchmal gigantische. Ein Großteil der Kunstgeschichtsforschung besteht darin, die Fehler anderer Leute aufzudecken und seine eigenen dagegenzusetzen.

Sämtliche Kunstgalerien auf dieser Welt sind voll von Sachen mit Bezeichnungen wie ›nach Velazquez‹ oder ›Schule des Tizian‹, die man über Jahre hinweg für Arbeiten des jeweiligen Meisters selbst gehalten hat. Einen Freund?«

Flavia füllte ihr Glas nach. »Nein. Aber wie wollen Sie es beweisen?« fragte sie. »Wenn alle sich darauf festgelegt haben, daß es sich um einen Raffael handelt, ist es schwer, sie vom Gegenteil zu überzeugen. Es ist eigentlich alles Ansichtssache. Wenn genug Leute sagen, daß er echt ist, dann ist er es auch. Außerdem glaube ich, daß Sie nur ein Spielchen spielen. Sie glauben doch nicht wirklich, daß es eine Fälschung ist, oder?«

»Eigentlich nicht«, erwiderte er traurig, während er den Reis austeilte und mit den Stäbchen experimentierte. »Ist wahrscheinlich nur ein Wunschtraum. Ich stelle mir eben gerne vor, daß ich irgendeinen schlüssigen Beweis finden könnte. Denken Sie nur an die Peinlichkeit. ›Raffaels Elisabetta in neuem Licht.‹ Ein kurzer, prägnanter Artikel. Peng. Kunstgeschichtler tun das einzig Anständige und springen aus Fenstern oder sperren sich mit geladenen Pistolen in Zimmern ein. Aufruhr im Museum. Heiße Ohren in der Regierung. Und das ganze Geld des Steuerzahlers den Bach hinunter. Ich seh' die Leitartikel schon vor mir. Eine feste Bindung? Katze?«

Offensichtlich fand er seinen Gedankengang sehr erheiternd. Er aß ein paar Bissen und goß neuen Sake ein.

»Nein? Was hat das denn damit zu tun?«

»Nichts. Ich mag eben Katzen.«

Sie aßen schweigend, bis Flavia das Wort ergriff. »Zumindest sollte ich den General informieren, wenn ich zurück bin«, sagte sie und nippte nachdenklich an dem Glas. Außerordentlich. Die Flasche war schon beinahe leer. »Er kann dann damit anfangen, was er will. Wahrscheinlich landet's im Mülleimer. Aber wenn etwas passiert, kann er wenigstens nicht jammern, daß man ihn nicht gewarnt habe. Ich bin alleinstehend, ohne feste Bindung und habe die Absicht, das auch zu bleiben. Männer«, fuhr sie fort und fragte sich sowohl, warum sie das sagte, als auch, warum ihr der Kopf so schwirrte, »haben Angst vor mir. Ich mag sie nicht. Im allgemeinen«, ergänzte sie einschränkend und sah ihn schief an. »Auf diese Weise sind wir alle glücklich. Mir ist schlecht.«

Tatsächlich war sie extrem betrunken, und sie erinnerte sich noch genau, daß sie, bevor diese geistige Arbeit zu schwierig wurde, gedacht hatte, sie würde ihrem Gastgeber, sobald sie wieder nüchtern war, sehr böse sein, weil er sie nicht gewarnt hatte, daß Sake viel stärker ist als Wein und in seiner Wirkung viel heimtückischer. »Mein letzter Freund hat immer zu mir gesagt...«, setzte sie an und wußte plötzlich nicht mehr, was er gesagt hatte. Etwas Nettes auf jeden Fall nicht. Er war ziemlich wütend gewesen, als sie ihn schließlich verließ. Dachte, es läge an seiner Arbeit. Warf ihr vor, untreu zu sein. Trottel. Nein, das war Clomorton. Nicht sie. Es war viel zu anstrengend. Sie war vermutlich schon eingeschlafen, bevor Argyll sie auf sein Sofa drapierte. Bestimmt war sie da schon eingeschlafen. Zumindest hatte sie nicht protestiert, als er sie auf der Treppe fallen ließ.

Erschrocken und mit entsetzlichen Kopfschmerzen wachte Flavia auf. Sie hatte einen Alitalia-Flug nach Rom gebucht – alle italienischen Beamten flogen mit der staatlichen Fluggesellschaft, damit die Steuergelder zwischen den einzelnen Behörden zirkulierten –, der um 11 Uhr 30 starten sollte. Argyll war nirgends zu sehen, sie fand aber einen Zettel mit der Nachricht: »Mußte weg. Falls ich nicht zurück bin, wenn Sie aufwachen, Kaffee ist in der Küche. Hoffe, Ihr Kopf ist in Ordnung. Sie sind eine großartige Säuferin.«

Sie hatte keine Zeit für Kaffee, obwohl sie ohne ihn den Tag sicher nicht überstehen würde. Sie hatte auch keine Zeit zum Anziehen, deshalb war es nur gut, daß Argyll sie in ihren Kleidern aufs Sofa gelegt hatte. Wie es aussah, blieben ihr etwa zwei Stunden, um ins Hotel zurückzukehren, zu pakken, die Rechung zu bezahlen und sich auf den Weg nach Heathrow zu machen. Die Buchhalter des Dezernats sahen es nicht gern, wenn man zusätzliche Kosten verursachte, weil man Flüge versäumte.

Die Kopfschmerzen und die Eile vertrieben jeden Gedanken an Kunst. Statt dessen agierte sie wie ein Roboter, und ihre Entschlossenheit, den Flug nicht zu versäumen, war die einzige geistige Aktivität in ihrem sonst außer Betrieb gesetzten Hirn. Sie dachte nicht mehr an Argyll, Sake, thailändisches Essen und den Raffael.

Flavia kam gerade noch rechtzeitig, stürzte zur Toilette, sobald FASTEN YOUR SEATBELT erloschen war, und gab sich alle Mühe, wieder eine menschliche Erscheinung aus sich zu machen. Für den Rest des Fluges verfolgte sie die Stewardess gnadenlos mit Bitten um zahllose Tassen starken, schwarzen Kaffees, Aspirin und Orangensaft. Den Saft mußte sie selbst bezahlen, denn die Buchhalter sahen auch Zügellosigkeit nicht gern, und er war nicht einmal gut. Aber wenigstens half er, und als sie – froh, daß Freitag war – zu Hause ankam, hatte sie sich so weit erholt, daß sie zumindest die angesammelte Post durchsehen konnte, bevor sie ins Bad stieg.

Ein ruhiges, entspanntes Wochenende erlaubte es ihr, sich von den Nachwirkungen des orientalischen Gebräus vollkommen zu erholen. Sie vertrieb sich die Zeit mit Hausarbeit, die sonst nicht gerade ihre Stärke war – sie putzte die Wohnung, ging einkaufen, brachte Kleider zur Reinigung. Die Arbeit vergaß sie fast völlig bis zu dem kurzen Spaziergang zum Büro am Montagmorgen um 8 Uhr 30.

Paolo, ihr Lieblingskollege, begrüßte sie. Sie fragte ihn, was seit ihrer Abreise vorgefallen sei.

»Eine Juwelensache, zweieinhalbtausend Bücher aus dem achtzehnten Jahrhundert, vier Bilder, achtunddreißig Drucke – alles verschwunden. Und die üblichen Drohbriefe gegen den Raffael: Irgend jemand kam auf die Idee, daß *wir* uns darum kümmern sollen. Ungefähr hundert haben sie uns schon vom Museum herübergeschickt – das gehört alles zu der Arbeit, die der General mit diesem neuen Ausschuß hat. Der arme Mann, es treibt ihn in den Alkohol...«

Sie machten es sich eben für einen guten und entspannenden frühmorgendlichen Plausch gemütlich, als Bottando den Kopf durch die Tür steckte. »Ach, da sind Sie ja, meine Liebe. Schöne Reise gehabt? Großartig. Kommen Sie doch bitte in fünf Minuten zu mir und berichten Sie.«

Damit verschwand er wieder. Paolo sah zur Tür. »In den letzten Tagen wirkt er sehr nervös. Ich glaube, der grübelt immer noch, wie er am besten seinen Kopf aus der Schlinge zieht, falls mit dem verdammten Bild irgendwas passiert. Keine Ahnung, warum. In den letzten Wochen hat er sein Dezernat mit mehr Schutzwällen und bürokratischen Bollwerken umgeben als Fort Knox.«

Flavia zuckte die Achseln. »Kann sein. Doch das erinnert mich an etwas, das ich ihm erzählen wollte. Vielleicht beruhigt ihn das ein bißchen.«

Sie stieg die Treppe hoch, betrat, wie immer ohne anzuklopfen, sein Büro und setzte sich in seinen Sessel. Dann faßte sie kurz die Konferenz zusammen und berichtete ihm von Argylls Nachforschungen und Hypothesen. »Ich dachte mir, ich sag's Ihnen lieber«, schloß sie lahm. Bottando hatte seine »Dummes-kleines-Frauchen-Miene« aufgesetzt. Das tat er selten, vor allem nicht bei ihr.

»Was sollen wir da Ihrer Meinung nach unternehmen?« fragte sie.

»Nichts. Schreiben Sie eine Aktennotiz und vergessen Sie es. Nein, besser, Sie schreiben gar keine Notiz. Ich bin zu alt, um mir noch zusätzlichen Ärger einhandeln zu wollen, und wenn ich nur daran denke, ich müßte dem Direktor des Museo Nazionale sagen, daß er sich möglicherweise eine alte Kopie eingehandelt hat, sehe ich schon meine Pension zu einem Nichts zusammenschrumpfen.«

»Aber irgend etwas sollten wir doch tun, oder? Ein leise Warnung, eine kleine Andeutung.«

»Meine Liebe, wenn Sie mich nicht zum Beschützer hätten, würde man Sie bei lebendigem Leib auffressen. Also seien Sie vernünftig und denken Sie nach. Der Verteidigungsminister ist Sozialist, richtig? Und der Kulturminister ist Christdemokrat. Die beiden mögen sich nicht. Na, und jetzt nehmen wir mal an, ein alter Sozialist aus dem Süden unter diesem sozialistischen Verteidigungsminister läßt verlauten, der Kulturminister habe gigantischen Mist gebaut. Sagen die dann ›Vielen Dank für die Warnung, sehr freundlich, daß Sie es uns mitgeteilt haben‹? Unwahrscheinlich. Sie vermuten eine Verschwörung der Minderheitsparteien in der Regierung mit der Absicht, ihren neuen Superstar madig zu machen und die ganze DCI in Verruf zu bringen. Trotzdem sehen sie sich das Bild an, entdecken, daß es echt ist, und dann wird ein alternder General, der sich schon auf seine Pensionierung freut, aufs Schafott gekarrt, um so Frieden und Harmonie in der Koalition wiederherzustellen. Vorangegangen ist ihm, könnte ich hinzufügen, seine beste Assistentin, die ein berüchtigtes Mitglied der Kommunistischen Partei ist...«

»Nein, bin ich nicht. Die Mitgliedschaft ist erloschen.«

»Exmitglied«, verbesserte sich ihr Chef. »Genau der Typ, der versuchen würde, mit einer naiven Intrige die Regierung zu untergraben.«

»Aber was ist, wenn er wirklich nicht echt ist?«

»Wenn er es nicht ist, haben die einen Skandal auf dem Hals. Aber wir halten uns da raus, stehen nur am Rand und sehen zu. Unsere Aufgabe ist es, das Bild zu beschützen, und nicht, Unruhe zu stiften. Und welche Indizien wir auch liefern, die müssen sehr, sehr überzeugend sein. Erinnern Sie sich noch an den Watteau, der vor ein paar Jahren diese Riesenaufregung verursacht hat?«

Flavia nickte.

»Von allen und jedem für echt erklärt und für ein Vermögen in die Staaten verkauft. Und was passiert? Jemand schreibt einen Artikel und sagt, er sei eine Fälschung. Behauptet, wenn man sich den Hintergrund genau ansieht, kann man dort deutlich das Wort ›Merde‹ lesen. Ich habe es selbst gesehen, der Kerl hat recht. Das Bild tauchte irgendwo aus dem Nichts auf, es hat keine Geschichte, kein Mensch hat es je zuvor erwähnt. Es ist fünfundneunzigprozentig sicher, daß es eine Fälschung ist. Aber wer will das zugeben? Nicht das Museum, das drei Millionen Dollar dafür bezahlt hat, auch der Händler nicht, weil er sonst Gefahr läuft, das Geld zurückzahlen zu müssen, und erst recht nicht die Kritiker und Kunsthistoriker, die ja schon öffentlich verkündet haben, wie wunderbar es ist. Also bleibt es, wo es ist, trotz deutlicher und schlüssiger Beweise, daß es sich um einen gigantischen Schwindel handelt.

Und jetzt kommen Sie mit unserem Raffael, der fünfundzwanzig Mal soviel gekostet hat und eine Geschichte vorweisen kann, die bis zum Pinsel des Künstlers zurückreicht. Wenn der eine Fälschung wäre, müßte der Chef des Museo Nazionale zurücktreten und dessen Gönner, der Minister, ebenfalls, weil er den Ankauf als seine Idee ausgegeben hat.« Er ging zum Fenster und sah hinaus auf die Fassade von San Ignazio auf der gegenüberliegenden Seite des Platzes.

»Es müßte ein Nachfolger gefunden werden, und die Sozialisten, die Liberalen und die Republikaner würden alle Anspruch auf seinen Posten erheben, weil er einen solchen Mist gebaut hat. Aber die Christdemokraten würden es ihnen verweigern, weil sie schon jetzt nur eine Mehrheit von einer Stimme im Kabinett haben. Und so würde wieder einmal die Regierung stürzen.« Er deutete mit der Hand in die Richtung des Abgeordnetenhauses, gleich neben der Eisdiele, die Flavia mit Argyll besucht hatte.

»Können Sie sich vorstellen, was da an Museumsdirektoren, Politikern, Wissenschaftlern und Zeitungskritikern mobilisiert wird, damit die alle bestätigen, daß das Bild echt und über jeden Zweifel erhaben ist? Der Beweis, daß es das nicht ist, müßte ein dreihundertprozentiger sein, absolut unangreifbar und über jeden Zweifel erhaben. Aber was Sie und dieser Argyll haben, ist genau das nicht. Jeder Kunsthistoriker, der diesen Namen verdient, würde Hackfleisch daraus machen. Ich habe nichts dagegen, gewisse Risiken einzugehen«, fügte er hinzu, setzte sich wieder und sah ihr fest in die Augen. »Aber auf gar keinen Fall begehe ich Selbstmord wegen einem vagen Verdacht, den sich eine Katastrophe auf zwei Beinen wie dieser Argyll zusammengebastelt hat. Die würden ihn doch zum Frühstück verspeisen – falls sie ihn überhaupt beachten –, diesen enttäuschten und verarmten Gelehrten, der versucht, eine alte Rechnung zu begleichen, indem er ein verleumderisches Gerücht in die Welt setzt. Die würden ihn vernichten. Und hätten vielleicht sogar recht damit.«

6

»Meine Güte, was für ein Tag«, seufzte Bottando und streckte die Hand nach dem vorbeigehenden Kellner aus. »Noch einen?«

Spello schüttelte den Kopf. »Nein danke. Alkohol ist für mich nach einem Nachmittag wie diesem nur ein schwacher Trost. Aber ein Kaffee wäre mir sehr recht.«

Der Polizist bestellte, und dann saßen die beiden Mittfünfziger in gemeinsamer Unzufriedenheit da und warteten. Sie hatten einen anstrengenden Nachmittag hinter sich, eine Konferenz von Tommasos gräßlichem Ausschuß. Ein paar geschickte Schachzüge Bottandos hatten die Zahl der Sitzungen zwar reduziert, aber hin und wieder mußte man sich trotzdem treffen. Tommaso war inzwischen halb wahnsinnig vor Angst und hatte noch strengere Sicherheitsvorkehrungen verlangt. Dieser Nachmittag war typisch gewesen: Antonio Ferraro hatte vorgeschlagen – oder genauer gesagt, gefordert –, das gesamte elektrische Leitungssystem des Gebäudes zu erneuern. Nötig war das sicher, aber, wie Spello deutlich machte, als er den Antrag ablehnte, es war einfach nicht genug Geld dafür da.

Wenigstens hatten die politischen Umtriebe im Museum eine angenehme Veränderung erbracht. Bottando hatte angedeutet, daß Ferraro möglicherweise zu beschäftigt sei, um weiterhin als Leiter der Museumsdelegation bei dem Ausschuß zu fungieren. Ferraro hatte ihm zugestimmt, und Bottando hatte statt dessen Spello vorgeschlagen. Der Polizist kam sich zwar ein bißchen schäbig dabei vor, aber allmählich konnte er Tommasos Abneigung gegen den Skulpturexperten verstehen. Er war ein äußerst reizbarer Charakter, unfähig, eine Sitzung zu leiten, ohne grundlos beleidigend zu werden und ohne jedes Gespür dafür, daß auch die Meinungen anderer eine Berechtigung hatten.

Zugute halten mußte man Ferraro allerdings, daß er den Ausschuß mit Würde und Anstand verließ und nur die größenwahnsinnigen, unerhört teuren und absolut undurchführbaren Pläne zurückließ, die er sich bis dahin zusammenphantasiert hatte. Spello war viel mehr im Einklang mit Bottandos Verachtung der Ausschußarbeit, und er beeilte sich, all diese Hirngespinste so schnell vom Tisch zu wischen, wie es der Anstand nur erlaubte.

»Sie haben Tommaso also gesagt, daß er es wieder einmal geschafft hat? Ich wäre gern dabei gewesen. Am liebsten mit einem Cassettenrekorder, dann hätten meine Kollegen danach auch noch was zum Lachen gehabt«, sagte Spello schadenfroh.

»Ich hab' ihm nicht gesagt, daß er es wieder einmal geschafft hat«, erwiderte Bottando pikiert. »Ich habe nur bei einer Routineüberprüfung der Sicherheitssysteme beiläufig erwähnt, daß möglicherweise Zweifel an der Authentizität seines Bilds laut werden könnten.«

»War das klug?« fragte der Etruskerspezialist, der trotz Bottandos offensichtlichem Unbehagen ein breites Grinsen nicht unterdrücken konnte.

»Nein, das war es nicht. Und meiner Assistentin habe ich sogar eingeschärft, sie solle es für sich behalten. Andererseits weiß ich nicht, wen Argyll kennt und wem er es sonst noch erzählen könnte. Ich hielt es für das Beste für das Dezernat – und für das Museum –, wenn Tommaso weiß, was da auf ihn zukommen kann, das ist alles.«

»Und wie jedem Boten, der schlechte Nachrichten bringt, hat man es Ihnen herzlich wenig gedankt, nicht?«

»Der Vesuv in Höchstform ist nichts dagegen«, erwiderte Bottando und schüttelte den Kopf, als er daran dachte, wie der Direktor puterrot geworden war und losgebrüllt hatte. »Im ersten Augenblick dachte ich, er würde mich schlagen. Was für ein Ausbruch. Und das von einem so kleinen Mann. Wer hätte gedacht, daß der einen solchen Lärm veranstalten kann? Da wurde mir fast sogar Ferraro sympathisch, als der dazwischenging und versuchte, das Thema zu wechseln. Ziemlich mutig von ihm, vor allem, da ich mir sicher bin, daß er am liebsten gar nicht dabeigewesen wäre.«

»Unser Tommaso war also nicht sehr aufnahmebereit für den Gedanken?« fragte Spello, der offenbar die Geschichte noch einmal hören wollte, weil sie ihm so gut gefiel.

»Nein. Ich muß ihm allerdings zugestehen, daß er sich ziemlich schnell beruhigt und sich sogar entschuldigt hat. Er reagiere eben sehr empfindlich auf solche Sachen, meinte er. Seine Version des Streits über den Correggio klingt allerdings anders als die Ihre. In seiner Geschichte war er der Sündenbock, der den Machenschaften des Händlers und der Schwäche des Direktors zum Opfer fiel.«

Spello rümpfte die Nase. »Haben Sie erwartet, daß er die volle Verantwortung für seine Fehler übernimmt?«

»Nein. Aber diese Geschichte ist lange her und nicht besonders wichtig. Bedeutender ist die Tatsache, daß er überzeugt ist, diesmal keinen Fehler gemacht zu haben. Gab mir sogar einen riesigen Stapel mit den Ergebnissen der wissenschaftlichen Tests, die nach der Auktion an dem Raffael durchgeführt wurden, um zu beweisen, daß er echt ist.«

»Haben Sie die gelesen?«

»Ich nicht. Ich werde sie Flavia geben. Als Strafe, daß sie die Sache überhaupt aufgebracht hat. Aber Tommaso wirkt sehr zuversichtlich, und er sollte doch wissen, wovon er spricht. Schließlich hat das Ding einen solideren Stammbaum als die meisten Bilder. Wenn es diese ganzen Tests bestanden hat, kann nicht viel falsch an ihm sein.«

»Ach, schade«, sagte Spello traurig. »Sie haben mir für einen Augenblick richtig Hoffnung gemacht. Trotzdem«, fuhr er fort und seine Miene erhellte sich bei dem Gedanken wieder, »ist es eine nette Geschichte. Oder es wird eine werden«, schloß er hinterhältig.

»Das wird es nicht. Wenn ich auch nur ein einziges Wort darüber von jemand höre und es zu Ihnen zurückverfolgen kann, ramm' ich Ihnen höchstpersönlich Ihre beste etruskische Statuette in die Nase und kleb' sie Ihnen dort fest. Ich erzähle Ihnen das nur, damit Sie auf dem laufenden sind, und nicht, damit Sie sich mit Ihren Kollegen darüber lustig machen können.«

Spello machte ein trauriges Gesicht. »Hm. Na gut«, sagte er mit deutlichem Widerwillen. »Dann kann ich wahrscheinlich nur drauf hoffen, daß es sich als Fälschung erweist. Was es wird, wenn es eine ist.«

»Warum das?«

»Weil sich Fälschungen irgendwann immer selbst entlarven, das ist der große Trost in der Kunst. Oder zumindest reden sich das Kenner ein, um die unerhörten Preise für Originale zu rechtfertigen. Was Leute schön finden, verändert sich mit der Zeit. Man muß sich nur die blassen, schwabbeligen Frauen anschauen, die Rubens gemalt hat, um das zu erkennen. Im siebzehnten Jahrhundert hielt man sie für den Gipfel der Sinnlichkeit, heutzutage sind sie nur noch übergewichtige Matronen. Unser modernes Zeitalter bevorzugt die dürren Botticelli-Typen. Auch wenn jemand einen Pseudo-Raffael malt, der bis ins Detail perfekt ist, wird man irgendwo Spuren des modernen Bewußtseins seines Schöpfers entdekken. So lautet zumindest die Theorie. Obwohl der Geschmack sich im Lauf der Zeit verändert, wird ein echter Raffael noch immer echt aussehen, auch wenn die Leute andere Dinge in ihm entdecken, aber bei einer modernen Kopie werden die modernen Wurzeln immer deutlicher zutage treten. Jemand wird sie bemerken. Haben Sie je diese unzähligen viktorianischen Fälschungen gesehen, die die meisten Museen ausstellen?«

Bottando nickte.

»Und wie sehen diese Kopien aus dem neunzehnten Jahrhundert aus? Eben wie Bilder aus dem neunzehnten Jahrhundert. Für uns sind sie als Kopien erkennbar. Aber für die Menschen des neunzehnten Jahrhunderts waren sie Paradebeispiele für die Frührenaissance, den Manierismus, den Barock und so weiter. Verstehen Sie, was ich meine?«

»Sie scheinen ja eine Menge darüber zu wissen«, bemerkte Bottando.

»Ich bin Museumskurator, die ganze Zeit von Fälschungen umgeben. Erinnern Sie sich noch an diese Stücke in meinem Büro?« Spello meinte den gläsernen Schaukasten, den Bottando schon oft bewundert hatte. Er war voll von zarten, filigranen Bronzefiguren, alles etruskische Arbeit voll einfacher Schönheit und Kraft. »Die sind wunderschön, nicht?« fuhr der alte Kurator fort. Bottando nickte zustimmend. »Lauter Fälschungen. Entstanden vermutlich um 1930 für den Verkauf in die USA. Einige landeten im Museum, und man wollte sie einschmelzen, als man entdeckte, was sie waren. Ich hab' sie gerettet und aufbewahrt. Ich finde sie wirklich schön. Und ich merke den Unterschied nicht, obwohl ich ein sogenannter Experte bin. Nur Laboruntersuchungen konnten beweisen, daß sie nicht echt sind.«

Bottando rümpfte die Nase. »Laboruntersuchungen haben erwiesen, daß der Raffael echt ist«, sagte er.

»Dann ist an der Sache nichts dran. Diese Tests sind heutzutage sehr ausgeklügelt. Ich muß sagen, wenn ich Sie wäre, würde ich die Geschichte vergessen. Dann bleibt die Freude an dem Bild für alle ungetrübt. Säen Sie auch nur den geringsten Verdacht, wird seine Popularität schwinden, auch wenn es ein Original ist. Warum Schwierigkeiten heraufbeschwören? Wer hat den Schaden? Solange das Museum es für echt hält und solange die Besucher dem zustimmen, sind alle glücklich. Und Sie müßten schon einiges aufbieten, um unseren Freund Tommaso zu überzeugen, bei all den guten Gründen, die er hat, das Gegenteil zu glauben.«

Bottando lachte, wechselte das Thema und schlug sich die Sache aus dem Kopf. Aber irgendwie war ihm unbehaglich zumute, und während er langsam nach Hause ging, kehrten seine Gedanken immer wieder zu dem Raffael zurück.

Als Bottando Flavia das nächste Mal sah, gab er ihr Tommasos Bericht. »Hier«, sagte er. »Das wird Ihnen eine Lehre sein. Eine kleine Gutenachtlektüre für Sie. Sie können auch Ihrem verrückten Freund in London eine Kopie schicken, wenn Sie wollen. Vielleicht dämpft das seine Phantasie ein bißchen.«

»Das wird das beste sein. Ich geb' sie ihm heute abend. Ich glaube, er ist gestern in Rom angekommen«, erwiderte sie.

Einige Stunden lang lag der Bericht auf ihrem Tisch, während sie sich durch einen Wust von Routinearbeiten quälte, die sie immer gern gleich am Morgen erledigte, bevor sie wach genug war, um sich über sie zu ärgern. Als sie damit fertig war und die Formulare sich zufrieden im Ausgangskörbchen stapelten, lehnte sie sich zurück, schlug den Bericht auf und versuchte, sich auf die nackten technischen Daten zu konzentrieren. Ein Großteil davon präsentierte sich in Form von Tabellen und chemischen Zeichen, die ihr nichts sagten. Offensichtlich handelte es sich dabei um die Einzelergebnisse der durchgeführten Testreihen.

Glücklicherweise gab es eine ausformulierte Einleitung und ein ebensolches Schlußwort, beide in der vorsichtigen Sprache gehalten, die sowohl den Wissenschaftler kennzeichnet, der nur behaupten will, was er schlüssig beweisen kann, als auch den Bürokraten, der sich auf keinen Fall zu weit vorwagen möchte. Trotzdem war die Zusammenfassung verständlich genug.

Der Bericht begann mit einer formellen Beschreibung des Projekts. Das Team, bestehend aus Angestellten des Museo Nazionale, war nach London geschickt worden, um ein »angeblich von Raffael stammendes« Gemälde zu untersuchen und dessen Authentizität zu prüfen. Die National Gallery in London hatte ihnen kostenlos Labors und Instrumente zur Verfügung gestellt, Angestellte der Tate Gallery hatten sich zur Mitarbeit bereit erklärt. Die Tests hatten eine Woche in Anspruch genommen, und das war, so die Verfasser, mehr als genug Zeit für alle Untersuchungen, die sie für notwendig erachteten. Einschränkend fügten sie hinzu, daß ihre Arbeit nur von begrenzter Anwendbarkeit sei und sie nicht beabsichtigten, Aussagen über den ästhetischen Wert des Gemäldes zu treffen.

»Ist auch gut so«, dachte Flavia und erinnerte sich an den trockenen Technokraten, der jahrelang oberster Herr des Museums gewesen war. »Ohne einen Spektrometer könnten die keinen Botticelli von einem Chagall unterscheiden.«

Sie überblätterte die Auflistung der Testergebnisse und begann gleich mit dem Schlußwort, weil sie davon ausging, daß alles, was im Hauptteil des Berichts stand, am Ende in einfacherer Sprache wiederholt würde.

Die Gutachter hatten mit der Untersuchung der Leinwand begonnen. Diese, so hieß es, bestand aus Fäden unterschiedlicher Dicke in unregelmäßiger Webart, entsprechend den Leinwänden, die im fünfzehnten Jahrhundert verwendet wurden. Die Dehnungsspuren deuteten darauf hin, daß die Leinwand nicht aus einem größeren Stück herausgeschnitten oder auf einen neuen Rahmen gespannt worden war, und der Rahmen selbst, aus Pappelholz gefertigt, schien ebenfalls das entsprechende Alter zu haben. Eine Datierung der Leinwand und der Farbe nach der Radiocarbonmethode – hierzu hatte man ein winziges Stückchen vom Rand abgeschnitten, zermahlen und radioaktiv bestrahlt – ergab, daß beides mindestens dreihundertfünfzig Jahre alt war.

»Um 1600. Also Prä-Mantini«, faßte Flavia in Gedanken zusammen. Bis jetzt hielt das Bild den Tests stand.

Die Experten hatten sich dann der Bemalung selbst zugewandt und einführend erwähnt, daß dies besondere Schwierigkeiten bereite, da das Bild über zweihundert Jahre übermalt gewesen und vor der Untersuchung gereinigt und restauriert worden sei. Darüber hinaus hatten sie die Anweisung erhalten, zur Analyse nur minimalste Farbmengen zu entfernen und diese so nahe an den Rändern wie irgend möglich. Trotz dieser Beschränkungen, so fuhr der Bericht fort, war eine eingehende Untersuchung der verschiedenen Farben und Maltechniken möglich gewesen.

Das Porträt bestand auch diesen Test. Die Krakelüre, die Haarrisse, die auf Bildern entstehen, wenn sie alt und spröde werden, war unregelmäßig; künstlich zugefügte Risse verlaufen meistens parallel, da der Fälscher das Bild gewöhnlich rollt, um ihm den Anschein von Alter zu geben. Die Schmutzspuren in den Rissen, soweit sie nicht bei der Reinigung entfernt worden waren, enthielten verschiedene Stoffe, während es sich bei Fälschungen meistens um einen einzigen Stoff handelt, Tinte etwa, die häufig verwendet wird, um Schmutz vorzutäuschen.

Alle Farben waren aus Materialien gemischt, die im sechzehnten Jahrhundert verwendet wurden. Bei der abschließenden Röntgenuntersuchung war das Porträt mit verschiedenen Wellenlängen bestrahlt worden, so daß man ein dreidimensionales Bild des Farbauftrags erhielt. Es stellte sich heraus, daß Maltechniken angewendet worden waren, wie man sie auch von anderen Werken Raffaels kannte.

Die Zusammenfassung war so eindeutig, wie man es von einem Wissenschaftler nur erwarten konnte. Bei der Untersuchung und unter Berücksichtigung der erwähnten Einschränkungen erwies sich das Bild als einer Arbeit vom Beginn des sechzehnten Jahrhunderts entsprechend, geschaffen von einem Maler, der Techniken anwendete, wie sie auch Raffael in mehreren seiner Werke benutzte. Die langatmige, mit Zitaten gespickte Fußnote erläuterte, daß es praktisch unmöglich sei, diese Charakteristika in einem modernen Bild zu reproduzieren. Natürlich gaben die Wissenschaftler kein Urteil darüber ab, ob es sich tatsächlich um einen Raffael handelte, sie hatten allerdings nichts gefunden, was das Gegenteil bewiesen hätte. Der Bericht war datiert und von allen fünf Mitgliedern des Untersuchungsteams unterzeichnet.

Flavia legte die Mappe auf den Tisch, rieb sich die Augen und streckte sich. Dies schien Argylls Verdacht auch noch die letzte Rechtfertigung zu nehmen. Sie wandte sich dem Poststapel zu, der sich in der Zwischenzeit auf ihrem Tisch angesammelt hatte, und begann methodisch, aber geistesabwesend, den Großteil der Umschläge auf den Schreibtisch des kurzfristig abwesenden Paolo umzuschichten. Ihre Arbeit machte vielleicht zu dreißig Prozent Spaß, zu siebzig Prozent aber war sie langweilige Routine. Leute befragen, Bilder aufspüren und Kontakte mit Händlern, Auktionatoren und Sammlern pflegen war der vergnügliche Teil; Berichte lesen, Protokolle überprüfen und die unzähligen Formulare ausfüllen, die die Polizia als wesentlichen Teil guter Detektivarbeit betrachtete, gehörte zum unerfreulichen. Ein netter, saftiger Skandal hätte das Verhältnis mehr zum Vergnügen hin verändert. Schade.

7

Was noch an Bedauern über den Fall Elisabetta in Flavias Hirn schlummerte, hatte genau bis 10 Uhr 37 am folgenden Donnerstag Zeit, sich zu entwickeln, bevor es endgültig in die Vergangenheit abgeschoben wurde.

Sie wußte, daß es genau 10 Uhr 37 war, denn der uralte

Fernschreiber im Büro hatte diese Uhrzeit auf das Schreiben der französischen Polizei gedruckt, die meldete, daß der Fall des ikonenstehlenden Touristen zu einem – wenn auch nicht sonderlich befriedigenden – Abschluß gekommen sei. Paris berichtete, Jean-Luc Morneau, Connaisseur, Ästhet, Maler, Händler und vermutlich auch Krimineller, sei gefunden worden. Nur leider war er tot und deshalb für die polizeilichen Ermittlungen eher von geringem Nutzen.

Die Franzosen waren ziemlich stolz auf ihre Entdeckung, obwohl sie, wie Bottando bemerkte, offensichtlich keine Ahnung hatten, wohin die Ikonen verschwunden waren. Die Tatsache, daß Morneau an einem Herzinfarkt gestorben war, verursacht von, wie die Pariser es diskret umschrieben, übermäßiger Anstrengung, schmälerte Bottandos Interesse. Vor allem, da es sowohl für die Anstrengung wie für das Ableben eine Zeugin gab und die Details, die diese junge Dame lieferte, so überzeugend waren, daß ein Betrug auszuschließen war. Bottando interessierte sich nicht sonderlich für diese Angelegenheit, da er schon lange die Hoffnung aufgegeben hatte, je eine der verschwundenen italienischen Ikonen wiederzufinden. Aber der Vollständigkeit halber bat er die Franzosen, sein Dezernat über alle neuen Entwicklungen auf dem laufenden zu halten.

Nach einer Weile spürten die Franzosen die ehemalige Geliebte des Händlers auf. Als Gegenleistung für das Versprechen der Polizei, sich nicht um ihre Einkommensteuererklärung zu kümmern, erzählte sie, Morneau habe bei einer Schweizer Bank ein Schließfach unterhalten. Nachdem man die Kollegen in Zürich ein wenig unter Druck gesetzt hatte, erteilten sie mürrisch die Erlaubnis zur Inspektion, und Bottando wurde zur großen Eröffnung eingeladen.

Genau sechs Wochen nach der Entdeckung von Morneaus Leiche landeten deshalb Bottando und Flavia auf dem Flughafen von Zürich, wo sie von einem offiziellen Polizeiauto abgeholt und schnell ins Finanzzentrum der Stadt gefahren wurden. Bottando wäre wie gewöhnlich lieber in Rom geblieben und hatte den ganzen Flug über vor sich hin gebrummt. Mochte er Reisen an sich schon nicht, so erst recht nicht eine

Reise in die Schweiz. Die Reinlichkeit, die Ordnung und die Tüchtigkeit in diesem Land regten ihn auf, und die Schweizer selbst fand er unausstehlich, nicht zuletzt deswegen, weil er es nicht schaffte, sie zu einem Einschreiten gegen den regen Schmuggel über die italienisch-schweizerische Grenze zu bewegen.

Im Grunde genommen hatte er das Flugzeug nur bestiegen, weil er in dieser Reise eine ideale Entschuldigung für sein Nichterscheinen auf Tommasos bevorstehendem Empfang im Museum erkannt hatte. Der genaue Zweck dieser Party war unklar, aber Tommaso hatte etwas von Geldbeschaffung gefaselt und darauf bestanden, daß alle Mitglieder des Sicherheitsausschusses, wie er inzwischen großspurig hieß, sich sehen ließen. Bottando bereitete es ein beträchtliches Vergnügen, ihn anzurufen, sich zu entschuldigen und dringende Polizeigeschäfte vorzuschützen.

Tommaso war nicht eben glücklich darüber gewesen. Er sei auf eine große Spende aus, hatte er gesagt, und brauche Bottando dringend, um die potentiellen Wohltäter zu beeindrukken. Erst als Bottando mit einigen Übertreibungen erklärte, er müsse unbedingt in die Schweiz, weil er die begründete Hoffnung habe, einige unschätzbare Ikonen wiederbeschaffen zu können, gab der Mann nach.

Und das sogar mit einigem Anstand. Wenn Bottando einen Teil des italienischen Erbes zurückholen könne, habe das unbedingten Vorrang, sagte er etwas schwülstig. Der General dürfe nur ja an den Empfang keinen Gedanken verschwenden. Sie würden es schon ohne ihn schaffen, und schließlich sei Spello da, um alle die Sicherheit des Museums betreffenden Fragen zu beantworten.

Also war er geflogen und fragte sich jetzt allmählich, ob die Museumsleute schlimmer sein konnten als die Schweizer Polizei, oder ob es nicht doch andersherum war. Die Konversation tröpfelte deshalb nur spärlich, während der große schwarze Mercedes über die Autobahn rauschte, und die Atmosphäre besserte sich erst, als Bottando im Foyer der Bank seinen langjährigen französischen Kollegen entdeckte.

Jean Janet war bei allen beliebt. Er war Elsässer, einer der wenigen Protestanten des Landes und bereits Chef seiner Abteilung, als Bottandos Dezernat und Position noch nicht einmal im Hirn eines Bürokraten existiert hatten. In den ersten Jahren war er Bottando bei dem Aufbau der römischen Sezione eine große Hilfe gewesen; er hatte ihm gesetzwidrig große Mengen Material überlassen, ihn den gutunterrichteten und einflußreichen Klatschbasen der Kunstwelt vorgestellt und ihm Einblick gegeben in die subtileren Aspekte der Arbeit eines Kunstpolizisten. Als Gegenleistung tat Bottando alles, um Janet zu helfen, wo er nur konnte. Jede Bitte von ihm wurde mit höchster Priorität behandelt, und der direkte und unbürokratische Informationsaustausch erwies sich als hilfreich für beide Seiten.

Darüber hinaus mochte Bottando den Humor des Mannes sehr, und so war Paris eine der wenigen Städte außerhalb Italiens, die er gern besuchte. Janets einziger wirklicher Nachteil außer seinem entsetzlichen Mundgeruch war seine beharrliche Weigerung, eine andere Sprache als Französisch zu sprechen, denn das schränkte die Unterhaltung beträchtlich ein. Vor allem, da Bottando ähnlich sprachfaul war – obwohl er nach einem guten Essen und einem Cognac ein durchaus flüssiges Französisch zustande brachte.

Er stotterte seine Begrüßung herunter, wobei er sich der verächtlichen Blicke der zweisprachigen Schweizer Polizisten nur zu bewußt war, und behalf sich schließlich damit, seinem Freund fest die Hand zu drücken und ihn herzlich anzulächeln.

»Es freut mich sehr, Sie wieder einmal zu sehen, mein Freund«, sagte Janet. »Was halten Sie von unserer kleinen detektivischen Meisterleistung? Und daß wir sogar diese Geheimniskrämer hier« – er deutete auf die noch immer schweigenden Schweizer Polizisten – »überreden konnten, uns in eine ihrer Stahlkammern sehen zu lassen! Nicht schlecht für einen alten Franzosen!«

Während sie eine Treppe hinunter und durch eine Reihe von glänzenden Stahltoren zu den Schließfächern geführt wurden, gratulierte Bottando seinem Kollegen zu seiner Geschicklichkeit und seinem Glück.

»Von wegen Glück! Gute Polizeiarbeit. Nachforschungen und behutsame Befragungen. Naja, vielleicht ein bißchen Glück. Aber nur ein kleines bißchen.«

Bottando gestand, er glaube nicht, daß etwas in dem Schließfach sei, das ihn interessiere. »Schließlich sind unsere Ikonen schon vor neun Jahren verschwunden. Die Chance, daß er die als Andenken aufgehoben hat, ist ziemlich gering – auch wenn er sie wirklich gestohlen hat.«

»Auch ich erwarte keine Goldgrube. Aber wer weiß? Schade, daß er so unüberlegt gestorben ist. Eine kurze Unterhaltung wäre sehr interessant gewesen.«

Immer wenn Janet mit Fremden zu tun hatte, spielte er mit Vorliebe die Rolle des extrovertierten Galliers, und so rieb er sich vor Vorfreude die Hände, als der schwerbewaffnete Wachposten einen Schlüssel aus der Tasche zog und ihn in das Türschloß eines großen Stahlkastens steckte, einem von etwa hundert in dem Raum, den sie eben betreten hatten. Bottando überlegte sich, daß die meisten Besitzer wahrscheinlich davon ausgingen, daß nur sie einen Schlüssel zu ihrem Schließfach besaßen und daß alles, was sie darin deponierten, vor Raub oder, manchmal noch schlimmer, einer Überprüfung absolut sicher war. Wieder ein Beispiel für die Doppelzüngigkeit der Schweizer, dachte er.

Morneaus Fach war etwa sechzig Zentimeter breit und einen knappen Meter tief und besaß eine armierte Stahltür von etwa fünf Zentimetern Dicke. Es sei eins der teuersten, das Morneau sich hätte mieten können, hatte einer der Schweizer Polizisten auf dem Herunterweg gesagt, und koste zehntausend Schweizer Franken pro Jahr. Schon das alleine, fügte er hinzu, deute darauf hin, daß es etwas Interessantes enthielt.

Doch er hatte sich getäuscht. Es waren keine gestohlenen Ikonen darin, keine Adreßbücher mit den Namen von Ikonensammlern, keine Kontoauszüge mit Angaben über eingegangene Zahlungen, nichts, was die Ermittlungen hätte weiterbringen können. Nur eine Menge Geld: etwa eine halbe Million Schweizer Franken, mindestens fünzigtausend Dollar in kleinen Scheinen und noch einmal der gleiche Betrag in

D-Mark und Pfund Sterling. Alles in allem etwa vierhunderttausend Dollar in bar. Daneben fand sich nur noch ein von einem roten Band zusammengehaltener Stapel abgenutzter, tintenfleckiger Skizzenbücher. Während das Geld herausgenommen und gezählt und die Seriennummern notiert wurden, setzte sich Flavia, der man den ganzen Vormittag über nur wenig Beachtung geschenkt und die seit der Landung kaum ein Wort gesprochen hatte, in eine ruhige Ecke und blätterte in den Skizzenbüchern.

Einige waren offensichtlich schon viele Jahre alt und enthielten unzählige Detailskizzen von Armen und Beinen, verschiedenen Gesichtstypen und Bekleidungsarten, Arbeiten also, wie sie traditionellere Kunstakademien von jedem Studenten verlangen. Flavia erinnerte sich, daß Morneau in den dreißiger Jahren an der renommierten Académie des Beaux Arts in Paris studiert und bereits eine vielversprechende Karriere als Maler begonnen hatte, bevor er sich dem finanziell einträglicheren Gewerbe des Kunsthandels zuwandte. Er hatte auch schon in Lyon unterrichtet, bevor er sich ans Geldverdienen machte. Als sie sich nun die Skizzen mit kritischem Blick ansah, erkannte sie, warum. Er war sehr begabt, und vor allem die Strichzeichnungen waren mit leichter und geschickter Hand ausgeführt. Aber sie waren außergewöhnlich altmodisch, und fast alle waren von großen Vorbildern abgezeichnet. Sie entdeckte Skizzen nach Rembrandt, Beine, die er bei Parmigianino kopiert hatte, und endlose Wiederholungen von Details aus der Sixtinischen Kapelle. Alle zeigten winzige Veränderungen, Morneau hatte also offensichtlich herumexperimentiert, um zu erkennen, was die verschiedenen Maler getan hatten.

Zwischen den Skizzen fanden sich umfangreiche Notizen, vermutlich Mitschriften der drögen Kunstgeschichtsvorlesungen, die sich die Studenten anhören mußten, bevor die Revolte von ’68 auch eine Revolution der Lehrmethoden mit sich brachte. Die neue Lehre produzierte zwar keine besseren Maler, war aber vermutlich weniger langweilig. Rezepte für Farben, Zitate von Künstlern, Exzerpte aus Büchern über Maltechniken, alles war hingekritzelt in einer schnellen, verbildeten Handschrift, die sich oft kaum entziffern ließ. Die anderen Bücher waren ähnlich, wenn auch in einem besseren Zustand als die ersten. Die obersten drei des Stapels waren die neuesten, doch auch sie zeigten den gleichen Aufbau.

Flavia merkte, daß das Erkennen eines Malstils nur eine Frage der Übung war. Beim ersten Buch hatte sie sich noch sehr konzentrieren müssen, um wenigstens einen Rubens von einem Correggio zu unterscheiden. Doch jetzt, nach nur wenigen Minuten, gelang ihr die Identifikation schon viel leichter und schneller.

Sie sah noch einmal sehr genau hin und hob dann den Kopf, um sich davon zu überzeugen, daß die fünf Männer noch immer beschäftigt waren und sie nicht beachteten. Dann ließ sie drei der Bücher in ihre schwarze Tasche gleiten, über die sich die Kollegen im Büro immer lustig machten, weil sie so unsinnig groß und undamenhaft war, band die anderen wieder zusammen und legte sie auf den Tisch mit den Geldbündeln.

Fünfundvierzig Minuten später saßen die beiden Italiener und der Franzose in einem Restaurant und bestellten. Das Mittagessen war Flavias Idee gewesen, und die war von den beiden Ranghöheren begeistert aufgegriffen worden, wenn auch aus verschiedenen Gründen. Anfangs war es zu einer höflichen Meinungsverschiedenheit über das richtige Restaurant gekommen. Janet hatte eine italienische Trattoria vorgeschlagen, und Bottando hatte das Kompliment erwidert, indem er auf einem französischen Lokal bestand. Da Janet der Überzeugung war, daß dies sowieso besser sei, ließ er sich gerne überreden, machte dann aber seinen Chauvinismus wieder gut, indem er eine Flasche Montepulciano bestellte, einen der wenigen italienischen Weine, die es in seinen Augen mit den Gewächsen seiner Heimat aufnehmen konnten.

Er nippte prüfend daran und fragte dann: »Nun, meine Freunde, was kann ich für Sie tun?«

Bottando sah ihn überrascht an. »Für uns? Wie kommen Sie darauf, daß wir etwas von Ihnen wollen?«

»Sie müssen schon verzeihen, aber ich bin mir sicher, daß einer von Ihnen beiden etwas will. Ich bin ein nachdenklicher

Mensch, und sehr aufmerksam. Und ich kenne Sie gut. Sie sind ein höflicher Mann, und doch haben Sie diese Schweizer sehr unhöflich abgefertigt, damit Sie mit mir alleine essen gehen konnten. Ich bin geschmeichelt, und ich kenne Ihre Meinung über die Schweizer Kollegen. Aber Sie hätten mich schon vorher fragen und die Sache weniger offensichtlich machen können. Also denke ich mir, daß Sie mich etwas fragen wollen, das Ihnen eben erst eingefallen ist. Und die Einladung kam erst, nachdem Ihre Assistentin hier Ihnen ins Ohr geflüstert hat. Deshalb ...«

»Vollkommen falsch. Ich wollte mein Mittagessen nur lieber genießen als es zu durchleiden. Obwohl ich zugeben muß, daß mich wirklich interessiert, was Sie über Morneau wissen. Scheint ja ein ziemliches Original gewesen zu sein.«

»Das war er tatsächlich. Ich würde übrigens die Forelle empfehlen. Sie wird mit einer der wenigen Soßen serviert, die sie hier ohne zuviel Mehl zubereiten. Ansonsten halten Sie sich am besten ans Kalbfleisch. Es freut mich sehr, Sie wiederzusehen. Aber ich muß darauf bestehen, daß Sie die Karten auf den Tisch legen. Ich werde Ihnen alles erzählen, was wir über das Leben und die geheime Karriere des Monsieur Morneau wissen, wenn Sie mir erzählen, welche Skandale in Rom gerade an der Tagesordnung sind. Ich habe Sie ja schon eine ganze Weile nicht gesehen. Da habe ich doch sicher eine Menge verpaßt.«

Er spießte umständlich Brot auf seine Gabel und tunkte damit die Knoblauchsoße von seinem Teller auf, während Bottando sich überlegte, ob er das Schweigen über den Raffael brechen sollte, zu dem er Flavia einige Wochen zuvor mit so überzeugenden Argumenten geraten hatte. Es war die einzige anständige Anekdote der letzten Zeit, und er wußte, daß sie Janet gefallen würde. Andererseits bezweifelte er, ob der Mann sie für sich behalten konnte.

»Nun gut«, begann Janet, hob nur widerstrebend den Kopf vom Teller und wischte sich einen Soßentropfen vom Kinn. »Wie Sie wahrscheinlich bemerkt haben, war Morneau für einen Kunsthändler ein außergewöhnlich reicher Mann. Er führte ein extravagantes Leben, hatte ein Haus in der Provence, eine geräumige Wohnung in Paris und eine Galerie, die zwar gut lief, ihm aber auf keinen Fall genug einbrachte, um diesen Aufwand zu finanzieren. Keine Hypotheken, keine Schulden. Nebenbei bemerkt, als wir seine beiden Domizile durchsuchten, fanden wir auch keinerlei belastende Unterlagen mehr vor. Ein sehr ordentlicher Mann.

Woher stammte also das ganze Geld? Aus seinen legalen Geschäften bestimmt nicht und auch nicht aus der Hehlerei mit gestohlenen Ikonen. Wir wissen von fünfundzwanzig, die er wahrscheinlich gestohlen hat. Und auch wenn es noch einmal fünfundzwanzig waren, von denen wir nichts wissen, ergibt das, sagen wir mal, sechs oder sieben Millionen Francs in einem Zeitraum von zehn Jahren. Er hat aber viel mehr ausgegeben. Was hat er also sonst noch getrieben?

Und dann verschwindet er plötzlich. Wir haben es hier mit einem Mann zu tun, der fast bei jeder Vernissage vertreten ist, seit fünfzehn Jahren keine Ballettaufführung mehr versäumt hat und zur Crème de la crème der Kunstwelt gehört. Er taucht fast ein Jahr lang unter und ist dann plötzlich wieder da, in einer peinlichen Situation und tot. Also wo war er? Können Sie mir das sagen?«

Er beendete seine kleine Ansprache und lächelte, als erwarte er Beifall für seine brillante Logik.

»Ich hatte gehofft, Sie würden mir das sagen. Sie haben uns eigentlich noch gar nichts erzählt. Was hat er getrieben?« fragte Bottando.

Janet zuckte die Achseln. »Da kann ich Ihnen leider nicht weiterhelfen. Logische Schlußfolgerungen bringen einen bis hierher und nicht weiter. Für alles andere bräuchte man mehr Informationen. Aber jetzt sind Sie an der Reihe. Wie steht's in Rom?«

Bevor Bottando beginnen konnte, meldete sich Flavia zu Wort, die bis dahin geistesabwesend aus dem Fenster gestarrt hatte. Sie ließ sich nicht gerne ignorieren, obwohl sie hin und wieder bereit war, die Rolle von Bottandos dekorativem Anhängsel zu spielen. Er behandelte sie nicht oft so, und außerdem war er alt, kam aus dem Süden, und so konnte man von ihm kaum den perfekten Gentleman erwarten. Aber jetzt war es an der Zeit, daß sie die beiden an ihre Anwesenheit erinnerte.

»Vielleicht sollten wir die logischen Fähigkeiten des Kommissars noch ein wenig länger testen«, sagte sie und lächelte den Franzosen gewinnend an. Sie tat das immer, wenn sie Angst hatte, ein wenig unverschämt zu wirken. Doch bevor sie weiterreden konnte, fiel Bottando ihr ins Wort.

»Ganz recht«, sagte er. »Aber wie gut war er als Maler? Wie waren diese gefälschten Ikonen, die er produzierte? Mir ist der Gedanke gekommen, daß wir einigen der bekannteren Fälscher in Neapel ein paar behutsame Fragen stellen könnten. Jetzt, da er tot ist, sind sie vielleicht ein bißchen gesprächiger als sonst.«

Janet dachte einen Augenblick darüber nach. »Was Morneaus Qualitäten als Maler angeht, muß man sagen, er war wirklich gut, allerdings viel zu spät geboren. Er haßte die moderne Kunst in jeder Form. Wäre er ein Jahrhundert früher geboren, hätte er es zu einem erfolgreichen Maler gebracht.

Seine Ikonen waren ziemlich unterschiedlich. Die ersten waren wirklich gut, auf alte Holztafeln gemalt, mit Schmutz bedeckt, alles ziemlich perfekt. Aber sobald die Experten wußten, worauf sie zu achten hatten, waren sie leicht zu entlarven – es ging da irgendwie um Farbe in Wurmlöchern, die man bei den echten nicht findet. Die späteren waren dann ziemlich schlampig. Sieht aus, als hätte er gemerkt, daß sie gar nicht so gut sein müssen, um trotzdem überzeugend zu wirken, also hat er sich nicht mehr die Mühe gemacht.

Aber abgesehen von den technischen Problemen sind sie wirklich bemerkenswert, sogar die schlechten. Sie strahlen eine große Spiritualität aus, fast so, als hätte er sie für sich selber gemalt. Es überrascht mich gar nicht, daß sich die Mönche so leicht haben täuschen lassen. Auf alt getrimmt und mit einer Schmutzschicht überzogen, sahen sie wunderschön aus, fast besser als die Originale. Man glaubt immer, daß Fälschungen nicht so gut sein können wie die echten. Ich bin mir da nicht so sicher. Morneau verstand die Bilder. Und genau das schaffen die anderen meistens nicht.« Er lächelte die beiden an. »Da haben Sie's! Aber Sie haben natürlich Ihren alten

Freund schon die ganze Zeit für einen Banausen gehalten, was?«

Sie waren beim Kaffee angelangt, und das Gespräch lief Gefahr, ins Anekdotische abzudriften. Flavia wagte einen zweiten Versuch. »Kommissar«, begann sie. »Das Kontrollbuch der Bank mit den Terminen, wann Morneau sein Schließfach geöffnet hat. Wann war sein letzter Besuch?«

»Das weiß ich nicht. Das haben wir aus der Bank bis jetzt noch nicht herausbekommen. Aber nach seinem Paß war er zum letzten Mal im Mai in der Schweiz«, antwortete er.

Flavia lächelte in stillem Triumph. Sie durfte nicht vergessen, Bottando darauf hinzuweisen, was für eine außergewöhnlich gute Mitarbeiterin sie doch war. Trotz der Probleme und Magenschmerzen, die sie ihm manchmal bereitete, und die sie ihm auch jetzt gleich wieder bereiten würde. Sie griff in ihre Handtasche und zog eines der Skizzenbücher heraus, die sie hatte mitgehen lassen. Mit einer nicht sehr ernst gemeinten Entschuldigung für diese unbekümmerte Entwendung von Beweismaterial gab sie das Buch den beiden Männern. »Sehen Sie sich das mal an. Kommt Ihnen das nicht bekannt vor?« fragte sie.

Janet warf einen Blick darauf, machte ein verdutztes Gesicht und gab es dann Bottando. Er sah ähnlich verständnislos drein. Doch dann entdeckte Flavia ein leichtes Unbehagen und die plötzliche Erkenntnis in seinem Gesicht. »Oh«, sagte er, als er das Buch zurückgab. Der kapiert aber wirklich schnell, dachte sie.

»Ich möchte ja nicht neugierig erscheinen...?« mischte sich Janet dazwischen.

Bottando wirkte plötzlich nervös. »Nicht doch«, sagte er. »Aber Sie müssen es unbedingt für sich behalten. Schon die kleinste Andeutung könnte den Markt in ein Chaos stürzen.«

Wieder war Flavia beeindruckt. Sie hatte den ganzen Spaziergang zum Restaurant gebraucht, um sich die Auswirkungen der Entdeckung klarzumachen. Bottando hatte es nur wenige Sekunden angesehen und sofort die Probleme und Fallstricke erkannt. Vor allem die Folgen für den Kunstmarkt, falls auch nur das Geringste nach außen drang.

»Natürlich, natürlich«, erwiderte Janet. »Aber was ist es denn genau, was ich nicht weitererzählen darf?«

Flavia gab ihm noch einmal das Buch. »Diese Skizzen«, sagte sie beiläufig, »scheinen doch eine erstaunliche Ähnlichkeit mit dem Porträt der Elisabetta di Laguna in Rom zu haben. Von Raffael. Oder vielleicht sollten wir inzwischen sagen, Raffael zugeschrieben.«

Janet sah noch einmal hin und nickte dann. »Da dürften Sie recht haben. Na und? Wahrscheinlich hat jeder Maler in der westlichen Welt Skizzen davon gemacht.«

»Vor letztem Mai? Bevor das Gemälde freigelegt wurde und bevor überhaupt ein Mensch wissen konnte, wie es aussah?«

Janet lehnte sich zurück, und ein breites Grinsen entfaltete sich langsam auf seinem Gesicht. »Wie wunderbar«, bemerkte er schließlich. »Wie entzückend«, ergänzte er, nachdem er den Gedanken einen Augenblick lang goutiert hatte. »Und wie peinlich für Sie«, fügte er dann bedauernd hinzu.

»Wenn Sie sich genug darüber amüsiert haben«, erwiderte Bottando mit ernster Miene, »werden Sie vielleicht begreifen, wie wichtig es ist, daß Sie es für sich behalten. Kein Klatsch im Büro. Kein einziges Wort. Nicht einmal zu Ihrer Frau. Oder zu irgendeinem anderen.«

»Selbstverständlich. Aber ich bitte Sie inständig, klären Sie diese Sache, so schnell es geht. Jeder Tag, der vergeht, ohne daß ich es jemand erzählen kann, ist ein verlorener Tag. Und natürlich«, fügte er hinzu, um wieder auf die seriös professionelle Ebene zurückzukehren, »falls Sie Hilfe von mir brauchen, lassen Sie es mich nur wissen.«

»Meine Güte«, sagte er nach einer kurzen Pause und grinste schon wieder vor Vergnügen, »wie gerne wäre ich dabei, wenn Sie es diesem schrecklichen Tommaso sagen.«

»Das sagt jeder«, erwiderte Bottando düster. »Aber ich bin derjenige, der ihm gegenübertreten muß. Vielleicht überlebe ich es gar nicht.«

Kurz darauf verabschiedeten sie sich, und Janet fuhr vergnügt und mit dem Versprechen, ihnen das Kontrollbuch der Bank zu schicken, sobald er es den Schweizern entlockt hatte, nach Frankreich zurück. Bottandos Stimmung war um einiges gedrückter. Bevor sie das Flugzeug bestiegen, das sie um vier Uhr nachmittags von Zürich nach Rom zurückbringen sollte, rief er im Museum an und verlangte den Direktor. Er war in einer Konferenz, und die Sekretärin, der man offensichtlich eingeschärft hatte, alle unvorhergesehenen Anrufe abzuwimmeln, weigerte sich, ihn an den Apparat zu holen, obwohl Bottando darauf beharrte, daß es sich um eine höchst wichtige Polizeiangelegenheit handle.

Schließlich gab er es auf. Nun mußte er eben doch auf den Empfang gehen und es ihm dort eröffnen. Schlimmer hätte es nicht kommen können, dachte er düster.

8

Gleich nach der Ankunft im Museum in den Giardini Borghese gab Bottando seinen Mantel ab und ging in den Ausstellungssaal im Erdgeschoß, wo der Empfang stattfand. Es war ein großer Empfnag, man hatte sogar den Skulpturensaal geöffnet, um die vielen Leute unterzubringen, und die Feier war bereits in vollem Gange, als er dort eintraf. Er nahm ein Glas Champagner vom Tablett eines vorübergehenden Kellners und bemerkte dabei, daß Tommaso wie gewöhnlich sehr großzügig mit dem Geld des Museums umgehe, das doch angeblich so knapp bemessen sei.

»Ganz und gar nicht«, erwiderte ein Museumsangestellter, der auf dasselbe Tablett zugesteuert war, und an den Bottando seine etwas zynische Bemerkung gerichtet hatte. »Tommaso nennt das eine Investition. Und eigentlich hat er sogar recht damit. Der ganze Aufwand gilt diesen Herren da drüben.« Er deutete auf eine Gruppe von etwa sechs Männern, die an einer großen Statue lehnten.

»Hat denn da keiner was dagegen, daß die einen Canova als Getränketischchen benutzen?« fragte Bottando. Er sah sich die Gruppe genauer an. Die Männer hatten den Saal eben erst zusammen mit dem Direktor betreten. Sie trugen alle hellgraue Anzüge, blaue Hemden und gestreifte Krawatten. Sie unterhielten sich sehr angeregt, und Bottando vermutete, daß sie nicht über die Kunstschätze sprachen, die sie umgaben.

»Bestimmt nicht. Wissen Sie, das sind nämlich amerikanische Geschäftsleute, die auf einen Rüstungsauftrag von der Regierung hoffen.« Der Mann machte eine raumgreifende Geste, mit der er den gigantischen Reichtum und die dazugehörigen Machenschaften andeuten wollte. Es war eine weite, allerdings nicht sehr gut koordinierte Handbewegung, und Bottando schloß daraus, daß der Mann getrunken hatte.

»Und mit nichts könnten sie einen besseren Eindruck machen als mit einer großzügigen Spende für das Nationalmuseum«, beendete Bottando den Gedanken für ihn. Der junge Mann, ein Mittdreißiger mit einem offenen, im Augenblick jedoch alkoholbedingt etwas mitgenommenen Gesicht, nickte heftig.

»Genau. Ihr Oberhäuptling sitzt im Augenblick noch mit Tommaso in dessen Büro und diskutiert. Herauskommen wird dabei ganz bestimmt ein großer Scheck, der die Kosten der Party abdeckt und von dem dann noch immer genug übrig ist für die Renovierung des entsetzlichen Stromleitungssystems in diesem heruntergekommenen alten Kasten. Clever, was?«

Bottando wandte sich ihm zu. »Wissen Sie was«, sagte er. »Ich glaube, Sie sind in diesem Museum der erste, der je etwas Positives über Tommaso gesagt hat.«

Das Gesicht des Mannes verdüsterte sich. »Ach übrigens, Giulio Manzoni«, sagte er und streckte die Hand aus, die Bottando kurz schüttelte. »Zweiter Restaurator. Ich geb' zu, daß er nicht sehr beliebt ist. Aber eigentlich ist er gar nicht so schlimm, wie er scheint. Und dieser Kasten brauchte mal dringend jemand mit einer starken Hand, der ihm ein bißchen den Staub abklopft. Nur hab' ich leider von meiner relativ günstigen Meinung über ihn nicht viel.«

»Was soll das heißen?«

»Waren Sie zuvor noch nicht da? Offensichtlich nicht. Er hat seinen Rücktritt bekanntgegeben. Er wolle vorzeitig in den Ruhestand gehen und sich in sein Haus in der Toskana zurückziehen, hat er gesagt. Alles in allem eigentlich ein ziemlicher Schock. Wie Sie bestimmt wissen, läuft in diesem Haus alles über Protektion. Mir zum Beispiel hat Enrico Spello den Job verschafft, und man hält mich allgemein für seinen Protegé.«

»Aber das ist doch gut, oder?« fragte Bottando, den die Nachricht ein wenig verblüfft hatte. »Ich meine, Spello ist doch als nächster an der Reihe.«

Der Restaurator schüttelte lakonisch den Kopf. »Jetzt nicht mehr. Weil Tommaso vorhin auch Ferraro zu seinem Nachfolger und offiziellen Stellvertreter ernannt hat.«

»Ach du meine Güte«, murmelte Bottando und überlegte, was das bedeutete. »Ich dachte immer, er kann Ferraro nicht ausstehen. Was hat ihn denn dazu getrieben?«

»Vielleicht hat er einfach keine Lust mehr, unbliebt zu sein. Vielleicht ist er doch nur ein Mensch. Außerdem ist er wahnsinnig reich, warum sich also das Leben mit Arbeit schwermachen? Er mag Ferraro wirklich nicht, aber offensichtlich mag er Spello noch weniger. Bei ihm weiß man das nie so genau; es ist schwer, hinter seine Fassade zu sehen. Außerdem werden die Leute ihm nur nachtrauern, wenn er dafür sorgt, daß sein Nachfolger noch unangenehmer ist als er. Verstehen Sie jetzt, warum ich auf den fünften Drink des Abends zusteuere?«

Bottando nickte weise. »Ich glaube schon«, erwiderte er.

»Sie glauben? Na, dann lassen Sie es mich Ihnen beweisen, damit es kein Mißverständnis gibt.« Manzoni beugte sich vor und tippte Bottando mit dem Finger auf die Brust. »Ferraro ist eine kleine Ratte, nicht? Spello wird sein größter Rivale sein. Also wird er Spello zurechtstutzen und seine Position schwächen wollen. Direkt kann er ihn nicht angreifen, dazu hat der zu viel Einfluß. Wie kommt er also an ihn ran? Über mich nämlich.« Jetzt tippte er zum Nachdruck sich selbst an die Brust und deutete dann zu dem neuen Stellvertretenden Direktor hinüber, der eben durch die hohen Eichentüren am anderen Ende des Saals trat.

»Sehen Sie sich ihn nur an. Finden Sie nicht auch, daß ihm

der Triumph ins Gesicht geschrieben steht? Ein Mann, der eben alles erreicht hat. Richtig vulgär sieht er aus in seinem Triumph.«

»Sind Sie sicher, daß die Ernennung auch durchgeht? Schließlich kann Tommaso das Amt nicht nach persönlichem Gutdünken vergeben.« Bis dahin fand Bottando die Unterhaltung sehr beunruhigend. Im großen und ganzen hatte er mit dem Museum relativ wenig zu tun. Und obwohl er nicht gerade Tommasos engster Freund war, hatten die beiden sich auf einen Modus vivendi geeinigt, der ihnen beiden das Leben nicht zu schwer machte. Er glaubte nicht, daß es mit Ferraro auch so leicht würde.

Manzoni nickte, und seine aggressive Stimmung machte allmählich einer kummervollen Resignation Platz. »Vor ein paar Monaten wäre die Nachfolge noch eindeutig gewesen. Spello wäre der Favorit gewesen. Er ist ein Schlichter, einer, mit dem jeder arbeiten kann. Aber dann hat Tommaso seinen Geniestreich mit diesem Raffael gelandet, und jetzt hält ihn jeder in der Regierung für das Größte seit der Erfindung des geriebenen Parmesans. Wen er jetzt unterstützt, der wird's schaffen.«

Mit verzweifelter Miene starrte der Restaurator in sein schon wieder leeres Glas. Dann schwankte er ohne ein weiteres Wort auf den nächsten Getränkewagen zu. Bottando atmete erleichert auf; auch wenn er Mitleid mit dem Mann empfand, hatte er doch im Augenblick andere Sorgen.

Aber Tommaso war nirgends zu sehen. Das merkte er, als er suchend den Blick durch den Saal schweifen ließ. In einer Ecke entdeckte er Spello, und an dessen hängenden Schultern erkannte er, daß er sehr enttäuscht und wahrscheinlich auch verärgert war. Er hatte auch Mitleid mit ihm, war aber nicht in der Stimmung, sich einen weiteren Ausbruch der Entrüstung anzuhören, wie berechtigt der auch sein mochte. In einer anderen Ecke sah er Jonathan Argyll und Sir Edward Byrnes. Im ersten Augenblick war er überrascht, daß die beiden ebenfalls anwesend waren und sich offensichtlich sehr freundschaftlich unterhielten, doch dann fiel ihm wieder ein, was Flavia ihm über Argylls Stipendium erzählt hatte. Nichts beruhigt ein erhitztes Gemüt besser als ein wenig Geld. Wenigstens die beiden schienen guter Stimmung zu sein, doch er hatte keine Lust, mit jemandem zu reden, der auch nur entfernt mit dem Raffael zu tun hatte. Deshalb brachte er die nächsten zehn Minuten damit zu, sich von einem Connoisseur und Kritiker bequatschen zu lassen und ansonsten nach Tommaso Ausschau zu halten.

Schließlich ging die Tür auf, und heraus kam Tommaso, der gerade dem amerikanischen Delegationsleiter die Hand schüttelte und ihn offensichtlich verabschiedete. Sein zufriedener Gesichtsausdruck legte die Vermutung nahe, daß er den Scheck bekommen hatte. Bottando wartete noch auf den passenden Augenblick, um zu ihm zu gehen und ihm den Abend zu verderben. Er wollte nicht noch einmal an einem öffentlichen Zornesausbruch schuld sein.

Er sah sich unschlüssig um, und dieses Zögern brachte ihn um die Chance, den Direktor alleine anzutreffen und somit früh nach Hause gehen zu können. Denn plötzlich war auch Ferraro in der Tür erschienen und hatte den Mann in ein ernstes Gespräch verwickelt. Sogar aus dieser Entfernung konnte Bottando sehen, wie der Ausdruck wohlwollender Freundlichkeit dem Direktor schlagartig aus dem Gesicht wich. Es wäre eine Übertreibung gewesen zu sagen, daß er grün wurde, aber daß seine Haut eine kränklich fahlweiße Färbung annahm, war durchaus eine zutreffende Beschreibung. Ferraro dagegen machte zwar ein grimmig entschlossenes Gesicht, hatte sich aber offensichtlich voll unter Kontrolle.

Es blieb ihm erspart, hinübergehen und herausfinden zu müssen, was den beiden Männern solchen Kummer machte. Tommaso kam auf ihn zu, und trotz des besorgten Gesichts verströmten seine Bewegungen noch einen ungezwungenen Charme. Hatte er das Geld etwa doch nicht bekommen?

»General. Ich bin froh, Sie zu sehen«, sagte er kurz und verzichtete dieses eine Mal auf die umständlichen Höflichkeitsfloskeln, die er sonst benutzte. »Bitte, kommen Sie mit mir. Ich habe eben etwas Entsetzliches erfahren.«

Der Direktor jagte im Laufschritt durch die Eingangshalle und die Treppe hoch, Bottando lief ihm schnaufend hinterher. »Was ist denn los?« fragte er, bekam aber keine Antwort. Tommaso sah aus, als wäre er eben einem Geist begegnet. Auch Ferraro war ungewöhnlich still.

Umständliche Erklärungen waren nicht nötig. Als sie die Tür öffneten und einen der kleineren Ausstellungsräume im ersten Stock betraten, war sofort klar, was passiert war.

»Heilige Maria, Mutter Gottes«, flüsterte Bottando.

Der Rahmen des Raffael hing noch an seinem Platz, der obere Rand war allerdings stark verkohlt, und kein Mensch hätte vermutet, daß die schwarzen Fäden und die dunklen Klumpen erstarrter Flüssigkeit, die daran hingen, bis vor kurzen noch das teuerste und beliebteste Gemälde der Welt gewesen waren.

Etwa dreißig Quadratzentimeter, so schätzte Bottando, waren am rechten unteren Rand vom Feuer unberührt geblieben, der Rest der Leinwand war nur noch verkohlte Masse. Der Gestank von verbranntem Öl, Holz und anderen Materialien hing in der Luft, und feine Rauchfähnchen stiegen von den wenigen Leinwandresten, die nicht ganz verbrannt waren, in die Höhe. Die Tapete über dem Bild war geschwärzt und hätte offensichtlich auch beinahe Feuer gefangen. Bottando nahm sich die Zeit, dem Museum dankbar zu sein, daß man den Raum nicht mit gepolsterter Seide tapeziert hatte, wie es gelegentlich geschah. Denn dann hätte inzwischen das ganze Gebäude in Flammen gestanden.

Keiner der drei sagte etwas, sie starrten nur. Bottando sah ernste Probleme, Tommaso die Zerstörung seines Rufs, Ferraro das Ende seiner ehrgeizigen Pläne. »Nein«, sagte schließlich Tommaso und dann nichts mehr. Zum ersten Mal tat Bottando der Mann leid.

Sein Polizistenbewußtsein meldete sich. »Wer hat es entdeckt?« fragte er leise.

»Ich«, erwiderte Ferraro. »Vor wenigen Minuten. Ich bin sofort hinuntergelaufen, um es dem Direktor zu melden, und habe ihn an der Tür gefunden.«

»Was haben Sie hier oben gemacht?«

»Ich wollte mir eine Packung Zigaretten aus meinem Büro holen. Und dann sah ich Rauch unter der Tür vorquellen. Ich hatte es noch kaum gerochen, da wußte ich schon, daß etwas nicht stimmte.«

»Warum?«

»Kein Feueralarm. Die Sensoren reagieren sehr empfindlich. Wir haben sie in den Räumen abgeschaltet, in denen die Party stattfand, aber in jedem anderen Raum hätten sie an sein sollen.«

Bottando sah sich um. Man mußte kein großes Genie sein um zu erkennen, was passiert war. Er bückte sich zu einer Spraydose, die auf dem Boden lag, und betrachtete sie, ohne sie zu berühren. Starthilfespray für Motoren. Hochreines Benzin, das man in den Vergaser sprüht, damit der Motor bei Kälte besser anspringt. Man sprüht es auf das Bild, hält ein brennendes Streichholz daran, dreht sich um und schließt die Tür hinter sich. Der Treibstoff hatte die trockene, aber immer noch brennbare Farbe auf der Leinwand entzündet, und das Ganze war innerhalb weniger Minuten verbrannt. Bottando sah sich das Bild noch einmal genau an. Ein Rechtshänder, vermutete er. Er hatte offensichtlich in einem Bogen von links unten nach rechts oben gesprüht. Deshalb war die rechte untere Ecke relativ unbeschädigt. Er berührte leicht und vorsichtig die im Rahmen hängenden Überreste. Sie waren noch warm.

Er seufzte und wandte sich Ferraro zu.

»Schließen Sie diese Tür ab und stellen Sie eine Wache davor. Gehen Sie nach unten und sagen Sie den Leuten, daß die Party vorüber ist, aber keiner das Museum verlassen darf. Sagen Sie nicht, was passiert ist. Wir haben im Augenblick auch ohne Presse schon genug am Hals. Ich werde Verstärkung herbeirufen. Können wir vielleicht Ihr Büro benutzen, Direktor?«

Bottando blieb noch drei Stunden im Museum und kümmerte sich um die weiterreichenden Auswirkungen des Vorfalls. Er telefonierte mit seinen Kollegen in anderen Dezernaten, informierte den Kulturminister und rief seine Beamten zusammen. Er saß am Schreibtisch, während Tommaso aufgeregt hin und her lief und seine Assistenten und Öffentlichkeitsarbeiter zu sich bestellte, um mit ihnen eine Presseerklärung zu formulieren. Trotz Bottandos Anweisung hatten die Reporter mitbekommen, daß etwas passiert war, man mußte sie also früher oder später informieren.

Es dauerte einige Zeit, bis der Polizist und der Direktor Gelegenheit zum Reden fanden. Tommaso saß schlaff auf dem verschnörkelten Sofa aus dem neunzehnten Jahrhundert und starrte das flämische Gemälde an der gegenüberliegenden Wand an, als hätte er in ihm plötzlich einen persönlichen Feind entdeckt.

»Haben Sie eine Ahnung, warum die Feuermelder nicht funktioniert haben?« fragte ihn der Polizist.

»Vermutlich aus den üblichen Gründen«, antwortete Tommaso mit einem kaum hörbaren Stöhnen. »Das elektrische Leitungssystem in diesem Haus ist eine Katastrophe. Seit den vierziger Jahren wurde nichts mehr daran verändert. Wir können von Glück sagen, daß nicht das ganze Museum abgebrannt ist. Deshalb habe ich dem Sicherheitsausschuß ja den Antrag vorgelegt, neue Leitungen verlegen zu lassen. Leider hat Spello dagegen gestimmt.«

»Hm«, machte Bottando unverbindlich. Er hatte die doppelte Anspielung durchaus verstanden. Zum einen hatte Spello diesen Anschlag überhaupt erst möglich gemacht, weil er dem Antrag die Zustimmung verweigert hatte. Und zweitens schien es kein Problem, die Verantwortung vom Direktor auf den Ausschuß abzuwälzen.

Doch darum konnte er sich erst später kümmern. Im Augenblick mußte er sich auf das vorliegende Problem konzentrieren. »Wie oft fällt das Ding aus?«

»Dauernd. Na ja, ungefähr einmal pro Woche. Das letzte Mal abends vor ein paar Tagen. Gott sei Dank war Ferraro noch hier. Er mußte alle Sicherungen herausdrehen, sonst wäre das ganze Gebäude niedergebrannt. Die Wachen saßen wie gewöhnlich schon in der Bar. Manchmal geht's hier wirklich zu wie in einem Irrenhaus«, fügte er mit spürbarer Verzweiflung hinzu. Bottando fühlte mit ihm. Er konnte es sich gut vorstellen.

»Nun ja, und das«, fuhr der Direktor fort, »war indirekt ja

auch der Grund für diese Party. Ich habe die Amerikaner zu einer Spende überredet, mit der wir das gesamte Leitungssystem hätten erneuern können und Spello sein Vorurteil gegen Modernisierungen austreiben.« Er lachte bitter. »Die Stalltür verschließen, nachdem der Gaul durchgegangen ist, wenn Sie so wollen. Ich vermute, daß sie den Scheck stornieren.«

»War das Problem allgemein bekannt?«

»Aber natürlich. Daß die Alarmklingel immer wieder ohne Grund losgeht, kann man doch nicht verheimlichen. Ach so, ich verstehe, was Sie meinen. Das deutet darauf hin, daß es jemand vom Museum selbst war, nicht?«

Bottando zuckte die Achseln. »Nicht unbedingt. Aber ich glaube, wir sollten uns einmal den Sicherungskasten ansehen. Können Sie mir zeigen, wo er ist?«

Ein paar Minuten und einige Treppen später standen sie im Keller. »Hier ist er«, sagte Tommaso. Er öffnete einen riesigen, verrosteten Kasten an der Wand. Im Inneren waren mehrere Reihen schwerer keramischer Sicherungen zu sehen. Er suchte die Reihen ab, drehte eine Sicherung heraus und gab sie Bottando. »Hab' ich's mir doch gedacht. Schon wieder durchgebrannt«, bemerkte er.

Bottando hielt sie ins Licht, sah sie genau an und mußte sich dabei von seiner Lieblingstheorie verabschieden. Niemand hatte die Sicherung herausgenommen oder irgendwelche Drähte durchschnitten. Sie war einfach von selber durchgebrannt. Solche Nachlässigkeiten, dachte er, passieren nur in Italien. Allmählich konnte er Tommasos Reformbemühungen besser verstehen. Niemand konnte behaupten, daß hier nicht einiges zu tun war.

Derart versöhnlich gestimmt begann der General, nachdem sie wieder ins Büro das Direktors zurückgekehrt waren, das Thema anzuschneiden, wegen dem er überhaupt gekommen war.

»Es gibt da einige Aspekte dieser Geschichte, die ich am liebsten mit Ihnen alleine besprechen möchte. Vielleicht nehmen sie diesem Abend ein bißchen was von seinem Schrekken.«

Der Direktor legte die Fingerspitzen aneinander und sah

ihn fragend an. Er glaubte offensichtlich nicht, daß das möglich war.

»Ich glaube, der Verlust ist nicht so schlimm, wie es aussieht«, fuhr Bottando fort.

Der Direktor schnitt eine Grimasse und schüttelte den Kopf. »Ich kann Ihnen versichern, das Gemälde ist nicht mehr zu retten. Und finden Sie den Verlust eines der größten Triumphe der italienischen Kunst vielleicht nicht schlimm?«

Ein bißchen dick aufgetragen, dachte Bottando unbarmherzig. Aber er hat ja auch einen schlimmen Tag hinter sich. »Ein Triumph sicherlich. Aber nicht der italienischen Kunst. Ich glaube, es war eine Fälschung.«

Tommaso schnaubte. »Ach, General. Nicht schon wieder diese fixe Idee von Ihnen. Ich habe Ihnen doch bereits gesagt, daß es unmöglich ist. Sie wissen genauso gut wie ich, welchen Tests das Bild unterzogen wurde. Es hat sie alle mit fliegenden Fahnen bestanden. Und jeder Experte auf diesem Gebiet hat es für einen Raffael erklärt.«

»Auch Experten können sich irren. In den dreißiger Jahren behaupteten sämtliche Gelehrten, das ›Abendmahl in Emmaus‹ sei von Vermeer. Daß es von Van Meegeren stammte, entdeckte man erst, als der die Fälschung gestand, um nicht wegen Kollaboration mit den Nazis gehängt zu werden.«

»Die falschen Vermeers wurden sofort entlarvt, als man sie einer wissenschaftlichen Untersuchung unterzog«, hielt Tommaso ihm entgegen. »Und die Untersuchungstechniken sind seit den vierziger Jahren viel besser geworden.«

»Die Fälscher zweifellos auch. Aber das gehört eigentlich nicht zur Sache. Was wir vorliegen haben, sind leider nur Indizien, aber auch die sind beunruhigend genug.«

»Und welche Indizien sind das, bitte?«

Bottando erinnerte ihn noch einmal an den Brief, den Argyll im Archiv des Landhauses gefunden hatte. Der Direktor unterbrach ihn. »Das Argument ist jetzt nicht überzeugender als zuvor. Sie werden doch nicht erwarten, daß die gesamte wissenschaftliche Welt nur deswegen ihre Meinung ändert?«

»Natürlich nicht. Wie Sie sagen, der Brief für sich genommen beweist kaum etwas. Aber heute vormittag fand meine

Assistentin etwas mit größerer Überzeugungskraft, deshalb auch mein Anruf bei Ihrer so nervtötend dickköpfigen Sekretärin.«

Bottando erzählte Tommaso kurz von der Jagd nach Morneau, dem Schließfach und der Entdeckung.

Das brachte Tommaso ganz offensichtlich ins Wanken. Er ging zu einem Regal mit ledergebundenen Büchern, klappte die Buchrückenfront auf und holte eine Flasche heraus. Dann goß er eine goldene Flüssigkeit in zwei große Gläser und gab eines Bottando. Er stürzte seinen Drink in einem Zug hinunter und fuhr sich mit der freien Hand übers Gesicht. All seine Aufgeblasenheit war verschwunden.

»Wenn ich Sie richtig verstehe, steht und fällt Ihr Argument mit dem Datumsstempel in diesem Paß? Es hätte doch jemand anders diese Skizzen in das Schließfach legen können, nachdem sämtliche Zeitungen und Zeitschriften das Gemälde groß herausgebracht hatten.«

Bottando nickte zustimmend. »Ja. Ich habe Ihnen doch gesagt, daß es nur Indizien sind. Aber jetzt haben wir zwei, die in dieselbe Richtung deuten.«

»Ich kann es einfach nicht glauben«, sagte der Direktor schließlich. »Und wenn es stimmt, warum sollte dann jemand das Bild zerstören wollen? Ich meine«, ergänzte er trotzig, »es ist doch offensichtlich, warum das passiert ist, oder?«

Bottando sah ihn fragend an.

»Das war doch offensichtlich ein Angriff auf mich. Erst heute habe ich meinen Rücktritt bekanntgegeben und Ferraro als Nachfolger vorgeschlagen. Die Zerstörung des Bilds war ein Racheakt, man wollte mich als Trottel hinstellen. Aber das ergibt doch nur einen Sinn, wenn das Bild echt war. Ich weiß, daß ich hier nicht besonders beliebt bin.«

Er hielt inne. Bottando fragte sich, ob man von ihm einen Widerspruch und die Versicherung des Gegenteils erwartete, kam aber dann zu dem Schluß, daß nicht einmal Tommaso so eitel sein konnte, und schwieg deshalb.

»Alle hier haben immer versucht, jede Verbesserung, die ich einführen wollte, zu blockieren. Ferraro ist der einzige, der mich je unterstützt hat. Der einzige, der nicht irgendwo in den zwanziger Jahren lebt.«

»Deshalb die Bevorzugung vor Spello?«

»Ja. Spello mag ich und Ferraro nicht besonders. Aber die Zukunft des Museums steht auf dem Spiel, und da sind persönliche Vorlieben fehl am Platz.« Wieder blitzte etwas von der alten Aufgeblasenheit durch seine plötzlich so energisch vorgetragene Erklärung.

»Spello ist ein guter Stellvertreter, aber der Direktor muß sich mit den Ministerien herumschlagen und Spendern das Geld aus der Tasche ziehen. Ich bin zu der Überzeugung gekommen, daß nur Ferraro das kann. Er ist nicht gerade ein angenehmer Mensch, das muß ich zugeben, aber ich hatte keine bessere Alternative. Und es gibt eine Menge Leute, die bereit sind, mich und ihn zu stoppen. Mit allen Mitteln.«

Es war eine durchaus einleuchtende Interpretation, das mußte Bottando sich eingestehen. »Aber«, hielt er Tommaso entgegen, »ich kann mir nur schwer vorstellen, daß jemand, der sein ganzes Leben lang in einem Museum gearbeitet hat, zu einem solchen Vandalismus fähig wäre.«

»Täuschen Sie sich da nicht«, schnaubte Tommaso. »Dieses Museum ist wirklich eine Irrenanstalt, wie ich es gesagt habe. Aber verstehen Sie denn nicht, worauf ich hinauswill?« fuhr er eindringlich fort, beugte sich vor und starrte den Polizisten an. »Wenn das Bild eine Fälschung war, warum es dann zerstören? Es wäre doch viel besser gewesen, einfach nur auf die Aufdeckung des Betrugs zu warten.«

Bottando lächelte und steuerte das Gespräch in eine etwas andere Richtung. »Wenn das Bild eine Fälschung war, dann wurde die ganze Welt zum Narren gehalten, nicht nur Sie. Wenn Italien es nicht gekauft hätte, dann das Getty-Museum. Oder jemand anders. Seine Entdeckung war psychologisch perfekt inszeniert, deshalb ist niemand auf den Gedanken gekommen, Zweifel anzumelden. Alles deutete darauf hin, daß unter dem Mantini ein anderes Bild steckte. Byrnes bringt es an die Öffentlichkeit. Es war wie ein Märchen. Jeder wollte es glauben. Vielleicht hat es sogar der Mann, der es verbrannte, für echt gehalten.«

Tommaso lächelte schwach. »Aber wir waren es, die das Geld dafür ausgegeben haben. Die Tatsache, daß andere es ebenso getan hätten, wenn sie dazu Gelegenheit gehabt hätten, ist nur ein schwacher Trost verglichen mit dem Schaden für meinen Ruf.«

Da es nichts mehr gab, was Bottando noch besprechen wollte, stand er auf und ging zur Tür. Er war müde. »Nur noch eins«, sagte er beiläufig im Gehen. »Warum haben Sie eigentlich beschlossen, aufzuhören? Ich muß gestehen, ich war ziemlich überrascht.«

»Alle anderen ebenfalls. Es hat mir richtig Spaß gemacht, ihre Gesichter bei der Bekanntgabe zu sehen. Die hielten mich alle für einen übertrieben ehrgeizigen Karrieristen. Aber ich habe genug von dieser Arbeit, und das Geld brauche ich nicht. Der ganze Verwaltungskram und die ewigen Intrigen. Das erfordert einen jüngeren Mann.« Tommaso lächelte hintergründig.

»Deshalb Ferraro.«

»Ja. Er ist sehr fähig, trotz seines etwas unglücklichen Auftretens, und er hat ein Auge für günstige Gelegenheiten. Vor einem Jahr war er für ein paar Wochen Leiter des Museums. Hat sich damals mit ein paar guten Aktionen profilieren können. Und genau das hat jetzt für ihn den Ausschlag gegeben. Und was mich angeht«, fuhr er melancholisch fort, »ich werde mich in meine Villa bei Pienza zurückziehen und in aller Stille mit meiner Bibliothek und meiner Sammlung leben. Vielleicht fange ich auch wieder an zu malen. Das habe ich seit Jahren nicht mehr getan. Es wird eine angenehme Abwechslung sein – vor allem nach dem, was jetzt passiert ist. Sie müssen zugeben, mein Timing ist perfekt. Oder das von jemand anderem.«

Er öffnete die Tür und gab Bottando die Hand.

»Ich weiß, daß wir beide es uns als Kollegen nicht einfach gemacht haben, General«, sagte er. »Aber Sie sollen wissen, daß ich Ihnen sehr dankbar bin für Ihre Bemühungen, den Schuldigen für diesen Frevel zu finden. Ich möchte Sie nur darum bitten, daß Sie diese Fälschungsgerüchte für sich behalten. Wenn Sie stichhaltige Beweise dafür bringen können, ist es eine andere Sache. Aber ich will nicht, daß mein guter Name nur wegen eines Hirngespinstes in den Schmutz gezogen wird.«

Bottando nickte. »Das ist nur verständlich. Und wir haben auch unsere Gründe, uns bedeckt zu halten. Machen Sie sich keine Sorgen. Gute Nacht, Direktor.«

Während Bottando sich widerwillig eingestehen mußte, daß ihn Tommasos Reaktion auf die Katastrophe dieses Abends beeindruckt hatte, kämpfte Flavia sich auf seine Anordnung hin durch die stumpfsinnige Kleinarbeit, die ein Verbrechen immer mit sich bringt.

Da es zu spät war für offizielle Verhöre aller siebenundachtzig Personen, die an dem Empfang teilgenommen hatten, schrieb sie sich nur deren Namen und Adressen auf und bat sie höflich, aber bestimmt, sich zur Verfügung zu halten. Dann gab sie die Liste an die Grenzpolizei weiter, für den unwahrscheinlichen Fall, daß jemand versuchen sollte zu fliehen. Die Gefahr schien jedoch gering. Die einzigen, die fehlten, waren die Amerikaner, die bereits mit der Abendmaschine das Land verlassen hatten, aber die kamen wohl am wenigsten als Verdächtige in Frage.

Verdächtige gab es sowieso schon genug, dachte sie, und einige von ihnen waren offensichtlich intelligent genug, um zu wissen, wo sie standen. Argyll zum Beispiel, der als einer der letzten an die Reihe kam. »Ich hatte ja gehofft, daß wir in Zukunft nur noch privat miteinander zu tun haben. Ich hätte nie geglaubt, daß Sie mich noch einmal verhören«, sagte er wehmütig.

»Ich verhöre nicht. Ich schreibe mir nur Ihre Adresse auf«, erwiderte sie streng.

Er winkte ab. »Das ist doch Haarspalterei. Sie werden mich verhören. Schließlich dürfte ich doch Ihr Hauptverdächtiger sein.«

»Sie schmeicheln sich selbst.«

»Eigentlich nicht. Also schön, vielleicht nicht gerade die Nummer eins. Aber unter den ersten fünf bestimmt. Und ich kann nicht sagen, daß mir das gefällt.«

Flavia lehnte sich auf ihrem Stuhl zurück und legte die Füße auf den Tisch. Sie war müde, und es war schwierig, bei jemandem hart und professionell zu bleiben, den man kannte und mochte. Andererseits war sie keine richtige Polizistin und mußte deshalb eigentlich gar nicht so sein. Manchmal war das von Vorteil.

»Wenn Sie so sicher sind, dann sollten Sie mir vielleicht verraten, wie Sie darauf kommen.«

Er starrte einen Augenblick lang zur Decke, um seine Gedanken zu ordnen. »Sie glauben, daß das Bild eine Fälschung war, korrekt?« fragte er schließlich.

»Wie kommen Sie darauf?«

Er zuckte die Achseln. »Es muß so sein. Entweder das, oder Sie suchen nach einem Verrückten.«

Flavia schwieg.

»Wenn es eine war«, fuhr Argyll fort, »dann hat Byrnes natürlich diese Abermillionen für eine Niete bekommen. Die ich übrigens als erster entdeckt habe. Eine Leistung, auf die ich inzwischen gar nicht mehr so stolz bin. Und jetzt werde ich über dieses Stipendium mit Byrnes in Verbindung gebracht.« Er hielt inne, und sie fragte deshalb: »Warum das Ding also anzünden?«

»Weil Byrnes das Bild zurücknehmen und das Geld wieder herausrücken müßte, wenn sich herausstellt, daß es eine Fälschung ist. Ich bin mir sicher, daß diese Klausel im Vertrag steht. Wenn es zerstört ist, kann kein Mensch etwas beweisen. Und dann ist Byrnes aus dem Schneider. Genau wie ich, sein Komplize.«

Flavia nickte bedächtig. »Sehr überzeugend«, bemerkte sie. »Aber warum waren Sie dann der erste, der die Möglichkeit einer Fälschung zur Sprache brachte?«

Er rieb sich nachdenklich das Kinn und sagte nach einer Weile: »Hm, das weiß ich nicht. Ich muß darüber nachdenken.« Er sah sie hilfesuchend an.

Flavia rieb sich die Augen, fuhr sich mit den Fingern durch die Haare und gähnte. »Schon gut. Genug für heute abend. Erzählen Sie mir den Rest ein andermal. Als Ihr eigener Staatsanwalt wären Sie großartig. Schade, daß das System das nicht zuläßt. Aber Sie haben recht. Sie sind einer der Hauptverdächtigen.« Sie stand auf und führte ihn aus dem Zimmer.

»Und ich sehe nur eine einzige Möglichkeit, wie Sie aus dem Kreis der potentiellen Raffael-Röster herauskommen«, sagte sie, als er durch die Tür ging.

»Welchen?« fragte er.

»Indem Sie uns einen anderen liefern.«

9

Um sieben Uhr am nächsten Morgen betrat Flavia Bottandos Büro, um sich über die Entwicklung des Falls zu informieren und die zügige Abwicklung der Verhöre vorzubereiten. Wie immer vergaß sie anzuklopfen, und der General sah sie verärgert an, als sie eintrat. Sehr untypisch für ihn.

»Müde und schlecht gelaunt, was?« fragte sie fröhlich.

Er sagte nichts, sondern gab ihr die neuesten Ausgaben der Morgenzeitungen. Flavia überflog sie kurz und mußte sich dann eingestehen, daß er durchaus ein Recht hatte, schlecht gelaunt zu sein. »Oh. Daran habe ich gar nicht gedacht«, sagte sie entschuldigend.

»Ich schon«, keifte er. »Hab' allerdings nicht geglaubt, daß es so schlimm sein würde.«

Sie sah sich die Artikel noch einmal an. Bis zu diesem Morgen hatte Bottandos bekannte Neigung zu gutem Essen ihm die Presse immer gewogen gemacht. Jetzt fielen sie brutal und mit einer erstaunlichen Liebe zum Detail über ihn her. Und er machte bei dieser Affäre ja wirklich nicht die beste Figur. Leiter des Kunstdezernats süffelt Champagner und amüsiert sich, während ein Stockwerk über ihm ein wahnsinniger Brandstifter das großartigste Kunstwerk der Welt zerstört.

»Sie müssen zugeben, daß es auch seine lustige Seite hat«, begann Flavia und merkte sofort, daß sie das besser nicht gesagt hätte.

»Flavia«, sagte Bottando streng.

»Ja, Chef?«

»Halten Sie den Mund, meine Liebe.«

»Okay. Tut mir leid.«

Er lehnte sich zurück und seufzte schwer. »Es ist überhaupt nicht lustig«, sagte er. »Wir haben nicht viel Zeit. Entweder wir schnappen bald jemand, oder das Dezernat wird massakriert. Wir stecken«, bemerkte er sauer, »in einer Zwickmühle.«

»Soll heißen, wenn Sie sagen, daß das Bild eine Fälschung war, reißt Tommaso Sie in Stücke, und wenn nicht, dann die Presse?« Bottando nickte zustimmend.

»Können Sie es nicht einfach dem Minister sagen und ihn dazu bringen, daß er den Mund hält?«

Bottando lachte. »Ein Minister und den Mund halten? Das ist ein Widerspruch in sich. Da kann ich ja gleich eine ganzseitige Anzeige ins *Giornale* setzen.« Er deutete auf die feindseligste der Zeitungen. »Nein, ich fürchte, wir haben keine andere Wahl. Wir müssen schnell zu Resultaten kommen. Außerdem fängt die Geschichte mit Morneau langsam zu bröckeln an.«

»Warum das?«

Er gab ihr ein Blatt Papier. »Telegramm von Janet. Er hat den Schweizern das Kontrollbuch abgeluchst.«

Flavia sah es enttäuscht an. Morneaus Schließfach war im August von einem anderen göffnet worden. Man wußte nicht, von wem. Aber es war einige Zeit nach der öffentlichen Präsentation des Gemäldes passiert. »Verdammt«, sagte sie. »Aber das heißt noch nicht, daß die Skizzenbücher auch zu diesem Zeitpunkt hineingelegt wurden.«

»Nein, aber es schwächt unsere Hypothese. Das Indiz hat keine Beweiskraft mehr. Und ich bin mir sicher, Sie sind inzwischen auch schon draufgekommen, daß wir nach dem gestrigen Abend keine Tests mehr mit dem Bild veranstalten können, um festzustellen, ob es wirklich echt war.«

»Sie können ja immer jemand verhaften. Es ist die letzte Zuflucht der Unfähigen, ich weiß, aber wir könnten damit Zeit schinden. Für ein paar Tage sieht das gut aus, auch wenn's der Falsche ist.«

»Daran habe ich auch schon gedacht. Vielleicht Argyll. Verrückter Engländer. Enttäuschte Hoffnungen. Das würde sich sehr gut machen. Die Presse hält doch alle Engländer für Wahnsinnige.«

Flavia machte ein besorgtes Gesicht. »O nein. Nicht Jonathan. Das ist keine gute Idee.«

Bottando sah sie zweifelnd an. »Jonathan? Jonathan? Was hat denn das zu bedeuten?«

Sie reagierte nicht auf die Frage. »Wenn Byrnes nur eine Fälschung ausgegraben hat, heißt das, daß das echte Bild noch irgendwo sein muß. Irgend jemand hat irgendwo einen Raffael an der Wand hängen und weiß es vielleicht gar nicht.«

»Argyll«, fuhr sie vorsichtig fort und überlegte sich genau, was sie sagte, »ist wahrscheinlich unsere beste Chance, es zu finden. Denn wenn das Ding wirklich existiert, dann steckt es unter einem Mantini, und er ist der einzige, der weiß, wo man suchen muß. Wenn Sie ihn einsperren, ist er uns keine große Hilfe.«

»Stimmt. Aber wenn die Presse herausfindet, daß wir uns bei dieser Suche auf die Hilfe unseres Hauptverdächtigen verlassen, macht das die Sache nur noch schlimmer.«

Sie lächelte ihn an. »Kein Problem. Sie brauchen sich mit ihm gar nicht abzugeben. Ich übernehme das. Ich bin keine Poizeibeamtin, also können Sie wahrheitsgemäß behaupten, daß die Polizia nichts mit diesem Mann zu tun hat. Falls jemand danach fragt.«

Bottando grunzte. »Also gut. Aber man muß ihn sehr genau beobachten.« Er nahm das Blatt Papier zur Hand, auf das er zuvor geschrieben hatte, und sah es bedauernd an. »Wir haben eine ganze Menge von Verdächtigen, mit denen wir heute reden müssen.«

»Zum Beispiel?«

»Alle, die Morneau gekannt haben konnten, und das ist theoretisch jeder in der Kunstwelt. Leute, die Tommaso nicht mögen, wieder die gesamte Kunstwelt. Leute, die sehr reich sein wollen. Schon wieder die ganze Kunstwelt. Jeder könnte ein Motiv haben und jeder hatte die Gelegenheit.«

»Außer daß derjenige, der das Bild angesteckt hat, auf der Party gewesen sein muß«, erwiderte sie, setzte sich und legte die Füße auf den niedrigen Beistelltisch.

»Das sind immer noch viel zu viele«, stöhnte er. »Mein Gott, was für ein Schlamassel. Und wenn wir nicht bald zu Ergebnissen kommen, werden wir selber geröstet.«

Er sah sie an. »Ich glaube, wir machen uns besser an die Arbeit. Also nehmen Sie endlich ihre verdammten Füße von meinem Tisch und hängen Sie sich an Argylls Fersen.«

»Wir müssen beweisen, daß das Bild eine Fälschung war, was jetzt, wo es zerstört ist, ziemlich schwierig ist. Die Skizzenbücher sind ein Indiz, aber kein stichhaltiger Beweis. Wir müssen also sozusagen das originale Original finden.«

Flavia saß in der Küche von Argylls neuer Unterkunft. Bei der Begrüßung hatte er ihr erzählt, sein alter Freund Rudolf Beckett habe ihm ein Zimmer in seiner Wohnung angeboten und er habe angenommen. Er sah müde aus und sagte, er habe unter den gegebenen Umständen nicht sehr gut geschlafen. Flavia hätte mehr Mitleid mit ihm gehabt, wäre sie nicht zu bestürzt gewesen, daß ihr Verdächtiger Nummer eins die Wohnung mit einem Journalisten teilte.

Doch Argyll beruhigte sie. Sein Wohnungsgenosse halte sich im Augenblick in Sizilien auf, um dort Artikel über die Mafia zu schreiben. Flavia fragte sich, ob je ein Reporter nach Sizilien fuhr, um etwas anderes zu tun. Da er allerdings in den nächsten Tagen nicht zurückerwartet wurde, machte sie sich darüber keine weiteren Gedanken und überlegte, wie Argyll sich aus seiner mißlichen Lage befreien konnte.

»Wenn die Indizien für eine Fälschung so schwach sind, warum sind Sie dann davon überzeugt?«

Flavia hob die Hand und zählte die Gründe an den Fingern ab. »Erstens will ich es sein, weil ich die Vorstellung nicht ertragen kann, daß ein echter Raffael verbrannt wurde. Zweitens, weil wir sonst wirklich nach einem Wahnsinnigen suchen, und das will ich auch nicht glauben. Drittens, weil wir sowieso alle Möglichkeiten überprüfen müssen. Viertens, Intuition. Fünftens, weil ich Ihrem Urteil vertraue.«

Argyll schnaubte. »Sechstens, Sie sind außerdem verrückt. Sie sind nämlich mit Sicherheit der einzige Mensch, der meinem Urteil vertraut. Aber ich bin doch nur ein Doktorand.

Ich kann mir eigentlich nicht vorstellen, daß ich herumlatsche und Bilderfälscher aufspüre.«

»Das wirklich nicht. Aber Sie wissen mehr über diesen verdammten Mantini als jeder andere. Der ist ja inzwischen der künstlerische Renner des Monats. Die Lösung unserer Probleme steht wahrscheinlich irgendwo auf Ihren Karteikarten.«

Argyll fuhr sich mit den Fingern durch die Haare, summte ein wenig und drehte dann Däumchen, alles Anzeichen für seine Verlegenheit, wie Flavia inzwischen wußte.

»Ja, wunderbar. Stets zu Diensten. Aber, ich meine, ich möchte es ja kaum zur Sprache bringen, aber, naja...«

»Warum sollten Sie sich die Mühe machen, wenn Sie es wirklich selber finden und ein Vermögen damit machen könnten?«

»Ich hätte es etwas anders formuliert...«

»Aber die ungefähre Richtung stimmt doch, oder?«

»Vermutlich.«

»Ganz einfach«, sagte sie liebenswürdig. »Wenn Sie auch nur einen Zentimeter vom Weg abweichen, wird Bottando Sie als Hauptverdächtigen verhaften und den Wölfen vorwerfen, um sich die Presse vom Hals zu schaffen. Ich hatte heute morgen die größten Probleme«, ergänzte sie und übertrieb dabei ein bißchen, »ihn davon abzubringen, Sie sofort einzusperren. Er fand Ihre Argumente dafür sehr überzeugend. Und natürlich, wenn Sie unschuldig sind, würden Sie mit Ihrer Hilfsbereitschaft die größte Dankbarkeit von fast jedem vom Premierminister bis hinunter zu mir ernten.«

Argyll nahm sich eine neue Scheibe Toast, butterte sie und bestrich sie fingerdick mit Becketts teurer importierter Marmelade. »Na dann, also gut«, sagte er mürrisch. »Sie haben etwas sehr Überzeugendes an sich. Aber ich muß Sie warnen: Nicht einmal meine unschätzbaren Dienste garantieren einen Erfolg.«

»Sie haben doch Ihre Aufstellung von Mantinis Werken.«

»Bis jetzt noch unvollständig. Und sie enthält nur Bilder, die noch existieren. Die Anzahl der zerstörten oder einfach vergessenen ist wahrscheinlich riesig.«

»Tun Sie Ihr Bestes. Wir können heute abend darüber reden, wenn Sie sich die Sache überlegt haben. Ich muß jetzt los.«

»Da ist etwas, das Sie für mich tun könnten. Könnten Sie Ihre Kontakte benutzen und bei allen Auktionshäusern und Händlern nach Bildern fragen, die möglicherweise von Morneau gekauft wurden? Oder von einem anderen aus dem Kreis Ihrer Verdächtigen?«

»Wo?«

»In ganz Europa. Oder zumindest in den wichtigsten Zentren.«

»In ganz Europa für alle unsere Verdächtigen? Ist das alles?«

Er nickte. »Ist wahrscheinlich eine ziemliche Arbeit. Aber wenn Sie herausfinden, daß einer von ihnen ein Bild von der gleichen Größe wie der Raffael gekauft hat, würde das sehr weiterhelfen.«

»Ich verstehe. Kann ich Ihnen vielleicht sonst noch behilflich sein?«

»Sagen Sie mir nur eins. Glauben Sie, daß ich etwas mit dieser Sache zu tun habe?«

Flavia nahm ihre Tasche und hängte sie sich über die Schulter. Ihre Stirn legte sich in Falten, als sie einen Augenblick lang überlegte, ob sie aufrichtig sein oder ihn mit mangelndem Vertrauen in seine Ehrlichkeit beunruhigen sollte.

»Passe«, sagte sie schließlich und ging weg, bevor er etwas erwidern konnte.

Nachdem Flavia die Treppe hinuntergelaufen war und sich ein Taxi gesucht hatte, wanderte Argyll in seiner neuen Wohnung umher, räumte halbherzig auf und überlegte sich, wie er seine neue Aufgabe am besten angehen sollte. Es war schwer, sich darauf zu konzentrieren, wenn man dauernd daran denken mußte, daß schon der kleinste Ausrutscher einen für so ziemlich den Rest des Lebens ins Gefängnis bringen konnte. Wenn er half, das Bild zu finden, konnte er sich ins eigene Fleisch schneiden. Aber wenn nicht, genauso. So hatte er sich die Freuden seines erneuten Romaufenthalts nun wirklich nicht vorgestellt. Eins war allerdings klar: Er würde sich nicht darauf beschränken können, seine Karteikarten durchzusehen. Er würde schon etwas mehr tun müssen. Flavia, so dachte er, war ihm im Grunde genommen wohlgesinnt und neigte eher dazu, nicht an seine Schuld zu glauben. Ihr Chef schien da anderer Meinung zu sein.

Einfach würde die Sache allerdings nicht werden. Er hatte zwar nie nachgezählt, schätzte aber, daß er Vermerke über etwa fünfhundert Bilder von Mantini hatte. Er wußte, daß ungefähr die Hälfte vor 1724 entstanden war, also bevor Mantini den Raffael übermalte. Alle anderen waren danach entstanden oder nicht genau zu datieren. Er ging zu den Schuhkartons mit den weißen Karten, die die Früchte seiner Arbeit der letzten drei Jahre enthielten, und fing an, sie durchzublättern. Nach ein paar Minuten erkannte er, daß es einfacher war, die Karten herauszunehmen; er mußte sie dann eben später wieder einordnen. Aber verzweifelte Situationen verlangen verwegene Lösungen. Eine gute Stunde Arbeit erbrachte ein deprimierendes Ergebnis: Auch nachdem er alle Bilder aussortiert hatte, die in den Händen der Familie des Käufers geblieben waren, war der Stapel immer noch ungefähr fünf Zentimeter dick – bei etwa zwanzig Karten pro Zentimeter.

Dann fiel ihm Lady Arabellas Brief wieder ein, und er sortierte alle aus, die keine Ruinen oder ruinenähnlichen Gebilde zeigten. Das halbierte das Problem auf etwa fünfundvierzig Bilder. Er setzte sich an seinen Tisch, klemmte sich die Kopfhörer seines Walkman an die Ohren, legte eine Cassette ein und fing an, eine Liste zusammenzustellen. Das war zwar nicht gerade lebenswichtig, aber er wußte nicht, was er sonst tun sollte, und außerdem hatten Musik hören und Listen schreiben immer große therapeutische Wirkung auf ihn.

Den Rest des Tages verbrachten alle Beteiligten in geschäftiger Langeweile. Im Museum gaben sich Tommaso und seine Mannen die größte Mühe, die Situation zu retten, indem sie pausenlos Presseerklärungen ausgaben. Bottando verbrachte einen Teil seiner Zeit mit ähnlichen Beschäftigungen, gab es dann aber auf und wandte sich drängenderen Aufgaben zu.

Offensichtlich arbeitete jemand im Museum – es mußte Tommaso sein – mit Feuereifer daran, die Schuld auf die Polizei, Spello und den glücklosen Sicherheitsausschuß abzuschieben. Bottando verfluchte den Tag, an dem er zum ersten Mal von diesem verdammten Ausschuß gehört hatte. Dabei kann ich es Tommaso eigentlich gar nicht verübeln, dachte er in einem Augenblick nachsichtiger Objektivität, der Mann versucht doch nur, seine Haut aus einer Misere zu retten, für die er nichts kann. Durchaus verständlich. Bottando wünschte sich nur, der Direktor würde dabei nicht den Kopf des Generals als Ersatz für seinen eigenen anbieten. Vielleicht hätte Bottando in einer ähnlichen Situation genauso gehandelt. Aber er wäre bestimmt taktvoller vorgegangen und hätte nicht versucht, jemanden abzuschießen, der in diesem Augenblick alles daransetzte, den wahren Schuldigen zu finden.

Auch seine Rivalen in den anderen Polizeieinheiten mischten heftig in der Kampagne gegen ihn mit, und er erkannte, daß die einzig wirkungsvolle Antwort darauf eine oder zwei Verhaftungen waren. Deshalb diktierte er eine verbindliche Verlautbarung mit dem Inhalt, daß er alles in seiner Macht Stehende tue und mit einer baldigen Verhaftung rechne – das können dann die anderen übernehmen, dachte er düster. Nur daß sie dann eben nicht die geringste Ahnung hätten, ob sie auch den richtigen Mann geschnappt hatten.

Anschließend schickte er seine Leute aus, damit sie die Partygäste verhörten, und er selbst ging ins Museum, um den Direktor zu unterrichten und mit dessen wichtigsten Feinden zu reden. Natürlich nicht mit allen, dazu war der Tag nicht lang genug.

Die Unterredung mit Tommaso verlief angespannt, wobei der Direktor besorgte Freundlichkeit vortäuschte und Bottando so tat, als hätte er nichts gemerkt. Er war deshalb sehr erleichtert, als er sich den verschiedenen Zeugen und Verdächtigen zuwenden konnte, denn er nahm an, daß sie angenehmere Gesprächspartner waren. Er fing mit Manzoni an und rief ihn in Ferraros Büro, das er für die Dauer der Untersuchung übernommen hatte. Als der Restaurator das Zimmer betrat, bewegte er sich unsicher und sah aus wie ein Wrack.

Bottando wußte nicht genau, ob es vom Kummer über das Bild herrührte oder ob es die Nachwirkungen der Sauferei am Abend zuvor waren. Er fragte nicht nach.

Das Verhör war im großen und ganzen eine Routineangelegenheit. Wo er gewesen sei, mit wem er gesprochen habe und so weiter. Manzoni konnte alles belegen bis zu dem Augenblick, als er Bottando stehengelassen hatte. »Und danach?«

»Um ganz offen zu sein, ich kann mich nicht mehr erinnern. Ich habe keinen blassen Schimmer, mit wem ich geredet habe. Ich erinnere mich, daß ich jemand einen Vortrag über die Restauration von Drucken gehalten habe. Ich weiß das noch, weil ich mir gedacht hatte, wenn ich jetzt nüchtern wäre, würde ich merken, wie außerordentlich blöd ich klinge.«

Bottando dachte einen Augenblick darüber nach und wechselte dann das Thema, als würde ihn die Sache nicht weiter interessieren. »Sagen Sie«, begann er, »gehörten Sie zu dem Team, das diese Tests an dem Bild durchgeführt hat? Ich habe mir vor ein paar Tagen den Bericht angesehen. Sie haben ihn unterschrieben, nicht?«

Manzoni nickte. »Ja. Ich war der Projektleiter. Die eigentlichen Tests haben die englischen Experten durchgeführt, die Byrnes hinzugezogen hatte, weil die sich mit den ganzen Maschinen besser auskannten.«

»Ich verstehe. Also hatten eigentlich Byrnes' Leute das Bild in den Fingern?« Der Mann nickte.

»Und Sie waren durch und durch zufrieden?«

»Natürlich«, erwiderte er ein wenig gereizt. Die Frage hatte offensichtlich seinen Stolz verletzt. »Wenn ich es nicht gewesen wäre, hätte ich es gesagt. Es waren Männer von allerbestem Ruf. Und das Bild hat alle Tests glänzend bestanden. Ich hatte nicht den leisesten Zweifel.« Er hielt inne, kaute nachdenklich an seinem Daumennagel und sah dann hoch. »Zumindest nicht bis vor dreißig Sekunden.«

»Was meinen Sie damit?« fragte Bottando verunsichert, weil er plötzlich merkte, daß seine Verhörtechnik nicht eben die subtilste war.

»Wissen Sie, nicht alle Techniker sind Idioten«, fuhr der

Mann fort, und seine Selbstgefälligkeit wurde immer stärker spürbar.

»Tommasos Ruf hing von diesem Raffael ab. Aber wenn mit dem Bild etwas nicht stimmt, sinkt Tommasos Kreditwürdigkeit, und Spello bekommt den Job. Verbrannt wurde es entweder, um ihm zu schaden oder aus einem anderen Grund. Sie vergeuden aus keinem erkennbaren Grund Zeit mit technischen Berichten, wo Sie doch vermutlich viel drängendere Sorgen haben. Und das führt mich zu der Vermutung…«

»Das führt Sie zu überhaupt keiner Vermutung. Sie haben nur eine sehr lebhafte Phantasie.« Bottando stand etwas überstürzt auf, um die Unterhaltung zu beenden, denn er war beunruhigt über die Art, wie sie ihm aus der Hand geglitten war. Ob jetzt verkatert oder nicht, dieser junge Mann hatte viel zu schnell Verbindungen hergestellt. Das gefiel Bottando ganz und gar nicht.

Er brachte den Restaurator zur Tür und führte ihn in das kleine Vorzimmer, das sonst der Sekretärin gehörte. Sein nächster Kandidat saß geduldig wartend auf einem Stuhl.

»Wie ich sehe, sind Sie heute sehr beschäftigt«, sagte Manzoni zum Abschied, »aber ich möchte gern noch einmal mit Ihnen reden, wenn Sie nichts dagegen haben. Wenn Sie wollen, sehe ich mir den Bericht noch einmal an und prüfe nach, ob er irgendwelche Schwachstellen hat.«

»Wäre das möglich?«

»Ich möchte ihn lieber zuerst noch einmal durchlesen, um ganz sicher zu gehen. Und in aller Ruhe darüber nachdenken. Außerdem will ich Ihren Tagesablauf nicht stören. Könnte ich vielleicht nach der Arbeit in Ihrem Büro vorbeikommen, um Ihnen meine Eindrücke mitzuteilen? So gegen sieben heute abend?«

Bottando stimmte zu, sah ihm einen Augenblick lang nach und wandte sich dann Spello zu, um ihn hereinzubitten. Einer weniger, bleiben noch acht, dachte er. Vielleicht konnte Flavia ihm am Nachmittag helfen. Er sah zu, wie der Etruskerspezialist sich vorsichtig auf dem Stuhl niederließ und überlegte, wo er anfangen sollte.

Er hätte sich die Mühe sparen können. Spello fing von selbst an, und das sehr unverblümt. »Sie wollen mit mir reden, weil ich für Sie zum engeren Kreis der potentiellen Brandstifter gehöre«, behauptete er. »Von Tommasos Machenschaften um den mir rechtmäßig zustehenden Posten als nächster Direktor gebracht.«

»Dann haben Sie sich also, weil in Ihnen der Zorn brannte, an ihm gerächt, indem Sie sein heißgeliebtes Bild verbrannten?«

»Und damit auf einen Streich einen Skandal geschaffen, Tommaso jede Einflußmöglichkeit auf die Postenvergabe genommen und mir den Job gesichert. Kein Problem, vor allem, da ich von Ihnen wußte, daß das Bild eine Fälschung war, und so kein großer Schaden angerichtet wurde. Nein. Ich habe nichts dergleichen getan, aber ich muß zugeben, daß es eine überzeugende Hypothese ist.«

»Bis auf die Tatsache natürlich, daß unser wichtigstes Indiz für die Fälschung beträchtlich an Beweiskraft verloren hat. Das Bild hätte durchaus echt sein können.«

Der Mann erbleichte sichtlich, als er das hörte. Aber warum? Nur weil er den Verlust aufrichtig bedauerte? Bottando wurde sehr unbehaglich zumute. Spello schien richtig erpicht darauf zu sein, ihm zu erklären, warum man ihn sofort verhaften sollte.

»Waren Sie gestern abend je alleine? Hätten Sie zwischendurch verschwinden können, ohne daß es jemand bemerkte?«

»Nichts leichter als das. Ich hasse diese Empfänge. Ich muß hingehen, aber ich finde die Hitze, die Gespräche und die Leute bedrückend. Normalerweise schleiche ich mich davon, lese ein Buch oder tue etwas ähnliches, um mich zu erholen, und gehe dann wieder zurück. Gestern war ich ungefähr eine Stunde hier oben. Ganz alleine. Niemand sah mich kommen, niemand sah mich gehen.«

Er war bestürzend ehrlich. Wenn er der Polizei das Leben hätte leichtmachen wollen, hätte er entweder mit einem wasserdichten Alibi daherkommen müssen oder mit einem, das man widerlegen konnte. So offen zuzugeben, daß er gar keines hatte, machte die Sache viel schwieriger.

»Als ich Ihnen von der möglichen Fälschung erzählte, haben Sie es für sich behalten«, begann Bottando, um dem Gespräch eine andere Wendung zu geben. Er war ganz und gar nicht glücklich. Bis dahin waren seine Leistungen bei diesen Verhören, die er eigentlich mit gewohnter Meisterschaft hätte führen sollen, alles andere als gut. Er hatte schon bei dem Restaurator die Oberhand verloren, und das schien sich jetzt bei Spello zu wiederholen. Vielleicht zeigte der ganze Druck, unter dem er stand, allmählich Wirkung. »Wenn Sie es wirklich auf den Direktorensessel abgesehen hätten, hätten Sie doch sicher Gerüchte in die Welt gesetzt, oder?«

Spello schüttelte den Kopf. »Nicht unbedingt«, sagte er in vernünftigem und sachlichem Ton. »Erstens hätte man die zu mir zurückverfolgen können. Zweitens hätte Tommaso, da es keine Beweise für die Fälschung gab, es einfach abstreiten und als Verleumdungskampagne von Neidern abtun können – was es ja auch gewesen wäre. Ich bin immer noch sehr skeptisch. Egal, was Manzoni denkt, ich glaube nicht, daß er an diesen Tests rütteln kann.«

Bottando grunzte und versuchte es anders. »Der Feuermelder«, sagte er. »Wie haben Sie das gemacht?« Er bemerkte, daß er nun nicht mehr in der Möglichkeitsform sprach. Spello registrierte es ebenfalls, und zum ersten Mal sah der Polizist Unbehagen in den Augen des alten Mannes aufflackern.

»Wenn ich es getan hätte«, erwiderte er mit Nachdruck, »hätte ich, und so ist es ja leider wirklich passiert, die intakte Sicherung mit einer durchgebrannten vertauscht. Um den Eindruck zu erwecken, als sei sie zufällig durchgebrannt.«

Bottando setzte sich auf. »Woher wissen Sie, daß das so passiert ist?«

»Ich habe mit dem Elektriker gesprochen. Der ist der gleiche altmodische Kerl wie ich. Ist schon seit Jahren hier, wie ich. Wir haben uns immer gut verstanden. Er hat sich ziemlich aufgeregt, als er die Sicherung sah. Er war sich nämlich sicher, daß er sie ausgewechselt und eine ganz neue hineingeschraubt hatte. Keine gebrauchte wie die, die man in der Halterung fand. Ich dachte, das wäre offensichtlich; sie sind vertauscht worden. Es bestand ja durchaus die Aussicht, daß es niemand bemerken oder die richtigen Schlüsse daraus ziehen würde.«

Bottando saß schweigend da und überlegte. Spellos Behauptungen klangen sehr einleuchtend und lösten wenigstens das eine Problem, wie es gemacht worden war. Aber gleichzeitig richteten sie den Verdacht nur noch stärker auf Spello. Der das auch sofort erkannte.

»Da haben Sie es. Motiv, Gelegenheit und kein Alibi. Genug, um mich zu verhaften, wenn Sie wollen.«

»Ja«, stimmte Bottando ihm zu. »Aber im Augenblick verhaften wir noch überhaupt niemand. Ich muß Sie allerdings bitten, Rom in den nächsten Tagen nicht zu verlassen. Jeder Versuch wird als Fluchtversuch behandelt. Haben Sie mich verstanden?«

»Vollkommen, General«, kam ähnlich steif die Antwort, doch gleich darauf huschte ein verschwörerisches Lächeln über sein Gesicht. »Aber ich kann Ihnen sagen, wenn Sie mich verhaften, machen Sie einen großen Fehler. Das ist genau das, was Tommaso braucht, um seinen Ruf wiederherzustellen. Wegen diesem Ausschuß gehen Sie nämlich mit mir unter.«

10

Es war 19 Uhr 30. Bottando saß in seinem Büro und wartete auf Manzoni. Er wollte ihn sehen, vor allem da Manzoni am frühen Nachmittag angerufen und gesagt hatte, er habe etwas entdeckt, das möglicherweise von Interesse sei. Aber der Restaurator verspätete sich. Das war bei diesen Leuten oft der Fall, doch Bottando, der sich einige Reste seiner früheren militärischen Ausbildung bewahrt hatte, ärgerte sich trotzdem darüber. Pünktlichkeit, so dachte er, ist eine große Tugend. Die meisten seiner Landsleute waren da allerdings anderer Meinung. Er vertrieb sich die Zeit mit einigen liegengebliebenen Arbeiten und versuchte, seine immer schlechter werdende Laune unter Kontrolle zu halten.

Während er brummelnd seinem Ärger über die Rücksichtslosigkeit und Unverschämtheit junger Restauratoren, die altgediente Generäle warten ließen, Luft machte, stand Flavia vor Argylls Wohnung, weil sie sehen wollte, welche Fortschritte er während des Tages gemacht hatte. Aber keiner öffnete ihr. Obwohl sie ihn ausdrücklich darum gebeten hatte, zu Hause zu bleiben, war er ausgegangen. Scheißkerl. Dann fiel ihr ein, daß vielleicht die Klingel nicht funktionierte. Es war ein alter, heruntergekommener Wohnblock, da war das immerhin möglich. Sie ging in eine Bar, um ihn anzurufen. Doch niemand hob ab.

Sie war wütend und kam allmählich auf ähnliche Gedanken wie ihr Chef in seinem Büro. Ein anstrengender Tag lag hinter ihr, und sie war frustriert, weil die viele Arbeit praktisch nichts erbracht hatte. Und jetzt von jemandem sitzengelassen zu werden, der von Glück sagen konnte, daß er nicht im Gefängnis saß, war eine Unverschämtheit.

Der Höhepunkt, oder auch der Tiefpunkt ihres Tages war der Besuch bei Sir Edward Byrnes gewesen. Im Gegensatz zu Bottando hatte sie es nicht mit einem faktischen Geständnis zu tun gehabt, und es war ihr schwergefallen, alle notwendigen Fragen zu stellen, ohne ihre Zweifel an der Herkunft des Bilds zur Sprache zu bringen.

Byrnes mußte in dem Glauben gelassen werden, daß sie es nur auf den Mann mit der Sprühdose abgesehen hatten. Es gab keinen Grund, alle Karten auf den Tisch zu legen, zumal der erfolgreiche und wohlhabende Engländer in ihren Augen der Hauptverdächtige war.

Sie fand ihn in seinem Hotel. Es war ein sehr teures, aber, und das war typisch für ihn, keines der so offensichtlich protzigen, wie man sie in der Umgebung der Via Veneto fand. Nein, Byrnes' Mischung aus Geld und ausgezeichnetem Geschmack hatte ihn in einen höchst unauffälligen, aber sehr privaten und herrlich eleganten Palazzo in der Nähe des Corso geführt, wo die wenigen Gäste, die überhaupt zugelassen wurden, sich erholen konnten wie in einer vertrauten Umgebung.

Byrnes brachte Flavia in den in zartem Rosa und Weiß gehaltenen Salon, in dem sich bis auf sie beide niemand aufhielt, bot ihr einen Platz auf dem Sofa an und setzte sich selbst gegenüber in einen mit geblümtem Stoff bezogenen Lehnsessel. Mit einer knappen Handbewegung winkte er einem Kellner, der, wie es die Höflichkeit erforderte, einige Sekunden verstreichen ließ, ehe er neben ihm stand.

»Einen Drink, Signorina?« fragte Byrnes in makellosem Italienisch. »Oder sagen Sie gleich ›nicht im Dienst‹, hm?« Er blinzelte beim Sprechen in einer freundlich eulenhaften Art hinter seinen dicken Brillengläsern hervor. Das läßt sich auf zwei Arten interpretieren, dachte Flavia. Entweder als gutmütigen Blick eines Menschen, der versucht, ein angenehmer Gesellschafter zu sein. Oder als Ausdruck der Zufriedenheit von jemandem, der weiß, daß er ungeschoren davongekommen ist.

»Ich nicht, Sir Edward. Ich glaube, das gilt nur für die englische Polizei. Außerdem gehöre ich gar nicht zur Polizei.«

»Gut. Sehr vernünftig.« Sie war sich nicht sicher, auf welchen Teil ihrer Antwort er das bezog. Er bestellte zwei Gläser Kir Royal, ohne sie nach ihrem Wunsch zu fragen. »Nun gut, wie kann ich Ihnen helfen?« fragte er.

Nicht: Was wollen Sie? dachte Flavia. Er ist bemüht, zuvorkommend zu wirken. Was aber nicht heißen muß, daß er auch mitteilsam sein will.

Flavia lächelte ihn an. Er war für gewöhnlich kein Mensch, der anderen das Reden überließ, und einer Frau schon gar nicht. »Offensichtlich geht es um den Raffael und den Vorfall von gestern abend... Und Sie wollen von mir wissen, ob ich gewohnheitsmäßig mit einer Sprühdose voller Benzin in der Tasche herumlaufe. Oder ob ich jemand gesehen habe, der besonders heimlichtuerisch gewirkt hat.«

»So etwas in der Richtung. Eine Routinebefragung aller Personen, die gestern abend im Museum waren, Sie müssen das verstehen.«

»Vor allem, wenn sie zufällig dafür verantwortlich waren, daß das Bild überhaupt dort hing«, bemerkte er, holte eine Stummelpfeife aus der Tasche und begann, sie mit Tabak aus einem Lederbeutel zu stopfen. Das Problem mit den Leuten in diesem Geschäft ist, daß sie alle so schnell schalten, dachte Flavia.

»Ich würde Ihnen ja gern mit einer Auskunft weiterhelfen. Natürlich hat mich diese Geschichte schwer getroffen. Ich hatte das Bild wirklich liebgewonnen und war sehr stolz auf meinen Anteil an der ganzen Transaktion. Ich nehme an, es ist nicht mehr zu retten?«

Wenn Byrnes nicht für den Brandanschlag auf das Bild verantwortlich war, wollte er natürlich wissen, wie folgenschwer er gewesen war. Flavia nickte, und er erwiderte zur Bestätigung ihr Nicken. Er stopfte immer noch seine Pfeife, ein offensichtlich höchst komplizierter und großes Geschick erfordernder Vorgang. Mit gesenktem Blick schaufelte er eine erstaunliche Menge Tabak in den Pfeifenkopf und drückte ihn dann mit einem Metallwerkzeug fest, das offensichtlich extra für diesen Zweck konstruiert war. Solange er seine ganze Aufmerksamkeit auf die Pfeife richtete, konnte sie sein Gesicht nur schlecht erkennen. Schließlich sah er wieder auf, steckte sich die Pfeife in den Mund und fuhr fort, als hätte er die lange Unterbrechung des Gesprächs gar nicht bemerkt.

»Sie wachsen einem eben ans Herz, wenn man sie lange um sich hat«, sagte er abwesend. »Und dieses vor allem. Ich habe es gehütet wie meinen Augapfel, sobald ich wußte, was es war. Der Höhepunkt meiner Karriere. Und jetzt das. Daß so etwas Abscheuliches nur passieren konnte. Aber soweit ich gehört habe, wäre es auch kaum zu verhindern gewesen. Offensichtlich haben Sie es hier mit einem Verrückten zu tun, und gegen solche Willkürtaten ist ein Schutz unmöglich.« Er begann jetzt mit der ähnlich kniffeligen Arbeit, in dem Pfeifenkopf ein kleineres Inferno zu entfachen. Rauch quoll heraus und wehte in dichten Schwaden durch den Salon.

»Sie werden sicher verstehen, daß wir bei sämtlichen Personen feststellen müssen, wo sie sich den ganzen Abend über aufgehalten haben«, sagte sie und riß dabei den Blick von der Pfeife los, um wieder zur Sache zu kommen.

»Natürlich. Das ist ganz einfach. Ich bin gegen 18 Uhr im Hotel eingetroffen, habe mich angemeldet und bin dann sofort zum Museum gegangen. Ich habe mit verschiedenen Leuten gesprochen und war noch dort, als gegen 20 Uhr dieser, äh, Vorfall bekanntgegeben wurde.« Er leierte einige Namen herunter. Sie schrieb sie sich auf.

»Und wie lange haben Sie jeweils mit diesen Leuten gesprochen? Mit Argyll zum Beispiel?« fragte sie beiläufig. Er schien aus der letzten Frage keine konkreten Schlüsse zu ziehen.

»Ich glaube, mit ihm länger als mit den meisten. Wie er Ihnen wahrscheinlich schon erzählt hat, finanziere ich seinen Aufenthalt hier, und ich unterhalte mich recht gern mit ihm.«

»Darf ich fragen, warum Sie ihm das Geld gegeben haben?«

»Ein bißchen schlechtes Gewissen. Oder besser Mitleid. Oder vielleicht kann ich einfach nur gut nachvollziehen, wie er sich fühlen muß. Ich habe nachträglich erfahren, daß er, wie die Person, die mich beauftragt hat, dem Bild auf der Spur war, daß ich aber einfach schneller war. So etwas kommt natürlich oft vor, und auch mir hat man schon Sachen vor der Nase weggeschnappt. Normalerweise ist das für mich nichts anderes als das Quentchen Glück, das zu diesem Spiel gehört. Aber diesmal ging es um einen so großen Preis, und Argyll war eindeutig wegen seiner Doktorarbeit darauf aus, nicht wegen des Geldes. Da dachte ich mir, ich könnte ihm wenigstens eine Art Entschädigung dafür anbieten. Und er verdient es ja wirklich. Seine Arbeit ist viel besser, als er zugibt. Ein bißchen nachlässig in gewissen Details...«

Das stimmt, dachte Flavia.

»... aber im wesentlichen gut recherchiert und interessant. Bei weitem nicht so beschränkt, wie man bei dem Thema glauben möchte. Es ist also kein Almosen an einen unwürdigen Armen«, schloß er.

»Sie haben also bei dieser Party nichts bemerkt und waren auch nie alleine?«

»Nur als Argyll kurz auf die Toilette verschwand oder Drinks holte oder ähnliches. Er war den ganzen Abend ziemlich aus dem Häuschen. Ich glaube, er war einfach aufgeregt, weil er wieder in Rom ist.«

Naja, vielleicht. Sie wechselte noch einmal das Thema. »Sie haben erwähnt, Sie seien beauftragt worden?« fragte sie.

»Das ist mein kleines Geheimnis«, anwortete er. »Die meisten meiner Konkurrenten und Kollegen glauben immer noch, das Bild hätte mir gehört. Ich lasse sie in dem Glauben, weil es sie halb wahnsinnig macht vor Neid. Aber in Wirklichkeit habe ich nur als Vermittler gehandelt. Ich habe es nach England transportieren lassen, die Restauratoren engagiert und die Versteigerung organisiert.«

»Warum haben Sie gerade diese Leute ausgesucht?«

»Aus keinem besonderen Grund. Sie waren verfügbar. Ich hatte schon früher mit ihnen gearbeitet und wußte, daß sie zuverlässig sind. Sie waren sehr aufgeregt. Von dem Augenblick an, als die Kiste in meinem Büro ankam, waren sie da, und wir konnten sie kaum mehr von dem Bild wegbringen.«

»Könnten Sie mir ihre Namen nennen?«

»Aber warum denn nicht? Ich bin mir sicher, sie würden sich freuen, mit Ihnen zu reden. Einer von ihnen hat mich heute morgen angerufen, er war ganz aufgelöst. Sie hatten ja einen richtiggehenden Besitzerstolz entwickelt und meinten immer, wie glücklich ich sein müsse, daß mir so ein Bild gehört. Ich brachte es einfach nicht übers Herz, ihnen die Illusion zu rauben.«

»Wem gehörte es dann?« Flavia beugte sich erwartungsvoll vor. Vielleicht log er sie an, ziemlich sicher sogar. Dennoch bestand die Möglichkeit, daß er einen Hinweis lieferte, der sie weiterbrachte. Auch wenn sich seine Behauptung als Lüge herausstellen würde, bewies sie doch etwas.

Byrnes breitete die Hände über dem Tisch aus. »Das wüßte ich auch gerne. Ich bekam meine Anweisungen schriftlich von einem Anwalt in Luxemburg. Das war ein bißchen eigenartig, ich weiß, aber so etwas kommt hin und wieder vor. Es wird immer ein bißchen Versteck gespielt, wenn eine reiche Familie diskret gewisse Werte zu Bargeld machen will. Daß ein Bild anonym ge- und wieder verkauft wird, ist schon ungewöhnlicher, aber damals glaubte ich ja noch, daß das Bild nicht besonders wertvoll sei. Ich sah deshalb keinen Grund, warum ich es nicht tun sollte.«

»Aber waren Sie nicht in Versuchung, das Bild zu behalten, als Sie dann erfuhren, was es war?«

Byrnes lächelte sie an. »Ich habe natürlich daran gedacht. Aber zu diesem Zeitpunkt hatte ich schon einen Vertrag als Vermittler unterschrieben. Außerdem ist das nicht mein Stil. Wie Sie wissen, ist das Kunsthändlergewerbe nicht gerade für seine makellose Integrität bekannt« – hier grinste Flavia –, »aber es gibt auch unter Dieben eine Art Ehrenkodex, und dazu gehört, daß man einem anderen nicht dessen Entdekkung wegschnappt. Deshalb hatte ich ja auch ein schlechtes Gewissen wegen Argyll. Aber einmal abgesehen von dem moralischen Aspekt, ich wußte ja gar nicht, wer hinter der Sache steckte. Soweit ich weiß, hätte es sogar der Vatikan selbst sein können. Der braucht ja in letzter Zeit immer Bargeld, und auf diese Art hätte er Einwände gegen den Verkauf, die sonst laut geworden wären, umgehen können. Es ist nie gut, jemand zu nahe zu treten, wenn man nicht weiß, wem man zu nahe tritt. Außerdem war schon mein Honorar allein sehr großzügig.«

»Sie hatten also nie den Verdacht, daß etwas nicht stimmen könnte?« fragte Flavia zweifelnd.

»Doch, natürlich. Ich habe nicht ein Vierteljahrhundert im Kunstgeschäft gearbeitet, ohne zu lernen, niemandem zu vertrauen. Aber ich habe die Leute ausgesucht, die es prüften. Die hatten keinen Zweifel an seiner Echtheit, und das Museo Nazionale ebensowenig. Ich konnte nichts Unrechtes sehen. Wenn ich auch nur den leisesten Zweifel gehabt hätte, hätte ich der Klausel des Museums im Vertrag nie zugestimmt.«

»Und die lautete?«

»Ganz einfach, daß ich als Vermittler des Eigentümers verpflichtet bin, das Geld zurückzuerstatten, falls die Echtheit des Bildes in Zweifel gezogen wird. Sehr präzise und vorsichtig formuliert. Sie fügten sie vermutlich hinzu, um dem Finanzministerium zu zeigen, daß sie mit dem Geld des Steuerzahlers sorgsam umgehen. Außerdem hatte Tommaso seine Hand im Spiel, und wir beide kommen nicht gut miteinander aus, obwohl wir nach außen hin den Anschein von Freundlichkeit wahren.«

Flavia erwiderte nichts, sie saß nur schweigend da und wartete, ob er von allein weiterreden würde. Und das tat er auch, obwohl nicht klar war, ob aus Berechnung oder aus bekennerischem Eifer.

»Wissen Sie, ich habe Tommaso vor Jahren einen Correggio verkauft. Es kamen Zweifel an seiner Echtheit auf, und Tommaso drohte mir und sagte, wenn ich das Bild nicht zurücknähme, würde ich in Italien nie wieder ein anderes verkaufen. Im Vertrag stand nichts dergleichen. Ich tat es trotzdem, schon aus Stolz. Er machte mir aber dennoch das Leben in den nächsten fünfzehn Jahren so schwer wie möglich. Deshalb war es ein ziemlicher Triumph für mich, ihm den Raffael verkaufen zu können, trotz der harten Vertragsbedingungen. Er haßte es, aber seine Gier nach dem Bild war einfach zu stark.«

Er zuckte die Achseln, um damit seine Verwunderung über den Lauf der Welt auszudrücken. »Nun gut. Das ist lange vorbei. Die Vertragsklausel scheint ja jetzt überflüssig zu sein. Das Bild ist zerstört.« Er lächelte sie freundlich an. »Es gibt also nichts mehr, das ich zurücknehmen könnte, auch wenn sie es verlangten, nicht wahr?«

Das war im wesentlichen der interessante Teil des Tages gewesen. Den Rest hatte sie damit zugebracht, Leuten zuzuhören, die ihr erklärten, daß – und warum – sie auf der Party nichts Interessantes oder Bedeutendes gesehen hatten. Von den über achtzig Personen hätten etwa fünfundsechzig, so schätzte Flavia, ohne weiteres den Saal verlassen, nach oben gehen, das Bild anzünden und wieder zurückkehren können, ohne bemerkt zu werden. Von diesen fünfundsechzig kannten sich etwa fünfzig mit dem Alarmsystem aus. Und von den verbliebenen fünfzehn hätten sich fast alle problemlos darüber informieren können.

Aber noch frustrierender und für Flavia persönlich ärgerlicher war die Tatsache, daß sie, wie sie sich eingestehen mußte, Byrnes eigentlich recht gern mochte und sich von seinem Charme hatte verführen lassen – naja, verführen war vielleicht nicht das richtige Wort. Sie hatte ihn mit der festen Entschlossenheit aufgesucht, distanziert, kalt und effizient zu sein, hatte dann aber feststellen müssen, daß sie die Unterhaltung mit ihm genoß und seine eigenartige Mischung aus Unbestimmtheit und Geschäftstüchtigkeit eigentlich recht sympathisch fand.

Und der Mann hatte das ausgenutzt. Als sie schon im Aufbruch begriffen war, hatte er beiläufig erwähnt, daß er noch an diesem Abend nach London zurückfliegen wolle, und gefragt, ob man ihn für die Ermittlungen noch benötige. Natürlich brauchten sie ihn noch, aber ihr fiel einfach kein Vorwand ein, unter dem sie ihn hätte zurückhalten können. Er war offensichtlich fest zur Abreise entschlossen, und sie konnte nicht verlangen, daß er blieb, ohne ihm mitzuteilen, daß er unter Tatverdacht stand. Und nicht einmal das konnte sie, da ihr die Gründe dazu fehlten, wenn sie die Fälschung nicht erwähnen durfte. Außerdem war er mit seiner höflichen Bitte um Reiseerlaubnis jedem Verdacht zuvorgekommen, daß er sich schnell und heimlich aus dem Staub machen wollte.

So konnte sie nicht anders, als ihm frustriert zuzugestehen, daß es natürlich in Ordnung sei, wenn er abreise. Er ließ sich umständlich über seine potentiellen Motive für die Zerstörung des Bilds aus – Rache, Habgier und so weiter –, und ihr blieb am Ende nichts anderes übrig, als ihm eine gute Heimreise zu wünschen. Er dankte ihr verbindlich und wünschte ihr Glück bei ihren Ermittlungen. Machte er sich lustig über sie? Natürlich tat er das, aber sein Pokerface hinter den dikken Gläsern und den Rauchschwaden war undurchdringlich.

Anschließend kamen diese unzähligen Befragungen, bei denen sie zu ihrer Verärgerung oft genug feststellen mußte, daß Bottando ihr bereits zuvorgekommen war, und als Höhepunkt dann, als ihr schon die Ohren klangen und der Kopf brummte, dieser vergebliche Besuch bei Argyll. Um Viertel nach acht war sie müde und erschöpft und wollte eigentlich nur noch nach Hause, ins Bad und dann gleich ins Bett, aber sie schleppte sich trotzdem zu ihrem Büro, um ein paar Berichte zu schreiben. Sie kam sich dabei zwar sehr tugendhaft vor, aber fröhlicher stimmte es sie nicht. Sie hatte das Gefühl, daß gleich hinter der nächsten Ecke eine Katastrophe auf sie wartete.

Doch sie irrte sich, wie anscheinend so oft in den letzten

Tagen: die Katastrophe lauerte am Fuß der Treppe, in Gestalt des schwitzenden, atemlosen und offensichtlich sehr besorgten Bottando.

»Flavia. Gut. Kommen Sie mit«, war alles, was er sagte, als er an ihr vorbeilief. Sie drehte sich um und folgte ihm zu seinem Auto auf den Platz. Offensichtlich war es etwas Ernstes, denn es war schon mehr als eine kleine Krise nötig, um Bottando aus seinem gewohnten gemächlichen Schlendern zu reißen. Sie stiegen beide im Fond ein, Bottando gab dem Fahrer eine Adresse in Trastevere und befahl ihm, sich zu beeilen. Das tat er auch, und sie rauschten mit Blaulicht, Sirene und quietschenden Reifen davon.

»Was ist denn jetzt wieder passiert?« fragte Flavia, nachdem sie nach einer besonders heimtückischen Kurve ihr Gleichgewicht wiedergefunden hatte.

»Ich habe Ihnen doch von Manzoni, dem Restaurator, erzählt, nicht?« Sie nickte. »Er sollte heute um sieben zu mir kommen. Ist aber nicht aufgekreuzt. Eben hat die Polizei von Trastevere angerufen: Er ist nicht gekommen, weil er tot ist. Wie es aussieht, hat ihn jemand ermordet.«

Flavia war wie betäubt. Die Sache wurde immer schlimmer. »Sind sie sicher, daß es Mord war?«

»Messer im Rücken«, erwiderte er lakonisch.

»O Gott«, sagte sie. Komplikationen, nichts als Komplikationen. Bottandos Image war es nicht gerade förderlich, daß ihm ein Zeuge praktisch direkt vor seiner Nase erstochen wurde. Es machte die Lösung des Falls noch schwieriger, und da jetzt auch noch Mord mit dazukam, würde es zu Kompetenzstreitigkeiten mit dem Morddezernat und anderen Abteilungen kommen. Die Ermittlung konnte in eine der allseits bekannten italienischen Konstellationen ausufern, bei der jeder seine Zeit damit vergeudet, die Kollegen zu bekämpfen, ansonsten aber nichts vorankommt. Flavia hatte das schon öfters erlebt. Und die Gedanken des Generals gingen offensichtlich in eine ähnliche Richtung.

»Hören Sie«, sagte er, als das Auto vor ihrem Ziel anhielt. »Lassen Sie mich da drin das Reden übernehmen. Sagen Sie nicht mehr als unbedingt nötig, verstanden?«

Also trottete Flavia in geziemendem Abstand, wie es sich für eine jüngere Kollegin gehörte, hinter dem General die Stufen zu Manzonis Wohnung hoch. Sie war voller Polizisten, Fotografen, Fingerabdrucksspezialisten, Nachbarn und anderen Schaulustigen. Das übliche Chaos eben. Der Einsatzleiter bemerkte Bottando, kam zu ihm und stellte sich vor.

»Als wir entdeckten, daß er im Museum arbeitete, dachte ich mir, daß er vielleicht etwas mit Ihnen zu tun hatte, und habe Sie deshalb angerufen«, erklärte er, nachdem er berichtet hatte, daß eine zufällig vorbeikommende Nachbarin durch die offene Tür in die Wohnung gespäht und die Leiche entdeckt hatte.

Bottando zuckte die Achseln und ging zu der Leiche, ohne die Aufforderung zum Gespräch zu beachten. »Haben Sie eine Ahnung, wann er getötet wurde?«

»Nach 17 Uhr 30, denn da sah man ihn nach Hause kommen, und vor 19 Uhr, dem Zeitpunkt der Entdeckung der Leiche. Genaueres können wir im Augenblick noch nicht sagen. Rechtshändig geführter Stoß in den Rücken und ins Herz. Ein Küchenmesser.«

»Ich nehme an, kein Mensch hat irgendwelche Fremde herumlungern sehen?«

Der Kriminalbeamte schüttelte den Kopf. »Haben Sie eine Ahnung, um was es da gegangen sein könnte?«

Bottando spitzte die Lippen und schüttelte den Kopf. »Nein«, log er. »Spontan würde ich auf ein zufälliges Zusammentreffen tippen, auch wenn ich die überhaupt nicht mag. Als Brandstifter kam er auf jeden Fall nicht in Frage. Und soweit ich weiß, gab es auch keine Verbindung zwischen ihm und einem unserer Verdächtigen.«

Der Beamte machte ein verärgertes Gesicht. Er wußte, daß Bottando seiner Frage auswich, aber in der sehr hierarchisch strukturierten Polizei gab es für ihn keine Möglichkeit, einen General unter Druck zu setzen, ohne sich selbst in Schwierigkeiten zu bringen.

Während dieses kurzen Wortwechsels, und während ihr Chef auf der vergeblichen Suche nach Spuren in der Wohnung herumging, lehnte Flavia an dem kleinen runden Tisch im Wohnzimmer und hing ihren eigenen Gedanken nach. Doch die führten nirgendwo hin außer zu der deprimierenden Schlußfolgerung, daß sie, nachdem sie es am Morgen mit zwei Verbrechen und zu vielen Verdächtigen zu tun gehabt hatten, es jetzt mit drei Verbrechen und zu vielen Verdächtigen zu tun hatten. Und das war nicht gerade das, was sie sich unter Fortschritt vorstellte.

Das sagte sie auch Bottando, als sie die Wohnung verließen. Er schickte das Auto weg, weil ein Spaziergang ihm beim Nachdenken helfe, wie er sagte. Außerdem sei es im Augenblick so ziemlich das einzige, was er als angenehm empfinde. Flavia faßte neben ihm Tritt und redete. Er schlurfte mürrisch neben ihr her und erwiderte einige Minuten lang gar nichts.

»Was Sie sagen, läuft im wesentlichen darauf hinaus, daß wir keinen Schritt weitergekommen sind, oder? Daß wir eigentlich noch verwirrter sind als zuvor«, bemerkte er, nachdem sie geendet hatte.

»Naja, eigentlich schon. Aber wir könnten versuchen, die Sache etwas einzugrenzen.« Bottando grunzte, schwieg aber. Flavia trug eine weite Hose und ein Jackett und steckte die Hände in die Taschen, um besser nachdenken zu können. Während langsam die Dämmerung zur Nacht wurde, überquerten sie den Tiber. Ein leichter, aber kühler Wind wehte den Fluß hoch und ließ sie frösteln.

»Also gut«, begann sie nach wenigen Augenblicken. »Entweder war das Bild eine Fälschung oder es war keine. Wenn es keine wahr, haben wir es mit einem Verrückten oder mit jemand aus dem Museum zu tun. Korrekt?« Es war nur eine rhetorische Frage. Aber auch wenn es keine gewesen wäre, hätte sie von ihrem Begleiter, der nur düster auf das Pflaster starrte, wahrscheinlich keine Antwort erhalten.

»Hauptkandidaten sind Manzoni, verstorben, und Spello. Beide mögen Tommaso nicht und werden von der Bekanntgabe seines Rücktritts zu Verzweiflungstaten getrieben.«

»Wer hat Manzoni getötet?«

»Spello«, antwortete sie bestimmt. »Er hat erkannt, daß Manzoni das Bild angesteckt hat. Ließ sich hinreißen von seiner Wut über die Zerstörung einer solchen Kostbarkeit. Oder er hat erkannt, daß Manzoni wußte, daß er das Bild angezündet hat, und er hat ihn getötet, um ihn zum Schweigen zu bringen.«

»Soll das jetzt Ihre Eingrenzung sein?«

Flavia redete weiter, ohne auf den Einwurf zu reagieren. »Nächster Kandidat: Argyll, überwältigt vom Bedauern über seine verpaßte Gelegenheit...«

Weiter kam sie in ihrer, wie sie es sah, meisterlichen Darlegung der verschiedenen Möglichkeiten nicht.

»Flavia, meine Liebe, das heitert mich aber ganz und gar nicht auf. Mal ehrlich: Haben Sie auch nur die leiseste Ahnung, wer der Schuldige sein könnte?«

»Hm, eigentlich nicht.«

»Dacht' ich's mir doch. Also, warum gerade dieses Timing?«

»Was meinen Sie damit?«

»Ich meine, warum wurde das Bild gerade gestern verbrannt? Schließlich waren wir erst kurz zuvor auf Hinweise gestoßen, daß es eine Fälschung sein könnte, und haben niemand etwas davon erzählt. Und wie es jetzt aussieht, waren die Hinweise nicht so fundiert, wie wir dachten. Warum es also zerstören?«

Da sie ihn nur ratlos ansah, fuhr er fort. »Ich glaube, Sie haben einfach nur einige mögliche Kombinationen aufgezählt, ohne auch nur für eine von ihnen den geringsten Beweis zu haben. Und das zeigt, daß uns diese kriminologischen Gedankenspielchen nicht weiterbringen. Was wir brauchen, sind Beweise. Ich glaube, es ist an der Zeit, daß Sie aufhören zu denken und anfangen, sich umzusehen.«

»Und wo schlagen Sie vor?«

»Gehen Sie nach London. Anscheinend hat Manzoni etwas entdeckt, und wir müssen wissen, was es war. Wenn mit diesen Tests etwas nicht stimmt, finden wir das nur in London heraus. Besuchen Sie diese Restauratoren. Vielleicht bringt das etwas. Können Sie sich gleich morgen ins Flugzeug setzen?«

Sie nickte. »Solange jemand Argyll im Auge behält, während ich weg bin«, sagte sie und fügte dann hinzu: »Vielleicht sollte ich gleich noch mal nachsehen, ob er jetzt zu Hause ist. Man weiß ja nie, es kann sein, daß er blutüberströmt die Tür öffnet.«

»Es kann aber auch sein, daß er Ihnen ein Messer in den Bauch rammt.«

»Ich kann mir eigentlich nicht vorstellen, daß er zu so etwas fähig ist. Aber das kann ich mir bei allen anderen auch nicht vorstellen. Das ist ja das Problem.«

»Jetzt lassen Sie Ihre Intuition nicht mit sich durchgehen. Wenn dieses Timing nicht wäre, hätte ich ihn schon längst verhaftet. Also passen Sie auf. Wenn er nicht mit einem sehr guten Grund für seine Eskapade aufwarten kann, sagen Sie mir Bescheid, und ich sperr' ihn ein.«

»Irgendwie fühle ich mich nicht wohl bei dieser ganzen Geschichte«, fuhr er fort. »Mir fehlt irgendwas, so als hätte ich es vergessen, etwas, das eigentlich offensichtlich sein müßte. Etwas weit Zurückliegendes, das nicht stimmt. Als ich heute morgen aufwachte, hätte ich's beinahe gehabt, aber dann ist es mir wieder entglitten. Es treibt mich noch zum Wahnsinn. Eine unmögliche Aufgabe vor sich zu haben, ist schlimm genug, aber wenn man merkt, daß das eigene nachlassende Gedächtnis daran schuld ist, wird es unerträglich.«

Sie trennten sich an der nächsten Ecke. Bottando schlenderte langsam, geistesabwesend und mürrisch nach Norden, während sie mit dem forschen Schritt eines Menschen, der endlich eine drückende Sorge loswerden will, zu Argylls Wohnung ging.

Diesmal war Argyll zu Hause. Er ließ sie ein und erzählte fröhlich von seinem Tag, ohne sie zu Wort kommen zu lassen. Sie saß schweigend da und wartete, bis er aufhörte.

»Als Antrieb zur Arbeit gibt's nichts Besseres als die Aussicht, den Rest des Lebens im Gefängnis verbringen zu müssen«, sagte er. »Ich glaube, wenn mir mein Professor gedroht hätte, mich für ein oder zwei Jahre nach Wormwood Scrubs zu schicken, wäre ich mit meiner Doktorarbeit schon längst fertig.«

Er deutete zum Schreibtisch, auf dem sich Ordner, Karteikarten, benutzte Kaffeetassen und Stapel von Papieren türmten. »Sehen Sie das? Ich hab' den ganz Tag gearbeitet wie der Teufel.«

»Den ganzen Tag?« fragte sie ruhig.

»Ja. Ohne Pause. Richtig besessen war ich. Ich hab' es inzwischen auf zwanzig Möglichkeiten eingegrenzt. Natürlich nur unter der Annahme, daß es überhaupt existiert. Aber wenn ich das nicht annehmen würde, würde ich den Mut verlieren. Mit ein bißchen Glück können Sie mich in einer Woche oder so von der Liste der Knastkandidaten streichen.«

»Den ganzen Tag?« wiederholte sie. »Und was war, als ich um sieben vorbeikam?«

Er hielt inne. »Oh. Das hatte ich ganz vergessen. Das kommt davon, wenn man sich konzentriert. Sie wollten vorbeikommen, nicht?«

Sie nickte. »Das bin ich auch. Um sieben. Und Sie waren nicht da.«

»War ich schon. Ich hatte es nur vergessen. Ich hatte meinen Walkman auf und habe deshalb die Klingel wahrscheinlich nicht gehört.«

»War sonst noch jemand da? Kann Ihnen jemand ein Alibi geben?«

Argyll machte ein betroffenes Gesicht. »Ein Alibi? Ach du meine Güte. Natürlich nicht. Ich war ganz allein hier. Ich weiß, das war nachlässig von mir. Aber ist das wirklich so eine große Sache?«

»Ja«, erwiderte sie und erklärte ihm, warum. Ihm wich dabei die Farbe aus dem Gesicht.

»Sie glauben also, ich habe mich weggeschlichen, um ihn zu erstechen, bin dann zurückgekommen und tue jetzt so, als wäre ich die ganze Zeit zu Hause gewesen und hätte wegen der Musik nichts gehört?«

»Paßt doch zum Tatbestand, nicht?«

»Leider nur zu gut«, erwiderte er unglücklich. »Nur daß ich das natürlich nicht getan habe. Ich war hier.«

Er wühlte in Becketts Barschrank, zog eine Flasche Grappa heraus und goß sich ein großes Glas ein. »Ich glaube nicht, daß er unter den Umständen was dagegen hätte.« Er nahm einen kräftigen Schluck, hustete ein wenig und bot dann auch ihr einen Drink an. Sie lehnte ab.

»Ich fürchte«, begann er dann nach einigem Zögern erneut und kratzte sich heftig die Schädeldecke, was auf böse Vorahnungen darunter hindeutete. »Ich fürchte, daß das, was ich als nächstes vorhabe, die ganze Sache nur noch schlimmer macht.«

Er hielt inne, und sie sah ihn fragend an. »Ich wollte Ihnen eben sagen«, fuhr er fort, »daß ich, um die Suche nach dem Bild abzuschließen, in London einige Dinge nachsehen muß. Ich hatte vor, morgen zu fahren.«

Er sah sie hoffnungsvoll an. »Ein erstaunliches Timing«, sagte sie bissig. »Vor allem, wenn man bedenkt, daß auch Byrnes heute abend nach England abgereist ist.«

Es war nicht die Ermutigung, die Argyll sich erhofft hatte. Ihm wurde im Gegenteil nur noch unbehaglicher zumute. Der Drink blieb vergessen auf dem Boden stehen.

»Es würde also besser aussehen, wenn ich hierbliebe?«

»Es würde besser aussehen. Aber vom praktischen Gesichtspunkt ist es wahrscheinlich besser, wenn Sie fahren. Zumindest, solange ich Sie begleite und Sie mir genau sagen, wo Sie den ganzen Tag über sein werden. Noch einen Ausrutscher, und ich sperre Sie ein. Das meine ich ernst. Und je nachdem, wie sich die Sache entwickelt, tue ich das vielleicht sowieso. Alles klar?«

Er nickte. »Ich glaube schon. Ich bin dankbar für Ihr Vertrauen in mich.«

»Werden Sie nicht sarkastisch. Außerdem traue ich Ihnen nicht. Mir fällt es nur schwer zu glauben, daß jemand ein Bild so perfekt fälschen und sich dann so trottelig anstellen kann, wie Sie es tun. Im Augenblick ist Ihre Dummheit das einzige, was für Sie spricht. Sie haben großes Glück, daß Sie nicht schon in der Zelle sitzen.«

Manchmal sagt man eben das Verkehrte. Flavia konnte zuweilen im Gespräch etwas barsch werden, und diese Eigenschaft zeigte sich vor allem, wenn sie müde oder frustriert war. An diesem Abend war sie beides und außerdem noch besorgt. Diese Mischung verdrängte die natürliche Freundlichkeit, die normalerweise ihre Neigung zu verbaler Grausamkeit verdeckte.

Argyll aber ließ all diese mildernden Umstände nicht gelten und explodierte. »Ich glaube, wir sollten uns über eine Sache vollkommen im klaren sein«, begann er kalt. »Ich habe nie gesagt, daß das Bild wirklich ein Raffael ist, ich bin nur nach Rom gekommen, um es zu überprüfen. Ich bin wie nach dem Lehrbuch vorgegangen und habe nie etwas behauptet, das ich nicht begründen oder beweisen konnte. Was danach passiert ist, hat absolut nichts mit mir zu tun. Vergessen Sie das nicht. Zweitens war ich es und nicht Sie, der auf die Möglichkeit einer Fälschung hingewiesen hat. Ohne meine Nachforschungen, die Sie so verächtlich abtun, würden Sie händeringend durch die Gegend laufen und den Verlust eines Meisterwerks beklagen. Drittens haben Sie keinerlei Beweise gegen mich. Wenn Sie welche hätten, wäre ich schon längst im Gefängnis. Stellen Sie es also nicht so hin, als würden Sie mir dauernd einen Gefallen tun. Und schließlich brauchen Sie mich im Augenblick nötiger als ich Sie. Wenn Sie glauben, daß Sie das Bild allein finden können, dann mal los. Aber Sie können es nicht. Ich kann es vielleicht. Aber ich werde Ihnen nicht helfen, wenn ich mir dauernd Ihre Unverschämtheiten anhören muß. Ist das klar?«

Im großen und ganzen war das gar keine üble Rede. Als er später im Bett darüber nachdachte und zum Nutzen der Nachwelt ein paar Verbesserungen anbrachte, war er beeindruckt von seiner schlichten Eloquenz. Energisch und genau auf den Punkt gebracht. Er war nicht unzufrieden mit sich. Gelegenheiten zur gerechtfertigten Entrüstung hatte er nicht häufig, und wenn, dann fiel ihm die angemessen vernichtende Erwiderung meistens erst eine Dreiviertelstunde später ein.

Aber viel befriedigender war noch, daß er diese wortgewaltige italienische Frau überrumpelt und zum Schweigen gebracht hatte. Er war im allgemeinen sehr sanftmütig, seine Zornesausbrüche beschränkten sich auf bekümmerte Blicke und gemurmelte Sätze sanften Mißfallens. Große Rhetorik entsprach ganz und gar nicht seinem Charakter, und die Plötzlichkeit seines Ausbruchs, in dem echtes Gefühl zum

Ausdruck kam, hatte Flavia überrascht. Sie starrte ihn verblüfft an, widerstand der Versuchung, eine volle Breitseite zurückzufeuern, und entschuldigte sich. »Tut mir leid. Es war ein harter Tag. Waffenstillstand? Keine dummen Bemerkungen mehr, bis Sie entlastet sind?«

Er stampfte durchs Zimmer, zog die Vorhänge zu und schloß einige Schranktüren, bis er seine Verärgerung abreagiert hatte. »Oder verhaftet, nehme ich an. Okay. Abgemacht. Wann reisen wir ab?«

»Um 7 Uhr 30 geht ein Flugzeug. Ich hol' Sie um 6 Uhr 30 hier ab.«

»So früh? Wie entsetzlich.«

»Gewöhnen Sie sich daran«, sagte sie im Aufbrechen. »In italienischen Gefängnissen werden Sie um fünf geweckt... Tut mir leid«, fügte sie dann schnell hinzu. »Das hätte ich nicht sagen sollen.«

11

Um nicht an Arbeitseifer von seiner Assistentin übertroffen zu werden, saß Bottando, den unvermeidlichen Kaffee vor sich, schon etwa zur selben Zeit an seinem Schreibtisch, als Flavia und Argyll das Flugzeug nach London bestiegen. Jetzt, im kalten Licht des Morgens, war er alles andere als überzeugt, daß es eine gute Idee gewesen war, die beiden ziehen zu lassen.

Aber er hatte sich von Flavias Argumenten überzeugen lassen. Und die lauteten im wesentlichen, daß sie, wie die Dinge im Augenblick standen, so gut wie keinen Beweis für irgend etwas hatten; daß man Argyll, falls er schuldig war, Gelegenheit geben müsse, einen Fehler zu machen, und er, falls er unschuldig war, das Bild finden oder beweisen müsse, daß es nicht existiere und das im Museum das echte gewesen sei. Außerdem hätten sie, wie sie etwas taktlos bemerkte, in dieser Angelegenheit schon so viele Fehler gemacht, daß es auf den einen auch nicht mehr ankomme.

Diese Bemerkung unterstrich die immer noch wütenden

Angriffe in den Zeitungen, die vor ihm lagen. Sie hatten erfahren, was mit Manzoni passiert war, und malten düstere Bilder von dem »Mördermuseum«, wie sie es inzwischen nannten. Tommaso war auch nicht freundlicher gewesen, als Bottando ihm die neuesten Entwicklungen berichtet hatte. Er war deutlich beunruhigt über den Tod des Restaurators, da er natürlich annahm, daß er, falls diese ganze Sache wirklich ein Komplott gegen ihn war, der nächste Kandidat für ein Messer im Rücken sein konnte.

Bottando hatte den Mann falsch eingeschätzt, das war klar. Unmittelbar nach der Party hatte der Direktor eine bescheidene, leise, fast liebenswürdige Seite gezeigt, doch die war offensichtlich eine untypische, durch den Schock hervorgerufene Reaktion, denn sie hielt nicht an. Tommaso war inzwischen wieder sehr nervös, angespannt und ungehalten, doch auch unter diesen Bedingungen arbeitete der Politiker in ihm mit voller Kraft. Er taktierte mit der Anmut eines Kunstschwimmers und wälzte auf diese Weise schnell und erfolgreich alle Schuld auf den Ausschuß, Spello und Bottando ab. Schon erschienen in einer der Zeitungen Artikel, die dies aufgriffen.

Eins war sicher. Bottando fühlte sich allmählich zu alt für solche Geschichten. Der ganzen Sache überdrüssig, zählte er seine Verbündeten und kalkulierte seine Chancen. Auf seiner Seite stand das Verteidigungsministerium, das sich um ihn kümmern würde. Dachte er zumindest. Gegen ihn standen die Presse, das Kulturministerium, das Innenministerium und Tommaso. Das Finanzministerium war wie ein Fähnchen im Wind und orientierte sich mit seinen Entscheidungen an den Chancen, sein Geld zurückzubekommen.

Wenn es je dazu kam. Nach den Angaben der Rechtsabteilung des Kulturministeriums besagte der Vertrag eindeutig, daß der Verkäufer – Edward Byrnes also – den Kaufpreis zurückerstatten müsse, wenn das Bild eine Fälschung war. Ein Verlust des echten Bilds ginge auf Kosten des Staates. Auch wenn Byrnes die Wahrheit sagte, wenn er das Bild gar nicht besessen und deshalb auch das Geld nicht hatte, müßte er es trotzdem zurückerstatten. Aber, und darauf hatte der Mann

Flavia hingewiesen, das Bild existierte nicht mehr. Beweisen, daß es eine Fälschung war, konnte man deshalb nur, indem man das Original fand.

Im Endeffekt lief alles darauf hinaus, daß die Zukunft seines Dezernats und seiner Karriere von einem ausländischen Doktoranden abhing, der bereits einen Fehler begangen hatte und der durchaus ein Brandstifter, Fälscher, Verschwörer, Mörder und außerdem halb wahnsinnig sein konnte. Der Gedanke war nicht gerade eine Ermunterung für Bottando. Allmählich kam ihm der Verdacht, daß er nach so langer Zeit und so vielen gelösten Fällen nun doch noch den kürzeren zog und seinen Hut nehmen mußte.

Und auch das Gefühl, daß er etwas vergessen hatte, nagte noch immer an ihm. Er war Straßen entlanggelaufen, hatte in Sesseln gesessen und sich im Bett herumgewälzt. Alles zwecklos. Er hatte wirklich etwas vergessen und war ihm noch keinen Schritt nähergekommen. Je mehr er es versuchte, desto mehr entglitt ihm seine vage Erinnerung. Deshalb auch die riesigen Aktenstapel auf seinem Schreibtisch: die Personalakten aller Leute aus dem Museum und dazu noch seine Materialsammlungen über Morneau, Byrnes, Argyll und alle anderen Beteiligten.

Er nahm Tommasos Akte zur Hand. Kann ja ebensogut oben anfangen, dachte er, als er sie aufschlug. Cavaliere Marco Ottavio Mario di Bruno di Tommaso. Geboren am 3. März 1938. Vater Giorgio Tommaso, gestorben 1948 mit zweiundvierzig Jahren. Mutter Elena Maria Marco, gestorben 1959 mit siebenundfünfzig Jahren. Bottando kritzelte gelangweilt auf seinem Notizblock und seufzte tief.

Unzählige Seiten von diesem Zeug, ein Denkmal für den exzessiven Eifer einer überbesetzten Bürokratie, die sonst nichts Besseres zu tun hatte. Ausbildung, Berufsweg, Meinungen, Empfehlungen. Alles Hunderte von Malen wiederholt in den Dossiers über jeden einzelnen. Und er würde sie alle durchsehen, auf der Suche nach dieser einen einzigen Information, die vielleicht seinem Gedächtnis auf die Sprünge helfen konnte.

Bottando war eben mit der Renaissance-Abteilung fertig, als das Flugzeug landete, und wandte sich der Frühmittelalterlichen Malerei zu, als das Taxi vor dem Victoria and Albert-Museum hielt und Argyll ausstieg.

Wie vereinbart, hatte er ihr seinen Tagesplan in allen Einzelheiten mitgeteilt: ein paar Stunden hier, danach ein kurzer Aufenthalt im Courtauld am Portman Square, und vielleicht später noch ein Besuch im British Museum. Flavia sagte ihm, sie erwarte ihn um sechs, und schloß mit einer eindringlichen Warnung vor den möglichen Folgen, falls er den Termin wieder nicht einhalten sollte. Er grinste sie nervös an und ging langsam die Stufen hoch.

Er hatte das V & A schon immer gehaßt, vor allem dessen Bibliothek, die er gerade ansteuerte. Es lag nicht nur daran, daß sie kalt war; fast alle Bibliotheken, in denen er gearbeitet hatte, waren zu wenig beheizt. Es lag auch nicht unbedingt an der Offensichtlichkeit des chronischen Geldmangels – der kleinen Sammelbüchse,in die, als Aufforderung an die Besucher, vorsorglich Fünf-Pfund-Scheine hineingesteckt waren; auch nicht nur an der ungenügenden Beleuchtung und der allgegenwärtigen Atmosphäre jämmerlicher Vernachlässigung.

Aber hinein ging er trotzdem, spazierte die hallenden Korridore des Museums entlang, widerstand der Versuchung, sich in der Cafeteria ein überteuertes Rosinenbrötchen zu kaufen, und stieg die Treppe zur Bibliothek hinauf. In den folgenden zehn Minuten stöberte er in den Katalogen, schrieb hin und wieder Bestellnummern auf Zettelchen und gab sie am Schalter ab. Dann gab er der Versuchung nach, nahm seine Zeitung und ging hinunter, um einen Kaffee zu trinken. Aus langer Erfahrung wußte er, daß die Bücher frühestens in fünfundvierzig Minuten bereitliegen würden.

Bedrückt und fehl am Platz, wie er sich fühlte, nahm er seinen Kaffee und den teigigen Krapfen und setzte sich in eine Ecke, weit weg von den anderen Studenten und den wenigen Touristen. Er konzentrierte sich auf seine Zeitung und bemühte sich, so zu tun, als sei er ganz woanders. Aber er wurde aus seinen Gedanken gerissen, als jemand sich unter Geschirrgeklapper zu ihm an den Tisch setzte. Der Neuankömmling fischte sofort eine Packung Rothmans aus der Tasche seines alten, abgewetzten Sakkos – offensichtlich die obere Hälfte eines ehemaligen Anzugs – und zündete sich eine Zigarette an.

»Na endlich. Die erste heute. Hätte mir da oben schon beinah die Finger abgeknabbert.«

»Hallo, Phil, wie geht's?«

Der Neuankömmling zuckte die Achseln. »Wie immer«, antwortete er und zog heftig an seiner Zigarette. Er war einer von Argylls ältesten Freunden. Als Philip Mortimer-Jones war er ein privilegiertes Kind mit einer Public-School-Ausbildung und erstklassigen Kontakten dank seines Vaters, einem hohen Tier im National Trust. Als einfacher Phil war er klein und untersetzt, abscheulich gekleidet, mit fettigen Haaren und einem Gesicht, daß man meinte, er würde gleich einschlafen oder seine Augen seien verklebt oder er habe eben einen Stoff konsumiert, den die Polizei mißbilligen würde. In den fünf Jahren, die Argyll ihn schon kannte, war er nie darauf gekommen, was nun zutraf. Wahrscheinlich alles. Doch trotz seiner verschlafenen Erscheinung war Phil ein heller Kopf. Außerdem besaß er ein Ohr für die Nuancen des akademischen Klatsches wie sonst niemand, den Argyll kannte. Er bestätigte das mit seiner nächsten Feststellung.

»Bin überrascht, dich hier zu sehen. Ich dachte, du würdest immer noch wegen deiner großen italienischen Enttäuschung trauern.«

Argyll stöhnte. Wenn Phil es wußte, dann wußte es jeder. »Woher weißt du das?«

»Kann mich nicht mehr erinnern. Hab's irgendwo aufgeschnappt.«

Wie hatte er es erfahren? Argyll war sicher, daß er es nur einem einzigen Menschen erzählt hatte, seinem so freundlichen und diskreten Professor. Er war bei diesem Gespräch auf unangenehme Weise mit seiner Faulheit konfrontiert worden. Seine Universität war etwas ungeduldig geworden und hatte gedroht, ihn zu relegieren. Sie hatten seinen Doktorvater, den alten Tramerton, um eine Empfehlung in die eine oder die andere Richtung gebeten, und der hatte von ihm einen Beweis verlangt, daß in seinem Hirn noch ein Rest geistiger Aktivität flackerte.

Er hatte schnell etwas Überzeugendes hervorzaubern müssen. Also hatte er innerhalb von vier Tagen das einzige Material, das er greifbar hatte, zusammengestellt, eine eindrucksvolle Bibliographie angehängt und das ganze zusammen mit der vorsichtig formulierten Hypothese, daß sich unter dem Mantini ein echter, verlorengegangener Raffael befinde, nach Italien geschickt.

Inzwischen hatte sich natürlich gezeigt, daß die Hypothese falsch gewesen war, aber er weigerte sich, dafür die Verantwortung zu übernehmen. Wenn die Universität nicht so unvernünftig fordernd gewesen wäre, hätte er das Papier nie geschrieben und Byrnes hätte das Bild nicht vor ihm entdeckt. Eine recht erheiternde Verkettung von Ereignissen, wenn man darüber nachdachte. Auf jeden Fall war Tramerton überzeugt gewesen – wenn schon nicht von Argylls akademischen Verdiensten, so doch wenigstens von seinen Bemühungen – und hatte das einzig Anständige getan. Die Relegierungsdrohung war zurückgezogen worden, und Argyll hatte nicht weiter darüber nachgedacht.

Bis zu diesem Augenblick. Offensichtlich hatte Tramerton das Papier an jemanden weitergegeben oder jemandem davon erzählt. Er brauchte nur herauszufinden, wem, und die Spur, die zu Byrnes führte, war gefunden. Wer konnte es nur sein? Sein Professor hatte sich abseits vom Schuß in Italien aufgehalten, im Haus eines Kollegen westlich von Montepulciano, wie es in einem Brief geheißen hatte. Hatte Byrnes ihn dort besucht? Er würde ihm schreiben und ihn fragen. Vielleicht kam dabei etwas Nützliches heraus.

Aber im Augenblick mußte das noch warten, die Bibliothek erwartete ihn. Er unterbrach seinen Kommilitonen, als der in der Unterhaltung eben den zweiten Gang einlegen wollte, verblüffte ihn mit der Feststellung, daß er unbedingt an seinen Schreibtisch zurückkehren wolle, und schleppte sich zum zweiten Mal die Treppe hinauf. Die Unterhaltung war nur kurz und alles andere als erfreulich gewesen.

Die Arbeit ging ihm nicht so leicht von der Hand, wie er es sich vorgestellt hatte. Die Aufregung der letzten Tage hatte seiner Konzentration den Garaus gemacht. Und ebenso der Druck, unter dem er arbeitete. Wie Flavia gesagt hatte, er brauchte nur den Raffael zu finden und alles wäre in Ordnung. Aber die Strafe für ein Versagen war diesmal nicht nur die hochgezogene Augenbraue seines Professors. Das ist nicht so, dachte er, während er die bestellten Bücher durchblätterte, wie akademische Arbeit sein sollte. Bei der Marine wäre es für ihn im Augenbick weniger gefährlich gewesen. Leicht gesagt, dieses »Finden Sie den Raffael«. Wenn es so einfach wäre, hätte man ihn schon vor Jahren gefunden.

Natürlich hatte er Fortschritte gemacht, aber nur in der negativen Richtung. Er wußte inzwischen genauer, wo das Bild nicht war. Das allein würde ihm aber keinen großen Dank einbringen. Von anfänglich ungefähr zweihundert Möglichkeiten waren noch etwa zwei Dutzend übriggeblieben. Aber wie sollte er weitermachen? Jedes einzelne mit einem scharfen Messer aufsuchen und ein bißchen kratzen? Abgesehen von der Tatsache, daß die Besitzer protestieren würden, war vermutlich noch ein anderer auf der gleichen Spur. Wenn Byrnes das Bild zerstört hatte, damit es nicht als Fälschung entlarvt werden konnte, mußte er auch das Original beseitigen, denn das war der letzte mögliche Beweis für seinen Betrug.

Der Gedanke brachte ihn auf eine Idee. Er ließ von seinen Büchern ab und starrte zu dem Drahtgeflecht hoch, das verhindern sollte, daß Verputzstücke von der Decke des heruntergekommenen Gebäudes auf die Studenten fielen. Die Bücher schienen jetzt nicht mehr so wichtig zu sein. Er konnte monatelang Informationen sammeln und trotzdem nichts Überzeugendes finden. Wenn er wirklich etwas erreichen wollte, mußte er mit den Informationen arbeiten, die er bereits hatte. Er mußte das Bild finden, um einen Schuldigen zu fangen. Aber was wäre, wenn er es genau andersherum machte? Unorthodoxes Denken nannte man das, und als er anfing, in dieser Richtung weiterzudenken, schien plötzlich alles ganz einfach. Und nach ein paar Stunden hatte er sogar schon eine ungefähre Ahnung, wo das Bild sein konnte.

Später an diesem Abend traf er Flavia genau zur vereinbarten Zeit und am richtigen Ort, und die beiden gingen in eine niedliche kleine Weinbar in einer Parallelstraße zur Wardour Street. Sie hieß Cockroach and Cucumber – Küchenschabe und Gurke – oder so ähnlich, und das veranlaßte Argyll zu ein paar verächtlichen Kommentaren. »Wahrscheinlich ist sie gesteckt voll mit den älteren Brüdern der Studenten, die im V & A arbeiten«, flüsterte er Flavia naserümpfend zu, doch die verstand die Anspielung nicht und lächelte nur höflich. Sie war müde, weil sie den ganzen Tag über mit den Restauratoren gesprochen hatte. Viel gebracht hatte es allerdings nicht. Sie hatten sich alle in technische Details geflüchtet und sich geweigert, die Karten auf den Tisch zu legen. Der Abend war nun ihre letzte Gelegenheit, die Reise zu einem lohnenden Abschluß zu bringen. Das machte sie entschlossen und nahm ihr den Humor.

Die Gäste der Bar verströmten eine rotgesichtige Atmosphäre zuversichtlicher und künstlicher Fröhlichkeit, die sich um Argyll legte wie erstickender Rauch. Er fühlte sich sofort unglücklich. »Kaum der Ort für ein ruhiges und vertrauliches Gespräch«, schrie er Flavia ins Ohr.

»Was?« schrie sie zurück, entdeckte aber dann den Restaurator der Tate Gallery. »Egal. Sagen Sie es mir später.« Sie schlängelte sich zum Tresen durch. Anderson, ihr Opfer, stand dort und winkte hoffnungsvoll mit einer Fünf-Pfund-Note. Flavia klopfte ihm kräftig auf die Schulter, und zwar genau in dem Augenblick, als sein langes Warten endlich belohnt wurde und das Barmädchen auf ihn zukam. Er drehte sich um und begrüßte die Italienerin, verlor aber dabei den Blickkontakt mit der anderen Seite der Bar, und die Frau ging wieder weg, um jemand anderen zu bedienen.

»Verdammt«, rief er. »Jetzt hab'ich sie wieder verpaßt. Na, was soll's. Wir können nach nebenan gehen, da ist es ruhiger. Da gibt es sogar Tischservice.«

Während sie in den angrenzenden Raum gingen, stellte Flavia Argyll vor. Anderson machte ein enttäuschtes Gesicht. »Oh. Ich dachte, Sie kommen allein.« Argyll war sofort beleidigt und merkte, daß er den Mann überhaupt nicht mochte.

Sie setzten sich an einen der wenigen noch freien Tische und bestellten eine Flasche Weißwein unsicherer Herkunft. »Sehen Sie? Es ist viel ruhiger hier. Recht nett, hm?«

Argyll lächelte und nickte. »Bemerkenswert. Nett ist nicht das richtige Wort dafür.« So etwas hatte er schon seit Jahren sagen wollen. Flavia lächelte ihn an und stieg ihm mit ihrem Absatz auf die Zehen. Man nannte diese Dinger nicht umsonst Stilettabsätze. Der Schmerz trieb ihm die Tränen in die Augen.

Flavia versuchte nun, die Unterhaltung zu retten, indem sie eine größtenteils falsche Begründung für ihren Englandaufenthalt herunterrasselte.

»Sie wollen also meine Hilfe. Gern. Natürlich nur, wenn Sie mir sagen, warum.«

»Eine reine Routinesache, wie man, glaube ich, in diesem Land sagt.«

»Unsinn. Nichts, was ich Ihnen sagen könnte, würde Ihnen irgendwie weiterhelfen, wenn da nicht mehr dahinterstecken würde. Ich wußte nichts über das Bild, außer daß Sir Edward Byrnes mich hinzugezogen hat, um es zu reinigen und zu restaurieren. Abgesehen von gelegentlichen Störungen durch Fernsehkameras habe ich alleine mit den anderen Restauratoren gearbeitet. Warum also jemand extra aus Rom hierherschicken, nur um mich darüber auszufragen? Und dann tauchen Sie auch noch mit Mr. Argyll auf« – aus irgendeinem Grund mochte Argyll dieses »Mister« nicht –, »der sich, wie ich von Sir Edward weiß, wegen dieser Geschichte ziemlich auf den Schlips getreten fühlt. Warum nach Motiven suchen, wenn Sie den Verdächtigen Nummer eins mit sich schleppen? Es sei denn, da ist noch was anderes im Busch. Prost.« Er hob das Glas, um auf seine Cleverness zu trinken, und verzog dann das Gesicht zu einem übertriebenen Ausdruck der Abscheu.

»Ich wußte ja gar nicht, daß ich eine solche Berühmtheit bin«, bemerkte Argyll, der unsicher war, ob sich Andersons Grimasse auf den Wein oder auf ihn bezog.

»Nur keine Sorge. Das sind Sie auch nicht. Byrnes hat Sie nur einmal erwähnt, und ich habe ein sehr gutes Gedächtnis für Nebensächlichkeiten.«

Argyll beschloß, sich so weit wie möglich aus dem Gespräch zurückzuziehen. Nebensächlichkeiten, also wirklich. Er lehnte sich zurück, hielt sich an seinem Glas Wein fest und versuchte, nonchalant auszusehen. Wenn seine Leistungen vom Nachmittag nicht gewesen wären, wäre er jetzt in schlechter Stimmung. Aber was er Flavia noch zu erzählen hatte, gab ihm das Gefühl, ein ganz toller Hecht zu sein. Es würde sehr angenehm sein, wenigstens einmal das Heft in der Hand zu halten.

»Geben Sie mir Ihr Wort, daß diese Unterhaltung unter uns bleibt?« fragte Flavia.

»Ich kann Ihnen mein Wort geben, und Sie können entscheiden, wieviel es wert ist«, erwiderte Anderson. Flavia überlegte einen Augenblick. Sie brauchte nicht nur Informationen, sie wollte auch das übersteigerte Selbstwertgefühl dieses kleinen Dreckskerls ein wenig erschüttern. Die Andeutung, daß er möglicherweise Opfer eines Betrugs geworden war, brachte ihn vielleicht wieder auf den Boden der Tatsachen zurück. Und auch der Witz über Argyll hatte ihr nicht gefallen: Obwohl sein Verhalten nicht immer einwandfrei gewesen war, kam sie im großen und ganzen gut mit ihm aus. Das beunruhigte sie. Es war immer ein schlechtes Zeichen, wenn ihr Beschützerinstinkt geweckt wurde.

»Es war eine Fälschung«, verkündete sie unverblümt.

Die Feststellung hatte die gewünschte Wirkung. Anderson wurde zwar nicht gerade blaß, sah aber so aus, als würde er sich danach fühlen. »Oh, Scheiße«, sagte er sehr langsam und deutlich. »Sind Sie sicher?«

Flavia zuckte die Achseln und lächelte ihn nett an, sagte aber nichts.

»Können Sie mir sagen, wie Sie darauf kommen?«

Sie schüttelte den Kopf. »Nein, ich fürchte nicht. Sie müssen es mir einfach glauben.« Es war eine grobe und unvernünftige Übertreibung, aber Bottando hatte ihr immer wieder die eine goldene Regel der Polizeiarbeit eingeschärft, nämlich daß man nie so wirken dürfe, als sei man sich seiner Fakten nicht sicher. Außerdem glaubte sie, daß Anderson um so mehr reden würde, je aufgeregter er war. Sie schlug eine besorgte und aufmerksame Tonart an. »Ich glaube, ich sollte Ihnen hier etwas zu essen bestellen. Ich bin ziemlich hungrig«, sagte sie.

Argyll war es ebenfalls. Und er verstand durchaus, daß diese kleine Geste eine gute Möglichkeit war, ein besseres Verhältnis zu Anderson herzustellen. Er gehörte zu den taktlosen Personen, die einer Essenseinladung nicht nur nie widerstehen können, sondern bei einer solchen freudigen Nachricht erst richtig Hunger bekommen. Im Verlauf der nächsten Stunde mampfte er sich langsam, aber sicher durch einen großen Teller Riesengarnelen, ein ansehnliches Stück Fischpastete, zwei Teller Gemüse und ein Dessert, das Pekannußkuchen sein sollte, aber irgendwie nicht ganz so schmeckte, zwei Tassen Kaffee und einen ungerechten Anteil an einer zweiten Flasche Wein. Flavia stand ihm in nichts nach. Wie schon beim ersten Mal, als Argyll ihre Leistungsfähigkeit auf diesem Gebiet beobachtet hatte, fragte er sich auch jetzt wieder, wie eine so bewundernswert schlanke Person eine solche Menge Essen in sich hineinstopfen konnte.

Um Anderson in die gewünschte Richtung zu lenken, erzählte Flavia von den wissenschaftlichen Untersuchungen des Bilds. Er winkte ab. »Das weiß ich alles. Ich war doch der Projektleiter.«

»Ich dachte, das war Manzoni?«

»Der?« sagte Anderson verächtlich. »Der hat das Bild nie aus der Nähe gesehen. Er hat nur den abschließenden Bericht gelesen, gemeint, er sei überzeugt, daß wir alles richtig gemacht hatten, und dann das Ding unterschrieben. Der hat kaum einen Finger gerührt.«

Flavia war maßlos verärgert über die Verleumdungen, die dieser lange und überhebliche Engländer über ihren Landsmann ausschüttete. Ihr roch das zu sehr nach anti-italienischen Ressentiments. Außerdem schwächte das eine ihrer Lieblingstheorien. Wenn Manzoni die Tests nicht geleitet hatte, hatte er sie auch nicht manipulieren können. Sie konzentrierte sich wieder auf Anderson, der langatmig schwadronierte, ohne zu bemerken, daß sie ihm gar nicht zugehört hatte.

»...Deshalb würden mich Ihre Beweise interessieren. Ich kann mir einfach nicht vorstellen, daß das Bild eine Fälschung war. Es hat echt ausgesehen und alle Tests bestanden. Der Beweis müßte schon absolut überwältigend sein, damit ich meine Meinung ändere«, schloß er.

Sie wich ihm wieder aus. »Sagen Sie mal, wie würde jemand so ein Bild fälschen?«

»Im Prinzip ist das ganz einfach. Die Ausführung ist das Problem. Soweit ich mich noch an den Bericht erinnere, hätte sich der Fälscher erst einmal ein Stück Leinwand aus dem sechzehnten oder dem späten fünfzehnten Jahrhundert besorgen müssen. Eins von genau der Größe des fertigens Bilds, damit es keine neuen Dehnspuren vom Aufspannen auf einen anderen Rahmen gibt. Man löst einen Teil der ursprünglichen Farbe ab, aber nicht alles. Dann fängt man an, sein eigenes Bild zu malen, wobei man aber die gleichen Techniken und die gleichen Farbrezepte wie der Künstler, den man fälschen will, verwenden muß.«

Flavia nickte. Bis dahin entsprach das genau den Notizen in den Schweizer Skizzenbüchern.

»Hat man es dann gemalt, muß es künstlich getrocknet und gealtert werden. Ein Ölbild braucht Jahre, bis es ganz durchgetrocknet ist, manchmal ein halbes Jahrhundert. Es gibt nichts Verräterischeres als ein Renaissance-Bild, das noch klebrig ist. Genau damit wurde übrigens in den dreißiger Jahren Wacker, der Van Gogh-Fälscher, überführt.

Für das Trocknen gibt es verschiedene Methoden«, fuhr er fort. »Üblicherweise wird es im Ofen gebacken – die Temperaturen variieren von Fälscher zu Fälscher –, dann in verschiedene Richtungen aufgerollt, damit die Oberfläche Risse bekommt, und dann in eine Tintenlösung getaucht, um die Risse nachzudunkeln und sie schmutzig aussehen zu lassen. Das war zumindest Van Meegerens Methode, und er war einer der Besten. Als Maler war er eine Niete, aber ein großartiger Fälscher. Natürlich gibt es Möglichkeiten, das alles zu überprüfen. Bei der Elisabetta wurde die Art der Durchtrocknung analysiert, Richtung und Art der Risse wurden untersucht, Farbspuren wurden abgekratzt und den verschiedensten

Tests unterworfen, und der Schmutz wurde aufgekocht und chemisch analysiert. Alles perfekt, wie gesagt.«

»Jetzt haben Sie uns also erzählt, wie man es anstellt, um erwischt zu werden. Wie macht man's, wenn man nicht erwischt werden will?« fragte Argyll.

»Ich nehme an, es gibt da gewisse Möglichkeiten«, erwiderte Anderson widerwillig. »Was das Trocknen angeht, könnte man es vielleicht in einem Mikrowellenherd mit geringer Leistung versuchen. Das würde eine andere Art der Durchtrocknung ergeben. Es ist natürlich keine narrensichere Methode, aber zumindest die offensichtlichen Spuren des normalen Backens würden dadurch vermieden. Das mit den Rissen ist auch relativ einfach, wenn man darauf achtet, daß das Muster des ursprünglichen Bilds erhalten bleibt. Es ist zwar eine mühselige Arbeit, aber möglich ist es. Bei diesem Raffael hätte man den Schmutz des ursprünglichen Bilds in Alkohol auflösen und die Lösung auf der Oberfläche verteilen können. Bei einem Test würde sich der Schmutz dann als eine Mischung verschiedener Stoffe erweisen, und genau so sollte es sein. Natürlich würde auch der Alkohol auftauchen, aber in diesem Fall könnte man den mit einem der Mittel verwechseln, die wir zur Reinigung des Bilds benutzt haben. Aber die eigentliche Schwierigkeit ist die Farbe. Ich kann mir kaum vorstellen, wie die zu umgehen ist, und wir haben sie doch endlos getestet. Mit dem Spektroskop, dem Elektronenmikroskop und Dutzenden anderer Verfahren. Da ist jeder Zweifel ausgeschlossen: Die Farbe ist sechzehntes Jahrhundert, italienisch und in Raffaels Technik verarbeitet. Echte alte Farbe. Nicht nur neue Farbe, die nach alten Rezepten gemischt wurde. Alte Farbe. Alles in bester Ordnung. Deshalb kann ich auch kaum glauben, daß es eine Fälschung war.«

»Ich weiß, wie es gemacht wurde«, sagte Argyll ruhig. Die beiden sahen ihn an. »Es ist mir eben eingefallen. Flavia, Sie haben mir doch gesagt, daß die Farbproben von einem langen, dünnen Streifen am linken Rand des Bildes abgenommen wurden, nicht?« Sie nickte.

»Warum hätte der Maler an diesem Stück nicht das alte Bild

aus dem sechzehnten Jahrhundert stehenlassen können? Er malt den Mittelbereich und paßt dann Porträt und Hintergrund aneinander an. Dann können Sie testen, so lange Sie wollen, und erhalten immer ein positives Resultat.«

»Ist das möglich?« fragte Flavia Anderson.

Er überlegte. »Ich glaube, im Prinzip schon. Natürlich wäre es schwierig, die Übergänge vor Röntgenstrahlen zu verbergen, aber man könnte eine kleine Menge Metallsalze beifügen, um die Aufnahme unscharf wirken zu lassen. Wenn ich mich richtig erinnere, hatten wir sogar eine gewisse Unschärfe, aber wir waren ziemlich in Eile, es war ein neuer Apparat, und deshalb gingen wir davon aus, daß sie technische Ursachen hatte. Aber das eigentliche Problem bei dieser Interpretation liegt in der Frage, wie der Fälscher sicher sein kann, daß das richtige Stück untersucht wird.«

»Kein Problem. Man hat Ihnen doch gesagt, daß Sie dieses Stück untersuchen sollen, oder? Und wer hat es Ihnen gesagt, hm?«

»Das Museum.«

»Haben Sie selber mit den Museumsleuten gesprochen? Haben die Ihnen eine schriftliche Anweisung gegeben?«

»Nein. Sir Edward hat es uns gesagt. Er meinte, das Museum wolle keine Beschädigung...«

»Aha.« Argyll lehnte sich wieder zurück, verschränkte die Arme und nickte Flavia zu. »Na also. Problem gelöst. Sind Sie jetzt nicht froh, daß Sie mich mitgenommen haben?«

Argyll war ausgezeichneter Stimmung, als er am nächsten Tag durch Läden und Bibliotheken spazierte und die letzten Kleinigkeiten zusammensuchte, die er noch brauchte. Der vergangene Abend war ja wirklich ein Triumph gewesen. Er hatte nicht nur diesen unerträglichen Restaurator in seine Schranken gewiesen und mit einer klugen Idee zum Nachweis von Byrnes' Schuld aufgewartet, sondern seine Leistung noch damit gekrönt, daß er Flavia auf dem Rückweg zu dem Hotel, das sie ausgesucht hatte, von seiner sensationellen Entdekkung erzählte. Er habe, sagte er ihr, das Bild gefunden.

Sie war beeindruckt, kein Zweifel. Natürlich hatte er sie

nicht davon abbringen können, peinliche Fragen zu stellen, wie etwa, wo es denn sei, wie er es aufgespürt habe und ähnliches. Aber er hatte es geschafft, ihnen auszuweichen, indem er nur geheimnisvoll andeutete, sie müsse noch abwarten. Das hatte sie verärgert, aber er war hart geblieben. Schließlich war er sich bei weitem nicht so sicher, wie er tat.

Jetzt flitzte Argyll fröhlich pfeifend von einem Künstlerbedarfsladen zum anderen und häufte Material an. Er besuchte die Literaturwissenschafts-, Reise- und Geschichtsabteilungen der London Library und hatte schließlich eine beeindrukkend pralle Plastiktüte voller Habseligkeiten zusammen.

Er sah auf die Uhr. Elf. Noch zehn Minuten bis zu dem vorher telefonisch vereinbarten Besuch bei Byrnes, und danach mit dem Zwei-Uhr-Flug zurück nach Rom. Perfekt. Allmählich bekam er das Gefühl, ein richtiger Profi zu werden.

In der Byrnes-Gallery nannte er seinen Namen, erwähnte, daß er einen Termin habe, und sah sich dann die Bilder an, während er wartete. Fünf Minuten später führte man ihn in Byrnes' Allerheiligstes, und er bekam einen Sessel zugewiesen. Den angebotenen Kaffee lehnte er ab.

»Jonathan. Ich wußte ja gar nicht, daß Sie schon so bald wieder in London zurücksein würden. Kann ich Ihnen helfen?« Byrnes lächelte ihn gütig über die Halbbrille, die er zum Lesen benutzte, an. Argyll mochte diese Brillen nicht; sie gaben dem Träger immer die Möglichkeit, über sie hinwegzuspähen, als würde er ein anatomisches Präparat betrachten. Sehr affektiert.

»Eigentlich nicht«, erwiderte er. »Ich war nur gerade in der Gegend und dachte mir, ich schau mal rein und sag' guten Tag. Nur damit Sie wissen, daß ich hier bin.« Er grinste albern. Die Leute sagten ihm zwar immer, daß er diese dümmliche Miene übertreibe, aber im Augenblick kam sie ihm sehr gelegen.

»Und was machen Sie hier? Ich dachte, Sie stecken inzwischen in Rom schon bis über beide Ohren in Ihrer Arbeit. Oder hat man Sie vielleicht auch in diese Raffael-Geschichte mit hineingezogen?«

Mit einer, wie er hoffte, verzweifelten Miene schüttelte Argyll den Kopf. »Ja. Verdammte Geschichte. Hätte ich da bloß nie meine Nase hineingesteckt. Natürlich verdächtigt die Polizei mich und Sie und so ziemlich jeden anderen. Na, und deshalb bin ich hier und versuche, mich bei ihnen lieb Kind zu machen – indem ich den echten finde.« Er sagte das leichthin, machte dann eine bedeutungsschwangere Pause und sah zu der Stuckdecke hinauf.

Byrnes' linke Augenbraue schnellte in die Höhe, so als wäre er wirklich überrascht. Eine ausgezeichnete Vorstellung. Argyll war beeindruckt.

»Der echte? Wovon reden Sie denn?«

»Hat die Polizei es Ihnen nicht erzählt?« Argyll tat überrascht. »Das Bild war eine Fälschung. Ein echter Jean-Luc Morneau, Gott hab ihn selig. Das wird ein Riesenskandal, wenn es herauskommt. Das heißt, falls.« Als sie sich ansahen, funkelte in ihren Augen das gegenseitige Verstehen.

»Falls?«

»Keine Beweise, verstehen Sie. Bis auf das Bild, und das gibt's ja nicht mehr. Vielleicht hätte auch Manzoni etwas gewußt...«

»Aber den hat man ja offensichtlich erstochen«, ergänzte Byrnes. Er beugte sich über den Tisch vor, die entspannte Gelassenheit, mit der er Argyll begrüßt hatte, war vollkommen verschwunden. »Ich verstehe.«

»Und deshalb«, fuhr Argyll fort und kam wie immer erst über Umwege zur Sache, eine Technik, der allerdings im großen und ganzen der Erfolg recht gab, »hängt jetzt alles von mir ab. Man hat mich gebeten – oder besser gesagt, mir befohlen –, das Original zu finden. Um zu beweisen, daß das erste eine Fälschung war. Die Polizei glaubt, daß das zum Schuldigen und zu Manzonis Mörder führt. Ganz einfach.«

»Wenn Sie es schaffen«, sagte Byrnes.

»Schon erledigt«, erwiderte er blasiert.

»Wo ist es?«

Argyll zögerte. Das war natürlich die entscheidende Frage. Eigentlich durfte er es keinem Menschen erzählen. Wenn Flavia je erfuhr oder auch nur vermutete, daß er Byrnes einen Tip gegeben hatte, würde sie ihn ohne Zögern ins Gefängnis stekken. Schon die Andeutung, daß es sich um eine Fälschung handle, war schlimm genug. Andererseits mußte Argyll natürlich versuchen, seinen eigenen Hals zu retten. Und dazu schien es ihm am besten, mit Byrnes zu einer vorsichtigen Verständigung über die nächsten Schritte zu kommen. Er atmete tief durch und wagte den Sprung.

»Siena«, sagte er. »Aber ich darf Ihnen keine weiteren Einzelheiten nennen.«

»Natürlich, natürlich«, erwiderte Byrnes beschwichtigend. »Durchaus verständlich.« Weitere Einzelheiten waren auch gar nicht mehr nötig. Argyll sah das an dem nachdenklichen Blick in Byrnes' Augen. Er hatte genug gesagt. Der Rest lag jetzt an Byrnes.

Die Unterhaltung schleppte sich noch ein paar Minuten dahin, dann stand Argyll, dringende Termine vorschützend, auf, verabschiedete sich und ging.

12

Bottando stöhnte ungehalten, als das Telefon schon wieder klingelte. Es war ein entsetzlicher Vormittag. Seine Sekretärin, die er sich extra wegen ihrer Fähigkeit, Anrufer abzuwimmeln, ausgesucht hatte, war krank. Genau die Abwehrhaltung, die er bei Tommasos Sekretärin kritisierte, schätzte er bei seiner eigenen.

In ihrer Abwesenheit kamen alle Anrufe direkt zu seinem Apparat. Bottando hatte nie bemerkt, daß es so viele waren. Den ganzen Tag kam er praktisch zu nichts. Zunächst hatte er versucht, es einfach klingeln zu lassen, aber er hielt die Vorstellung nicht aus, etwas Wichtiges zu verpassen. Und zumindest einige der Anrufe hatten seine Willensschwäche gerechtfertigt. Er war sehr beschäftigt, obwohl sich so mancher seiner Kollegen über diese Art der Beschäftigung gewundert hätte. Er las seine alten Fälle durch, einen Ordner mit sorgfältig abgehefteten Zeitungsartikeln, die über seine vergangenen Triumphe berichteten. Die vergangenen Mißerfolge waren natürlich ausgelassen. Viele Polizisten besitzen einen solchen Ordner; es wirkt Wunder bei der Beförderung, wenn man, natürlich ganz beiläufig, Beweise dafür vorlegen kann, wie wunderbar, engagiert und effektiv man gewesen ist. Auch wenn es sich dabei nur um die Meinungen von Journalisten handelt, sieht es trotzdem gut aus.

Also hatte auch Bottando einen solchen Ordner, und er holte ihn manchmal hervor und blätterte ihn durch, wenn ihm nostalgisch zumute war. Außerdem stärkten die Zeitungsausschnitte sein Selbstbewußtsein, wenn es einmal nicht so gut lief. Ach komm, sagte der Ordner ihm dann, denk dir nichts, schau, was du schon alles geschafft hast. Er las eben den Bericht über seinen großen Triumph im Mailänder Finanzskandal, und der bestätigte ihm, daß er doch noch nicht zum alten Eisen gehörte.

Das Telefon klingelte wieder, und wieder hob er den Hörer. »Prontobottando«, sagte er verdrossen.

»General, hier Ferraro. Ich wollte mich nur erkundigen, wie die Ermittlungen vorangehen.«

Bottando unterdrückte ein Seufzen, so gut er konnte. Der Mann war inzwischen genau so eine Nervensäge wie Tommaso. War der eine unruhig und gereizt, stand der andere am Rand eines Nervenzusammenbruchs. Das war ungefähr der zehnte Anruf in zwei Tagen. Weder ausweichende Antworten noch Informationsverweigerung, ja nicht einmal ausgesprochene Unverschämtheiten konnten sie davon abbringen. Sie waren richtig besessen von dem Raffael, seiner Authentizität und der Jagd nach dem Schuldigen. Für beide stand eine Menge auf dem Spiel. Wenigstens hatte er diesmal etwas zu berichten.

»Recht gut«, antwortete Bottando. »Meine Assistentin hat eben angerufen und mir gesagt, daß sie heute nachmittag mit diesem Argyll im Schlepptau nach Rom zurückkehrt. Offensichtlich glaubt der, bei der Suche nach dem fehlenden Kunstwerk weitergekommen zu sein.«

»Ausgezeichnet. Und wo ist es?«

»Ich fürchte, das kann ich Ihnen nicht sagen. Argyll macht es gern spannend. Flavia sagt, er will uns damit überraschen.«

»Oh. Na, solange er wenigstens diesmal recht hat. Sein Ruf als Spurensucher ist ja nicht gerade der beste.« Die Stimme am anderen Ende der Leitung klang enttäuscht.

»Ich kann Ihre Sorge gut verstehen. Wir machen auch in anderen Gebieten Fortschritte. Aber auch hier kann ich Ihnen leider nicht viel sagen. Das heißt, ich möchte noch nicht.«

»Das ist schon in Ordnung. Ich verstehe. Mir geht es nur um den Raffael. Ich denke, der kriminelle Aspekt der Sache ist Ihre Angelegenheit. Aber bitte vergessen Sie nicht, mich auf dem laufenden zu halten.«

»Wie könnte ich das vergessen. Keine Angst. Ich komme später im Museum vorbei und werde Sie und den Direktor ausführlich informieren.«

Vielleicht konnte er mit diesem Versprechen weitere Anrufe verhindern. Was für ein lästiger Kerl. Wenigstens Tommaso war aus dem Schneider: Für den Zeitpunkt des Mordes hatte er ein hundertprozentiges Alibi. Abendessen mit dem Premierminister klang ziemlich überzeugend. Möchte nur wissen, was die miteinander zu besprechen haben, fragte sich Bottando und schüttelte sich bei dem Gedanken. Ferraro hatte bis spät abends im Museum gearbeitet und war gesehen worden, als er es um neun verließ. Damit schien auch er nicht in Frage zu kommen.

Bottando versuchte, ein paar Routinearbeiten zu erledigen, um sich seine Vorgesetzten vom Hals zu halten, gab es aber nach einer Stunde auf. Das Telefon kam auch weiterhin nicht zur Ruhe, und allmählich begann es in seinem Kopf im Gleichklang zu bimmeln. Auch sein Magen knurrte: Er hatte noch nichts zu Mittag gegessen, und inzwischen war es bereits halb drei.

Er ging zu dem Bücherregal in seinem Büro, zog einen dikken Band heraus und ging zur Tür hinaus. Wenn er schon las, dann wollte er es in einem Restaurant tun, das Buch gegen ein Stück Brot gelehnt, einen Teller Pasta vor sich. An einem Ort, wo ihn eine Stunde lang keine Anrufe störten.

Sie sahen ihn immer noch an seinem Tisch auf der Piazza del Collegio Romano sitzen, als sie auf dem Weg vom Flugplatz zum Büro im Taxi an dem Restaurant vorbeifuhren. Es war eine ziemlich ungewöhnliche Route, aber der Fahrer hatte auf dem Umweg bestanden, weil, wie er sagte, auf dem Corso eine Demonstration stattfinde und der direktere Weg mit schreienden Protestlern verstopft sei.

Flavia schrie dem Fahrer zu, er solle halten, als sie Bottando entdeckte. Sie zahlten und setzten sich zu ihm an den Tisch. Es war ein Restaurant, das er oft besuchte, eines der wenigen, die um diese Zeit noch Essen servierten. In den meisten anderen hatte man die Mittagsgäste längst verscheucht, die Tischdecken ausgeschüttelt und die Türen geschlossen. Die Touristen, die zu dieser Jahreszeit den Großteil der Essensgäste stellten, konnten in den nächsten paar Stunden nichts anderes tun, als in ihre Hotels zurückzukehren, sich auf einen Brunnenrand zu setzen oder ihre blasentreibenden Fußmärsche über das harte Kopfsteinpflaster auf der Suche nach Kunstgenüssen fortzusetzen.

Bottando war rührend besorgt um sie und bestand darauf, ihnen Essen zu bestellen. »Sie müssen ja am Verhungern sein. Eine gute Mahlzeit wird Wunder wirken. Ich weiß doch, wie die Restaurants in London sind.« Er machte ein gutmütiges Gesicht und strahlte Argyll an, den dieser freundliche Empfang etwas überraschte.

»Mr. Argyll, freut mich sehr, Sie endlich kennenzulernen. Wie ich höre, haben Sie schon wieder eine große Entdeckung gemacht. Ich hoffe, daß Sie diesmal recht behalten.«

Argyll zuckte die Achseln. »Ich glaube schon. Mit Hilfe von Eliminierungsprozessen muß ich zwangsweise ans Ziel kommen.«

»Dieses Eliminieren macht mir etwas Kummer. Muß man das so wörtlich nehmen?«

Argyll lächelte verlegen, und Bottando war so höflich, eine Gesprächspause einzulegen, während sie aßen. »Was haben Sie denn da?« fragte Flavia schließlich.

»Das da? Das ist die Bibel.« Er las den Titel vom Buchrükken ab. »*Who's who in the Arts*. Eine richtige Schatztruhe für nützliche Informationen. Voller unerwarteter Details über unsere Freunde, Kollegen und Feinde.«

Er blätterte eine Seite auf. »Nehmen wir zum Beispiel meinen lieben Freund Spello. Wenn man ihn so sieht, würde man doch nie vermuten, daß er in den vierziger Jahren ein ranghoher Berater des Vatikans war, oder? So eine ungepflegte Erscheinung. Wo sie im Vatikan doch so auf elegante Kleidung achten. Er muß damals noch sehr jung gewesen sein. Ich kann mir vorstellen, daß er geglaubt hat, eine große Karriere vor sich zu haben und nicht nur den zweitrangigen Posten in der Etrusker-Abteilung. Oder daß unser Minister, dieser tölpelhafte Kommißkopf ohne jedes erkennbare Zartgefühl, eine Vorliebe für Bonsai- Bäumchen hat? Oder daß Tommaso insgeheim ein Maler sein will?«

»Steht das da drin?«

»Nicht alles. Aber er hat mir anvertraut, daß er sich in seine Villa zurückziehen und dort malen will, und hier steht, daß er an einer Kunstakademie studiert hat. Und sogar in Lyon. Daraus schließe ich, daß er eigentlich Maler werden wollte. Indizien plus logische Analyse. So funktioniert Detektivarbeit.«

»Und jetzt sagen Sie wahrscheinlich gleich, daß er sehr talentiert war und sich vor allem für Raffael interessiert hat?«

»Nein, Flavia, nein. Wenn's nur so einfach wäre. Nein, ich glaube, der arme Mann war leider überhaupt nicht talentiert, aber immerhin so klug, sich um die Bilder anderer zu kümmern, anstatt eigene zu malen. Außerdem, wenn es eine Fälschung war, dann war Morneau der Fälscher. Das ist eins der wenigen Dinge, die wir inzwischen herausgefunden haben. Was wir jetzt brauchen, sind Beweise. Und diese Aufgabe haben ja offensichtlich Sie übernommen. Also erzählen Sie! Wo ist es?«

»Siena«, erwiderte Argyll sachlich. Bottando sah ihn überrascht an. »Sind Sie sicher? Und wie sind Sie zu diesem Schluß gekommen?«

»Weil es der einzig mögliche Schluß ist. Es war weder in der Clomorton-Sammlung noch in der Di Parma-Sammlung, und es ist verschwunden. Deshalb ...«

»Deshalb ...?« wiederholte Bottando.

Argyll machte ein überhebliches Gesicht. »Ich glaube, das

sage ich Ihnen nicht. Ich kann mich ja immer noch täuschen. Außerdem haben Sie ja die Fakten. Sie können sich den Rest selber ausrechnen. Indizien plus logische Analyse. So funktioniert Detektivarbeit.«

»Sehr lustig. Aber solange ich weiß, wohin Sie gehen, und solange Sie das Ding finden, können die Einzelheiten, glaube ich, noch warten. Wann fahren Sie?«

»Morgen früh. Ich glaube nicht, daß wir sofort hinrasen müssen. Ich glaube, im Augenblick ist das Bild sicher«, antwortete Flavia und brach dann ab, um sich einen Kaffee zu bestellen.

»Vielleicht, vielleicht aber auch nicht. Ich glaube, wenn Sie fahren, wäre Schutz keine schlechte Idee«, sagte Bottando.

Flavia schüttelte den Kopf. »Wenn wir mit einer ganzen Armada bewaffneter Polizeiautos die Autostrada hochrasen, fällt das viel zu sehr auf. Es ist viel besser, wenn wir zuerst still und heimlich da aufkreuzen und die Sache überprüfen. Danach können Sie uns so viele bewaffnete Männer schicken, wie Sie wollen. Je mehr, desto besser, wenn man es genau nimmt. Aber wenn wir da gleich mit Trara antanzen, wird jemand plappern. Und morgen steht es dann in allen Zeitungen. Also behalten Sie es bitte für sich.«

»Ja. Sie haben wahrscheinlich recht. Wann fahren Sie los?«

»Gleich morgen früh. Davor muß ich nur etwas Geld abheben, ein Spesenformular ausfüllen, damit ich den Termin für die nächste Auszahlung schaffe, mich duschen und ein paar Sachen zusammenpacken.«

»Sagen Sie mir Bescheid, wo ich Sie finden kann. Ach übrigens, das wird Sie vielleicht interessieren.« Er griff in seine Jackentasche und zog ein Blatt Papier heraus.

»Ein Telex von Janet. Der arme Mann beklagt sich, daß wir ihm so viel Arbeit machen, aber das soll Sie nicht stören. Ich bin mir sicher, daß er jemand hat, der es für ihn erledigt. Er ist den Bilderkäufen nachgegangen. Ein Volltreffer, Byrnes drei, Morneau sechs, alle anderen null.«

»Darf ich?« fragte Argyll und griff nach dem Papier. Er faltete es auf und las die Mitteilung sorgfältig.

»Das ist es. Das muß es sein.« Er deutete auf eine Zeile.

»Porträt einer Dame, eine Kopie nach Fra Bartolommeo. Dreitausend belgische Francs, an Jean-Luc Morneau. Siebzig auf einhundertvierzig Zentimeter. In etwa die richtige Größe und ungefähr das richtige Alter. Der richtige Stil. Die perfekte Vorlage. Ihr Kollege hat nicht zufällig ein Foto mitgeschickt?« fragte er hoffnungsvoll.

Bottando wühlte noch einmal in seiner Tasche. »Doch«, sagte er und gab ihm ein zweites Blatt Papier. »Ich fürchte, es ist nicht sehr gut. Nur eine Fotokopie der Abbildung aus dem Verkaufskatalog. Aber kein schlechter Service, was?«

Argyll war zu beschäftigt, um ihm zu antworten. Dann gab er die Kopie mit zufriedenener Miene Flavia. Doch sie machte ein enttäuschtes Gesicht. Das Foto war auch wirklich nicht sehr eindrucksvoll. Es zeigte ein sehr schmutziges Dreiviertelporträt einer großen Dame mittleren Alters mit beginnendem Doppelkinn und wenigen sichtbaren Attraktionen. Bekleidet mit einem schwarzen, langärmeligen Kleid. Schwarze Haare, soweit das durch den Schmutz zu erkennen war. Überladen mit vulgären Juwelen: einem Diadem, einer riesigen Halskette und einem dicken, verschlungenen Ring.

»Kein großer Verlust, wenn er es benutzt hat. Das Porträt der Elisabetta, das er darübergemalt hat, war viel besser«, bemerkte sie.

»Stimmt. Aber sehen Sie sich das Fenster und die Landschaft links im Hintergrund an. Ganz ähnlich wie bei dem Raffael und genau an der Stelle, wo die Farbproben abgenommen wurden. Also für mich ist das ein schlüssiger Beweis.«

Bottando nickte anerkennend. »Sie haben ein gutes Auge«, sagt er. »Mir ist das auch aufgefallen, allerdings mit einem Foto des Raffael als Hilfestellung.«

»Das beweist, daß Morneau es gemalt hat, und damit ist Spello aus dem Schneider«, ergänzte Flavia zufrieden.

»Leider nicht. Auch Morneau war in den vierziger Jahren ein Berater des Vatikans, er muß Spello also aus dieser Zeit gekannt haben. Das ist ein Beispiel, warum diese Bücher so nützlich sind.«

Er stand auf und wischte sich Brotkrumen vom Schoß.

»Höchste Zeit fürs Büro. Ich habe noch zu arbeiten, wenn schon ihr beide nicht.«

Sie trennten sich, Flavia und Argyll gingen in östlicher Richtung davon und Bottando zurück ins Büro. Er machte sich Sorgen. Er hatte Flavia nichts davon gesagt, nicht nur, weil Argyll mit dabei gewesen war, sondern auch, weil er sie nicht unnötig beunruhigen wollte. Aber er wußte, daß er mit ihnen beiden ein großes Risiko einging. Und das beunruhigte ihn sehr.

Weniger von Sorgen geplagt als Bottando, verbrachten Flavia und Argyll einen wunderbaren Abend.

Während er mit dem Bein über der Lehne in ihrem einzigen bequemen Sessel saß, las er ihr Auszüge aus den Büchern vor. Es war eine deutliche Veränderung im Vergleich zum Heimflug, bei dem er sehr konzentriert gelesen und kaum ein Wort gesprochen hatte. Flavia hatte bemerkt, daß sich unter den Büchern auch ein Kunstführer des Palazzo Pubblico in Siena befand.

Argyll lachte. »Hören Sie sich das an. Es ist ein Brief des Viscount Perceval über Lady Arabella. Ein großartiger Tagebuchschreiber und London-Chronist des achtzehnten Jahrhunderts, der Mann. Diese Frau wird immer erstaunlicher, je öfter ich auf sie stoße. Offensichtlich hatte nicht nur ihr Gatte Nummer zwei unanständige Gewohnheiten. Auch Nummer eins konnte seine Hände nicht bei sich halten. Sie hat deshalb bei einem Empfang am Königshof ein Cello auf seinem Kopf zertrümmert. Und dann versucht, ihn mit den Fäusten zu verprügeln. In aller Öffentlichkeit. Muß ein amüsanter Abend gewesen sein.«

Oder später: »Da ist noch was. Clomorton erzählte der Duchess von Albermarle, er sei verliebt in eine ›dunkelhaarige Schönheit‹. Das war ein Fehler von dem armen Trottel. Der muß doch gewußt haben, daß sie die schlimmste Klatschbase in ganz London war. Perceval berichtet, sie habe sofort an Lady Arabella geschrieben. Das ist wahrscheinlich die Geschichte aus dem Brief, den ich Ihnen in London vorgelesen habe. Stellen Sie sich mal vor, was für einen Empfang die dem armen Mann bereitet hätte. Der hatte noch Glück, daß er vorher tot umgefallen ist.«

»Warum lesen Sie das eigentlich? Hat das irgendwas mit Siena zu tun?«

»Nein. Ich wollte nur sehen, ob irgendwo Sam Paris, der Raffael oder sonstwas erwähnt wird. Ein sehr kunstsinniger Mann, dieser Perceval, und ein ausgezeichneter Beobachter der Londoner Szene. Nichts konnte passieren, ohne daß er es bemerkt und in seinem Tagebuch notiert hätte. Ein Raffael auf dem Markt oder ein Skandal um einen wäre hier sicher irgendwo vermerkt. Aber hier steht nichts, und das bestärkt mich in meiner Überzeugung, daß ich recht habe.«

»Erzählen Sie es mir? Oder werde ich genauso behandelt wie der General?«

Er nahm geistesabwesend ihre Hand und küßte sie, ließ sie aber wieder los, sobald er merkte, was er getan hatte. »Unsinn. Natürlich nicht. Nach dem Abendessen erfahren Sie alles.«

Nach dem Essen spazierten sie vergnügt durch die Stadt, um die Verdauung etwas anzuregen. Flavia zeigte Argyll ihre Lieblingsplätze und -gebäude. Sie besuchten das alte Getto und betrachteten liebevoll die heruntergekommenen Häuser, Ruinen aus der Kaiserzeit und stille, wunderschöne Piazzas, die plötzlich auftauchen, wenn man um eine völlig unscheinbare Ecke biegt. Argyll hielt einen improvisierten Vortrag über die Schönheiten des Palazzo Farnese. Flavia war nicht ganz überzeugt, aber ihr gefiel der Eifer, mit dem er sprach. Sie revanchierte sich, indem sie die Erinnerungen aus ihren Universitätstagen zusammenkratzte und die großen Medaillons am nahegelegenen Palazzo Spada identifizierte.

»Das kann ich auch«, sagte Argyll. »Kommen Sie.« Er nahm sie bei der Hand und führte sie auf die andere Seite der Piazza Farnese, dann die Via Giulia entlang und schließlich links in eine Seitenstraße. Er deutete auf ein Emblem über dem großen Holztor, das den dahinterliegenden Hof vor neugierigen Augen verbarg. »Da. Zwei verschlungene Pelikane unter einer Krone und dem Symbol einer Burg. Wem gehört das?«

Flavia biß sich auf die Lippen. »Keine Ahnung. Wem?«

»Es ist das Symbol der di Parmas. Das war ihr römischer Palast.«

Sie grinste. »Da hat also alles angefangen. Ich wußte, daß der Palast hier irgendwo in der Gegend ist, bin aber nie dazu gekommen, ihn mir anzusehen. Was ist jetzt da drin?«

»Normale Wohnungen, könnte ich mir vorstellen. Sieht ziemlich heruntergekommen aus. Das wichtigeste ist aber, daß Mantini hier gewohnt hat, denn das erklärt, warum er den Auftrag überhaupt bekommen hat.« Argyll zeigte auf eine Tür wenige Meter entfernt auf der anderen Straßenseite.

»Was das Bild angeht«, fuhr er fort. »Die di Parmas hatten es nicht, die Clomortons nicht und auch der Händler Sam Paris nicht. Mantini blieb als einziger der Beteiligten übrig. Ein Motiv hatte er durchaus, er war nämlich immer knapp bei Kasse. Vielleich war aber auch seine Liebe zu dem Bild entscheidend, oder er wollte einfach nicht, daß es Italien verließ und von einem Trottel wie Clomorton gekauft wurde. Also übermalt er den Raffael und macht dann eine Kopie von dem Bild, die er dem Händler gibt. Das Original behält er selbst. Allerdings konnte er den Raffael nicht wieder freilegen, da er praktisch direkt neben den di Parmas wohnte, die sich darüber vielleicht aufgeregt hätten. Aber wenn er das Bild nur um des Bildes willen und nicht wegen des Geldes wollte, hatte er auch keine Eile. Es konnte so bleiben, wie es war, bis er sich in seine Heimatstadt oder sonstwohin zurückzog. Aber genau das schaffte er nicht mehr. 1727 hatte er einen Schlaganfall und starb mit zweiundfünfzig Jahren. Ist vollkommen gesund und fällt eines Nachmittags mitten auf der Straße tot um. Keine Zeit für eine Beichte am Totenbett oder geheime Instruktionen wegen des Bilds, verstehen Sie? Seine Tochter erbt sein kleines Vermögen und die verbliebenen Bilder. Sie kehrt in den Heimatort ihres Vaters zurück, wo sie einen Silberschmied heiratet.«

»Siena.«

»Exakt. Und weil Silberschmiede damals in hohem Ansehen standen, kam er in den Stadtrat und starb 1782 als reicher und geachteter Mann. Er hinterläßt der Stadt zwei Bilder. Das eine natürlich ein Porträt von ihm selbst, und das andere eine Erinnerung an diesen großen sienesischen Maler, seinen eigenen Schwiegervater, den unübertrefflichen Mantini.«

»Sehr gut. Aber woher wissen Sie, daß es das richtige Bild ist?«

»Weil es das sein muß. Eliminierungsprozesse. Es ist eine Ruine, was zu den vorliegenden Indizien paßt, und es ist das einzige Bild, das überhaupt den Raffael überdecken könnte.«

Das war der Schwachpunkt seines ansonsten überzeugenden Arguments, genau die Stelle, auf der sein Professor herumgeritten wäre, hätte er zugehört. Aber er war nicht dabei, und Flavia sagte nichts, deshalb redete er einfach weiter. »Ich habe die Arbeit eines Monats in eineinhalb Tagen geschafft. Mit 'ner ganzen Menge Abkürzungen, das muß ich zugeben. Aber wenn kein anderer es hat, und das scheint nicht der Fall zu sein, ist das die einzige Möglichkeit. Ich hoffe, Sie sind stolz auf mich.«

Flavia klopfte ihm auf die Schulter. »Gut gemacht! Jetzt müssen wir nur noch hinfahren und nachsehen, ob Sie recht haben. Kommen Sie, lassen Sie uns nach Hause gehen.«

13

Um Punkt acht Uhr brachen Flavia und Argyll nach Siena auf. Argyll saß auf dem Beifahrersitz, und Flavia fuhr ihren alten, aber guterhaltenen Alpha Spider, wie eine Hexe ihren Besen reitet. Argyll bereiste Italien seit Jahren, er hatte alle wichtigen Sehenswürdigkeiten schon mehrmals besucht, war ihrer aber nie müde geworden. Für eine kurze Zeit vergaß er seine Sorgen, genoß die Landschaft und versuchte, nicht auf den Fahrstil seiner Begleiterin zu achten.

Fast auf die Minute genau fünf Stunden später verließen sie die Autobahn, bezahlten die Maut und fuhren über die hügelige Landstraße durch Rapolano nach Siena. Die Fahrt hatten sie in einer Stimmung fröhlicher Zufriedenheit und schwungvollen Optimismus verbracht – Zufriedenheit bei Argyll, Optimismus bei Flavia. Schließlich sagte Argyll: »Und wie gehen wir die Sache jetzt an? Wir können ja kaum in den Palazzo spazieren, das Bild von der Wand nehmen und mit einem Messer darauf losgehen. Kuratoren mögen so was nicht. Es regt sie auf.«

»Keine Sorge. Das habe ich mir schon gestern abend überlegt. Wir gehen einfach hinein und schauen nach, ob es noch da ist, und statten ihm dann morgen einen offiziellen Besuch ab.«

Es gab eine leichte Verzögerung, als sie versuchten, zu ihrem Hotel zu gelangen. Sie waren schon zweimal – verkehrswidrig, da die Gegend für Autos gesperrt ist – an der Kathedrale vorbeigefahren, ehe Flavia rückwärts eine Einbahnstraße in Gegenrichtung hinunterfuhr und an deren Ende die Straße fand, die sie suchte.

Als provisorisches Hauptquartier hatte sie sich ein komfortables, elegantes und teures Hotel ausgesucht. Man servierte dort auch ein ausgezeichnetes Mittagessen, und Argyll nahm an, daß das für die Entscheidung den Ausschlag gegeben hatte. Sie tranken einen Aperitif, und Argyll lehnte sich zurück und sah durchs Fenster auf die toskanischen Hügel hinaus. »Wunderbar«, sagte er. »Die italienische Polizei versteht wirklich zu leben.«

Flavia zuckte die Achseln. »Das letzte, was der General zu mir sagte, war, wir sollten auf uns achtgeben.«

»Ich glaube kaum, daß er dabei so etwas im Sinn gehabt hat.«

Sie breitete in einer typisch italienischen Geste die Hände aus. »Wer weiß. Wenn wir dieses Bild finden, kräht kein Hahn danach. Außerdem wollte ich immer schon mal hier wohnen. Und meine Spesen in London waren nicht der Rede wert. Das gleiche ich jetzt ein bißchen aus. Ich habe übers Wochenende gebucht. Wir erledigen das mit dem Bild und spannen dann für ein paar Tage aus. Haben Sie etwas dagegen?«

»Beklage ich mich vielleicht? Heute vor einem Monat habe ich in London in einer Imbißbude gesessen und ein Käse-Pickles-Sandwich gegessen. Ich muß sagen, ich ziehe das hier vor, wie schwerwiegend die Konsequenzen eines Versagens auch sein mögen.«

»Haben Sie Angst davor?«

»Vor dem Versagen oder den Konsequenzen? Ja und nein.

Ich glaube, morgen haben Sie den Beweis, egal, was passiert. Tragen Sie übrigens eine Waffe?«

Flavia wunderte sich über die offensichtliche Zusammenhanglosigkeit und versuchte herauszufinden, welche gedanklichen Sprünge ihren Begleiter von dem einen Thema zum anderen gebracht hatten. »Nein«, sagte sie schließlich und gab es auf. »Sie wissen doch, ich bin nicht bei der Polizei. Nur eine Zivilistin. Warum fragen Sie?«

Er schüttelte den Kopf und lächelte sie beruhigend an. »Kein besonderer Grund. Einfach so. Das Bild hat ja bis jetzt nicht gerade Glück gebracht.«

Um ein angenehmeres Thema anzuschneiden, bemerkte Flavia, daß sie mehr als genug Zeit für ein Mittagessen hätten und sie persönlich auch dringend eines brauche. Danach besuchten sie entspannt und ohne Hast die Kirche des Viertels und spazierten dann gemächlich ins Zentrum. Der Anstieg auf den Hügel war für Argyll etwas ermüdend, da er seit Monaten nichts mehr für seinen Körper getan hatte, und er verdarb sich selber den Spaß an dem Spaziergang, weil er versuchte, nicht zu sehr außer Atem zu wirken. Flavia schien die Steigung überhaupt nichts auszumachen.

Nach einer kurzen Pause, in der Flavia einige Einkäufe erledigte, erreichten sie gegen vier den Campo. Wie sie in einer solchen Situation noch an Einkaufen denken konnte, überstieg seinen Horizont, aber er schrieb es kulturellen Unterschieden zu. Gewisse Leute tun komische Sachen, um Spannungen abzubauen, und er merkte, daß sie beide, trotz des lockeren Beginns, jetzt langsam nervös wurden.

Viel Zeit, die Szenerie zu genießen, blieb den beiden ohnehin nicht. Flavia führte Argyll schnell zum Eingang des Palasts, zahlte zweitausendfünfhundert Lire Eintritt und vergeudete ein paar Minuten damit, sich bei dem Kartenverkäufer über den schändlich hohen Preis zu beschweren. Nach diesem Vorspiel durchquerten sie den Hof und fingen an, Schaulustige zu spielen. Ihr Timing war ausgezeichnet. Die meisten italienischen Museen lassen fünfundzwanzig Minuten vor Torschluß keine Besucher mehr ein. Sie hatten ihre Karten so gekauft, daß ihnen noch fünf Minuten Spielraum blieb.

Im unteren Saal mit den großartigen Fresken Sodomas trennten sie sich, Flavia untersuchte Türen und Fenster, Argyll machte sich auf die Suche nach dem Mantini. Eine unangenehme Überraschung erwartete ihn, als er den oberen Ausstellungsraum erreichte. Nach der Abbildung in seinem Führer aus dem Jahr 1975 sollte das Bild in einer dunklen Ecke im hinteren Teil des Raums hängen, über einer Glasvitrine mit verschiedenen Silberarbeiten der Renaissance und direkt links neben dem riesigen Porträt Vittorio Emanueles, dem Einiger Italiens, im heroischen Stil des neunzehnten Jahrhunderts.

Aber dort war es nicht. Statt dessen hing dort eine Gruppenansicht von Stadträten aus dem frühen zwanzigsten Jahrhundert, gemalt in dem degenerierten Porträtstil, der bewies, daß die besten Jahre der italienischen Malerei seit langem vorüber waren. Argyll rutschte das Herz in die Hose. Nach seiner so stolz zur Schau getragenen Zuversicht, daß sein Plan funktionieren würde, mußte er sich jetzt ein paar gute Erklärungen einfallen lassen. Flavia würde ziemlich daran zu schlucken haben. Er konnte sich ihren streng mißbilligenden Blick nur zu gut vorstellen und auch, wie ihre Meinung über ihn auf den Nullpunkt sinken würde, wenn er es ihr sagte.

Er ging zum Saalwächter, zog seinen Führer heraus und zeigte auf das Foto. »Sehen Sie dieses Bild? Wo ist es? Ich bin extra aus England gekommen, um es zu sehen, und jetzt ist es nicht da.«

Der Wächter sah ihn mitleidig an. »Sie sind extra aus England gekommen, um sich das da anzusehen? Lassen Sie mich Ihnen einen Rat geben. Gehen Sie nach unten in die Sala del Mappamondo. Die ist viel besser, eine der schönsten Sehenswürdigkeiten in ganz Siena.«

»Ich weiß das«, erwiderte Argyll pikiert, weil er das Gefühl hatte, daß man seine ästhetische Urteilskraft in Zweifel zog. »Aber ich will dieses Bild sehen. Wo hat man es hingebracht?«

Der Wächter zuckte die Achseln. »Woher soll ich das wissen? Ich arbeite hier erst seit ein paar Wochen. Ich weiß nur, was hier drin ist. Gehen Sie nach nebenan und fragen Sie Enrico.«

Argyll tat, wie ihm geheißen, und sah Enrico, einen Mann von mindestens sechzig, leblos auf einem Holzstuhl neben der Tür sitzen und die ein- und ausgehenden Touristen ohne jedes Interesse anstarren. Er sah nicht aus wie ein Mann, dem seine Arbeit großen Spaß machte. Argyll fragte ihn, ob er wisse, wo dieses Bild sei?

Enrico sah sich das Foto an. »Ach das. Das ist schon seit Jahren nicht mehr hier. Der Kurator meinte, es würde den Raum verschandeln. Man hat es abgenommen, als hier renoviert wurde. Er wollte hier drin nichts vor 1850.«

Argyll war verärgert. »Sie haben es abgenommen und diesen monströsen Vittorio Emanuele hängenlassen? Eine Schande ist das.«

»Das ist etwas anderes. Der ist nach 1850. Außerdem ist er so groß, daß er nirgendwo anders hinpaßt.« Der Wächter zuckte wieder die Achseln. Die Launen von Kuratoren waren offensichtlich kein Thema, für das er sich erwärmen konnte.

»Aber wo ist es jetzt?«

Der Wächter sah sich das Foto noch einmal an und runzelte dann die Stirn. »Turmzimmer«, sagte er. »Weiß auch nicht, warum plötzlich jeder so interessiert daran ist. Die ganzen Jahre hat sich kein Mensch darum gekümmert. Hören Sie, warum gehen Sie nicht hinunter und sehen sich die Sala del Mappamondo an? Sie ist eine der schönsten...«

»Jeder? Was meinen Sie damit? Hat schon jemand anders danach gefragt?« Argyll unterbrach erschrocken die Lobeshymne.

»Vor ungefähr einer Stunde. Ein Mann kam rein und stellte die gleiche Frage wie Sie. Hab' ihn ebenfalls ins Turmzimmer geschickt.«

»Wer war das?«

»Glauben Sie vielleicht, ich kenne jeden Besucher, der hier reinkommt, beim Vornamen? Woher soll ich denn das wissen?« Der Wächter drehte sich um, keifte einige Deutsche im anderen Teil des Saals an und ging dann weg. Sie taten zwar nichts Verbotenes, aber wie viele andere italienische Museumswächter schien er Deutsche nicht sonderlich zu mögen. Außerdem konnte er damit eine Unterhaltung beenden, die er ganz offensichtlich langweilig fand.

Mein Gott, warum hat er mir das nicht gleich gesagt, dachte Argyll, als er verzweifelt die beiden steinernen Wendeltreppen ins Turmzimmer hochraste. Es war hoch oben und der letzte Raum auf dem Weg zu dem großartigen Campanile, der den Campo und ganz Siena dominiert. Atemlos erreichte er das kleine Zimmer, das vollgestopft war mit verblichenen, schmutzigen Drucken und einem Gewirr von Bildern. Ein kleiner Tisch mit Holzintarsien stand in der Mitte. Offensichtlich lagerte das Museum hier die Bilder, von denen man glaubte, daß niemand sie sehen wolle. Auf dem Weg zur Plattform hundert Meter über dem Platz gingen die meisten Leute hier vermutlich einfach durch.

Seine Angst ließ ein wenig nach. Wenigstens war es noch da. Noch war ihm niemand zuvorgekommen. Dort in einer Ecke hing, umgeben von verglasten alten Karten von Siena, ein unbestritten echtes Stück aus dem Œuvre von Carlo Mantini. Es war eine Landschaft, was Argyll ein leichtes Unbehagen bereitete. Das Übliche: Ein Bach im Mittelgrund und ein paar Farbtupfer, die Bauern mit ihren Schafen oder Ziegen darstellen sollten. Er persönlich hätte das Bild eigentlich nicht als Landschaft mit Ruinen bezeichnet. Doch auf einem kleinen Hügel am rechten Rand stand eine Schloßruine, und die richtete seine schwindende Zuversicht wieder ein wenig auf. Der Himmel war klar und ohne den ganzen Schmutz darauf vermutlich hellblau. Alle Himmel Mantinis waren hellblau. Er hatte sie nicht anders malen können.

Argyll starrte das Bild ehrfürchtig an. Da war es also. Was für ein wunderbares Stück. Was für ein Juwel. Was für ein Meisterwerk. Es sah zwar etwas kleiner aus, als es sein sollte, aber das konnte auch am Rahmen liegen. Schade, daß man es ein wenig würde beschädigen müssen, aber er war sicher, daß Mantini nichts dagegen hätte, wenn er wüßte, was es für die Karriere seines Biographen bedeutete. Außerdem würde es berühmt werden, wenn alles gutging.

Er war immer noch in die Betrachtung vertieft, als mit ohrenbetäubendem Lärm eine Glocke losschellte. »Oh Gott, bitte kein Feuer«, war seine erste Reaktion. Dann kam ihm der Gedanke, daß es warscheinlich nur das Signal war, das das Ende der Besuchszeit ankündigte. Er lief die Treppe hinunter, was ihm viel leichter fiel als das Hinauflaufen, und suchte Flavia. Sie stand im Ratssaal.

»Wo waren Sie denn die ganze Zeit? Ich stehe hier schon Stunden herum.«

»Unsinn. Wir sind doch erst vor zwanzig Minuten angekommen. Ich habe das Bild gesucht. Sie haben es nach oben gebracht. Aber hören Sie, er ist hier. Er ist uns gefolgt. Der Wärter hat mir gesagt, daß jemand nach dem Bild gefragt hat. Was sollen wir jetzt tun?«

Sie reagierte mit Bestürzung auf seinen eindringlichen Ton. »Wer ist hier?«

»Byrnes.«

»Aber das Bild ist noch unberührt?« Er nickte. »Gut.« Sie ging in kleinen Kreisen herum und rieb sich nachdenklich das Kinn. »Wir haben keine andere Wahl«, sagte sie nach einigen Augenblicken entschlossen. »Wir müssen uns sofort an die Arbeit machen. Es ist zu riskant, das Museum jetzt zu verlassen und bis morgen zu warten. Kommen Sie.«

Sie setzte sich in Bewegung.

»Wo wollen Sie hin?« rief er ihr nach.

»Keine Angst. Nur auf die Toilette.«

Argylls Bein war schon lange gefühllos. Er bewegte sich unbeholfen, um in eine etwas bequemere Lage zu kommen. »Ist Ihnen denn nichts Besseres eingefallen?« fragte er gereizt.

Flavia saß auf seinen Knien. »Seien Sie still. Ich halte es für das beste Versteck. Sie haben hier bereits nachgesehen und kommen also nicht mehr zurück. Jetzt müssen wir nur noch zwei oder drei Stunden stillhalten.«

»Drei Stunden? Wir sitzen doch hier schon Tage. Für Sie ist's ja ganz in Ordnung. Sie können auf meinem warmen, bequemen Knie sitzen. Aber ich klebe auf diesem verdammten Toilettensitz. Und wenn Sie es mir gleich gesagt hätten, hätte ich mittags mehr gegessen. Ich bin schon am Verhungern.«

»Hören Sie auf zu jammern. Wenn Sie schon die ganze Zeit so geheimnisvoll tun, warum darf ich es dann nicht auch mal? Außerdem habe ich Ihnen gesagt, Sie sollen anständig essen. Hier, das habe ich für Sie gekauft.«

Sie griff nach ihrer Handtasche, die neben der Toilettenschüssel stand, und holte einen Schokoriegel heraus.

»Warum sind Sie so sicher, daß der Alarm nicht losgeht? Wir machen uns sehr unbeliebt, wenn wir verhaftet werden. Wäre es nicht einfacher gewesen, wenn Sie Ihren Ausweis gezückt und um Erlaubnis zur Untersuchung gebeten hätten?«

»Damit es innerhalb von Stunden die ganze Welt weiß? Sie wissen genausogut wie ich, daß die Leute aus der Kunstwelt ihren Mund nicht halten können. Außerdem, wenn wir warten, ist es morgen vielleicht nicht mehr da. Aber wir werden sowieso nicht erwischt. Die Wärter machen nur noch einmal ihre Runde, ich hab' mir den Dienstplan am Eingang angesehen. Und Alarmanlagen gibt es nur an den Ein- und Ausgängen. Die sind wahrscheinlich überzeugt, daß jeder Räuber versuchen wird zu verschwinden. Aber wir wollen das ja nicht. Wir untersuchen einfach das Bild, warten dann bis morgen früh, verlassen das Museum mit den ersten Besuchern, rufen Bottando an, und damit hat sich's. Da nichts fehlen wird, wird auch niemand etwas bemerken.«

»Wir müssen die ganze Nacht hierbleiben?« keifte er entsetzt. »In der Damentoilette? Warum nicht wenigstens bei den Herren?«

»Igitt. Was für ein abscheulicher Gedanke. Männer sind dreckige Schweine.«

Argyll knabberte mißmutig an seiner Schokolade. »Können wir diesen Mantini nicht einfach vergessen?« fragte er und hoffte, damit seinen Plan wieder auf Kurs zu bringen. »Ich meine, Byrnes ist hier, das reicht uns doch. Warum gehen wir nicht einfach ins Hotel zurück, rufen Bottando an, lassen Byrnes verhaften und kommen morgen früh zurück?«

»Warum glauben Sie, daß es Byrnes ist? Der Wärter konnte ihn doch nicht beschreiben.«

»Naja«, erwiderte Argyll unsicher. »Wer denn sonst? Ich meine, es leuchtet doch ein...«

»Überhaupt nicht. Wir wissen nur, daß jemand sich nach dem Bild erkundigt hat. Byrnes kommt dabei am wenigsten in Frage. Es ist unmöglich, daß er herausgefunden hat, wo wir sind.«

Argyll rutschte verlegen auf dem Toilettensitz hin und her, während sie redete. Sie sah ihn kritisch an, und ein unbehagliches Gefühl überkam sie.

»Jonathan, verdammt. Was haben Sie getan?«

»Ich habe mir nur gedacht, daß, naja... ich hab's ihm gesagt, das ist alles.«

Flavia erwiderte nichts, sondern lehnte nur ihre Stirn gegen die kühlen Fliesen der Kabine. »Aber warum denn?« fragte sie schwach, nachdem sie sich wieder erholt hatte.

»Ich hielt es für eine gute Idee«, erwiderte er lahm. »Wissen Sie, auch wenn wir das Bild gefunden hätten, hätte uns das bei der Suche nach dem Schuldigen keinen Schritt weitergebracht. Und da habe ich mir gedacht, wenn ich es Byrnes erzähle, muß der etwas unternehmen. Er jettet dann bestimmt sofort nach Siena, und die Polizei kann ihn verhaften, sobald er die Stadt betritt.« Er aß den letzten Rest Schokolade und merkte erst danach, daß er vergessen hatte, Flavia auch etwas anzubieten.

»Und Sie haben es nicht für nötig gehalten, mir etwas davon zu sagen? Ist es Ihnen vielleicht entfallen? Wie eine dieser Nebensächlichkeiten ohne Bedeutung, die Sie einfach vergessen? Sie Obertrottel.«

»Natürlich habe ich es nicht vergessen«, protestierte er, und seine Stimme wurde lauter, als er erkannte, daß sein Geniestreich nicht die Anerkennung erhielt, die er verdiente.

»Schreien Sie mich nicht so an.«

»Warum eigentlich nicht? Ich hab' jetzt langsam die Nase voll.« Viel schlimmer konnte es kaum mehr kommen, da konnte er genausogut jetzt gleich etwas Dampf ablassen. »Alles, was ich bis jetzt getan habe, haben Sie als Beweis meiner Schuld betrachtet. Sie sind unverschämt, unmöglich und viel zu schlau, als daß es Ihnen selber guttäte. Ich konnte Ihnen doch unmöglich sagen, was ich vorhatte. Sie hätten mich sofort eingesperrt. Und daß wir jetzt im Schlamassel stecken, ist nicht weniger Ihre Schuld als die meine. Wenn Sie nicht die ganze Zeit alles besser gewußt hätten, wenn Sie mir nur ein wenig mehr vertraut hätten, wäre ich auch etwas entgegenkommender gewesen. Und außerdem...«

»O nein. Sagen Sie es nicht. Ich will nicht, daß Sie das sagen. Und außerdem was?«

Argyll wand sich, so sehr sich ein Mann nur winden kann, der zwischen einem Toilettensitz und einem halboffiziellen Mitglied der italienischen Polizei eingeklemmt ist. Er hätte es nicht sagen sollen. Da hatte er seiner Entrüstung so wirkungsvoll Luft gemacht und jetzt alles verdorben.

»Und außerdem«, fuhr er widerwillig fort, »bin ich mir nicht hundertprozentig sicher, daß ich das richtige Bild gefunden habe. Ich glaube, daß ich es habe«, ergänzte er hastig, bevor sie etwas sagen konnte, »aber wie gesagt, ich habe ein paar Abkürzungen genommen.«

»Gott, steh mir bei«, sagte Flavia leise und zu niemandem im besonderen. »Wir sind hier im Museum und vielleicht auf dem Holzweg. Bottando schläft in Rom in seinem Bett und hat keine Ahnung davon. Wie es aussieht, haben Sie erfolgreich einen Mörder hierher gelockt, ohne sich um Schutz sowohl für uns beide wie für das Bild zu kümmern. Super. Eine tolle Leistung.«

»Ich werde Sie beschützen«, erwiderte Argyll galant und hoffte, damit seine Scharte auszuwetzen.

»Klasse. Vielen Dank, Mister. Da fühl' ich mich ja gleich viel besser.« Sie hätte in dieser Richtung weitergemacht, wenn ihr nicht dafür ihr Atem zu schade gewesen wäre.

Argyll war in mürrisches, beleidigtes Schweigen versunken und aß sich langsam durch den Inhalt von Flavias Handtasche. Sie hatte sich mit genug Proviant versorgt, um damit eine Belagerung zu überstehen. Er sehnte sich verzweifelt nach einer Zigarette.

Außerdem hatte Flavia offensichtlich die Lust am Gespräch verloren. Wie es aussah, konnte er wenig tun, um ihre zuvor so vielversprechende Beziehung zu kitten, bevor sie das Bild gesehen hatte. Danach wäre vielleicht alles vergessen und verziehen. Er hielt seinen Plan immer noch für gut und war ein bißchen verletzt, weil sie so böse darauf reagiert hatte. War sie vielleicht nur eifersüchtig, weil er darauf gekommen war?

Als sie dann schließlich meinte, es sei jetzt sicher und an der Zeit zu gehen, brauchte er etwa zehn Minuten, um sein Bein wieder zum Leben zu erwecken. Denn als er aufstand, gab es unter ihm nach, er fiel hin und stieß dabei einen großen Eimer mit einer Toilettenbürste um. Er schepperte über den Boden und der Krach hallte von den Wänden wider. Sie sahen zu, wie der Eimer langsam in eine Ecke rollte.

»Seien Sie um Himmels willen still«, schrie Flavia erschrocken.

»Sie machen genauso viel Lärm wie ich. Wenigstens brülle ich mir nicht die Lunge aus dem Leib«, fauchte er zurück.

»Ich will nicht, daß sie uns jetzt noch erwischen. Das wäre sehr peinlich.«

Er lächelte dünn, um ein wenig versöhnlich zu wirken. »Tut mir leid. Ich bin an solche Eskapaden nicht gewöhnt. So was lernt man nicht im Einführungskurs für Kunstgeschichtsdoktoranden.«

Sie starrte ihn böse an, noch war sie nicht so weit, ihm zu verzeihen. »Seien Sie einfach still, okay? Und jetzt gehen wir.«

Sie streckte den Kopf in den Korridor, verschwand dann durch die Tür und winkte ihn hinter sich her. Sie gingen in den Hauptsaal zurück und schlichen sich leise und vorsichtig zu der Tür, die zur Treppe führte. Flavia öffnete sie. Kein Alarm. Wenigstens diese eine Sorge war ausgeräumt.

Sobald sie das Obergeschoß erreicht hatten, schaltete Flavia eine Taschenlampe ein, die sie ebenfalls zuvor gekauft hatte. »Sagen Sie mir noch einmal, daß ich nicht an alles denke«, flüsterte sie ihm zu. Sie ging leichtfüßig und ohne jedes Geräusch. Argyll mit seinen gewohnten schweren, eisenbeschlagenen Stiefeln trottete klappernd hinter ihr her, obwohl er sich alle Mühe gab, leise zu sein. Hätte sie ihm ein Wort gesagt, daß sie Einbrecher spielen wollte, hätte er sich entsprechend angezogen.

Das Zimmer war noch genau so, wie er es sechs Stunden zuvor verlassen hatte. Flavia ging zu den schweren Holzläden vor den Fenstern, schloß sie und legte die Metallriegel vor. Dann schloß sie die Tür und schaltete das Licht ein.

»So. Ich sehe nicht ein, warum wir nicht zur Abwechslung mal sehen sollten, was wir tun. In der nächsten Stunde kommt kein Mensch hier 'rauf. Wie lang werden Sie brauchen?«

»Nicht lange«, erwiderte Argyll, während er behutsam das Bild vom Haken nahm und die dünne Staubschicht wegblies. »Ich muß zwar vorsichtig sein, aber ich glaube, es wird nicht länger als fünf Minuten dauern.«

Er hatte sich ein Buch über Restauration und Reinigung von Bildern aus der Bibliothek ausgeliehen und es während des Flugs gelesen. Im Prinzip war es ganz einfach. Man brauchte nur ein Lösungsmittel und ein Stück Stoff. Und dann rieb man, bis die richtige Menge Schmutz oder Farbe entfernt war.

Er zog die Werkzeuge, die er in dem Künstlerbedarfsladen in London gekauft hatte, aus der Tasche. Ein sehr kleines, aber sehr scharfes Messer, einen großen Ballen Watte und eine kleine Sprühdose. »Eine Mischung aus Säure und Alkohol. Der Mann im Laden meinte, das sei das Beste, was es gibt.« Er grinste sie an. »Ich denke an alles, wie Sie sehen.« Keine Antwort.

Wie so oft zeigte sich auch hier, daß die Praxis komplizierter ist als die Theorie. Argyll hatte sich fest vorgenommen, dem Bild möglichst wenig Schaden zuzufügen; schließlich war er kein Restaurator und hatte eingentlich keine Ahnung, was er tat. Deshalb konzentrierte er sich auf ein winziges Stückchen Leinwand in der linken unteren Ecke. Doch das hieß, daß er immer nur eine sehr geringe Menge Lösung aus der Dose spritzen durfte, weil sie sich sonst zu sehr verteilte.

Also kauerte er sich vor das Bild und sprühte und rubbelte, sprühte und rubbelte, wobei er immer nur winzige Mengen Schmutz, Firnis und Farbe ablöste. Es war harte Arbeit, die viel Konzentration erforderte. Sooft er mit der Watte über die Leinwand fuhr, hoffte er, endlich ein verräterisches Zeichen zu entdecken, das auf ein darunterliegendes Meisterwerk hindeutete.

»Wie läuft's? Sie sind jetzt schon fast zwanzig Minuten dran.« Flavia sprach leise, aber eindringlich. Sie lehnte an einem Tisch in einiger Entfernung, damit sie ihm nicht im Licht stand, und rieb sich die Arme. »Es ist eiskalt hier drin.«

Er rubbelte noch etwa fünf Minuten, und der Haufen schmutziger Wattebäusche wurde immer größer. Doch als er dann wieder mit einem neuen Bausch behutsam über die Farbe fuhr, hielt er plötzlich inne. Er starrte die Stelle an und wagte seinen Augen kaum zu trauen.

»Was ist los? Haben Sie es gefunden?« Sie redete aufgeregt und beugte sich vor, um besser sehen zu können.

»Farbe«, sagte er. »Da ist grüne Farbe darunter... Flavia, schalten Sie das Licht wieder an. Was soll denn das?«

Flavia hörte das Ende des Satzes nicht mehr. Plötzlich war es stockdunkel im Zimmer. Wären sie nicht beide so sehr auf das Bild konzentriert gewesen, hätten sie bemerkt, daß die Tür aufging. Aber das hatten sie nicht, und Flavia merkte erst, daß etwas nicht stimmte, als man ihr mit einem dicken Holzprügel auf den Kopf schlug. Sie stürzte stumm zu Boden, aus einem breiten Riß in ihrer Kopfhaut floß Blut.

Argyll horchte auf das Geräusch, sah sie fallen und eine dunkle Gestalt auf sich zukommen. »O mein Gott...«, begann er, hatte aber keine Zeit, den Satz zu beenden. Er war noch nie zuvor in den Bauch getreten worden, zumindest nicht so fest, und er hätte sich nie vorgestellt, daß es so weh tun konnte.

Die Luft blieb ihm weg, er klappte zusammen und hielt sich den Bauch, als könnte das die Schmerzen lindern. Er wurde vom Bild weggestoßen und fiel schwer auf den Boden. Später sollte er sich dann einreden, daß er nur leise gestöhnt hatte. In Wirklichkeit war sein Stöhnen um einiges lauter. Doch das bemerkte er nicht, er war viel zu sehr mit seinem Magen beschäftigt. Aber immerhin streckte er die Hand aus und berührte Flavia, voller Angst, was er entdecken würde.

»Wagen Sie es ja nicht und sterben Sie mir hier weg. Halten Sie durch oder ich bring' Sie um«, flüsterte er ihr ins Ohr. Er tastete nach ihrem Puls und fand ihn nicht. Aber den fand er ja auch bei sich selber nie. Er berührte ihren Kopf und strich ihr leicht über die Haare, und dabei spürte er schwachen Atem aus ihrem Mund und ihrer Nase kommen. Sie lebte also noch. Aber nicht mehr lange, wenn er nicht bald etwas unternahm. Und er ebensowenig. »Wie's aussieht, hat keiner von uns an alles gedacht«, sagte er traurig zu ihr.

So sehr er es auch versuchte, er konnte sich nicht bewegen. Er konnte nur zusehen, wie die dunkle Gestalt des Mannes, der ihm solche Schmerzen zugefügt hatte, ein kleines, offensichtlich sehr scharfes Messer aus der Tasche zog und geschickt und ohne Hektik das Bild aus dem Rahmen schnitt. Zumindest nahm Argyll an, daß er das tat, denn sehen konnte er nur das gelegentliche Aufblitzen von Metall. Der Anblick dieses Messers gefiel ihm gar nicht, denn es war offensichtlich ein sehr vielseitiges Instrument, das man für die unterschiedlichsten Zwecke benutzen konnte. Er hockte keuchend auf dem Boden, als der Mann die Leinwand zusammenrollte, sie in eine Kartonröhre steckte und die verschloß. Alles sehr methodisch und ohne jede Eile.

Danach nahm er das Messer wieder zur Hand. »O Gott«, dachte Argyll. »Jetzt ist es so weit.« Er schnellte aus seiner sitzenden Position hoch, warf sich dem Mann gegen die Brust und traf ihn dabei so glücklich, daß der das Gleichgewicht verlor. Die Aktion erschöpfte alle Energie- und Willensreserven, die er noch besaß. Genaugenommen sogar noch mehr. Männer mit Messern können das Beste aus einem herausholen.

Aber es war sofort klar, daß sein Bestes nicht gut genug war. Sein Gegner fiel zu Boden, doch Argyll hatte einfach nicht mehr die Kraft, das zu tun, was nötig gewesen wäre, nämlich dem Mann mit seinen schweren, eisenbeschlagenen Stiefeln auf dem Kopf herumzutrampeln. Statt dessen stand er einfach nur da, vor Schmerz noch immer zusammengekrümmt, und sah zu, wie sein Gegner zur Seite rollte, sich sein Messer schnappte und wieder auf ihn zukam.

Argyll blieb nur noch ein Ausweg, und den schlug er auch ein. In der Dunkelheit konnte er undeutlich erkennen, daß diese gräßliche Kreatur zwischen ihm und der Tür zur Treppe nach unten stand. Also stürzte er auf die andere Tür zu und begann, in den Turm hinaufzusteigen. Mehr konnte er nicht tun, um sein Versprechen, Flavia zu beschützen, zu erfüllen, dieses Versprechen, das sie so verächtlich abgetan hatte. Wenn er Glück hatte, folgte sein Angreifer ihm und gab Flavia damit die Chance, wieder zu Bewußtsein zu kommen und Alarm zu schlagen.

Ich hoffe wenigstens, daß er mir folgt, dachte er, während er keuchend und schnaubend die Treppe hochrannte. Aber was ist, wenn er Flavia zuerst etwas antut? Vielleicht hätte ich doch unten bleiben sollen.

Es war ein edler Gedanke, und die Tatsache, daß er ganz einfach undurchführbar war, nahm ihm nichts von seinem schlechten Gewissen. Zuerst wäre er getötet worden, und dann wäre Flavia an der Reihe gewesen. Was ja immer noch passieren kann, dachte Argyll.

Im Dunkeln lief er blind die Treppe hoch, er stolperte und verfehlte Stufen, rannte aber so schnell er konnte. Mit jedem Schritt wurde es mühsamer. Am Nachmittag hatte ihn schon der Spaziergang auf den Hügel außer Atem gebracht, und so wie er sich jetzt fühlte, brauchte der Mann hinter ihm sich gar nicht mehr die Mühe zu machen, ihm das Messer in den Rükken zu rammen. Das kam davon, wenn man in Bibliotheken herumsaß, anstatt zu joggen und Gewichte zu stemmen. Wenn er das überlebte, würde er sich eine Rudermaschine kaufen. Und wenn dann das nächste Mal irgendein großer, dunkler Fälscher versuchen würde, ihn mitten in der Nacht in einem sienesischen Turm zu erstechen, wäre er darauf vorbereitet. Wie der Wind würde er über die Treppen sausen.

Die Mischung aus Angst, Schmerz und Krämpfen verwirrte seine Gedanken. Einmal blieb er sogar stehen. Er machte sich dabei zwar fast in die Hosen vor Angst, aber er konnte einfach nicht mehr weiter. Über dem heiser keuchenden Geräusch seines Atems war das leise Tapsen von Schritten gerade noch zu hören. Offensichtlich hatte er einen Vorsprung, und sein Verfolger schien sich nicht zu beeilen. Aber warum sollte er auch, dachte Argyll in einem Anflug von Verzweiflung, entwischen kann ich ihm sowieso nicht. Ist er vielleicht genauso aus der Übung wie ich?

Die Vorstellung, daß sein Verfolger auf halber Treppe mit einem Herzinfarkt umkippte, heiterte ihn kurzfristig auf, doch das verging sehr schnell wieder, als er erkannte, daß es kaum wahrscheinlich war. Wer dieser Mann mit dem kräftigen Tritt auch war, Sir Edward Byrnes war es auf keinen Fall, denn der war ein älterer Herr, der sich unter keinen Umständen dazu herablassen würde, Leute in den Bauch zu treten. Daß er jemanden erstach, konnte Argyll sich ja noch vorstellen, aber dieses Herumschleichen mit Holzprügeln, Stiefeln und Messern paßte ganz und gar nicht zu seinem Stil.

Argyll stieg weiter die Treppe hoch. Es ging zwar nur langsam, aber er kam voran. Die offensichtliche Unausweichlichkeit des Todes bedeutet nicht, daß man nicht versucht, ihn so lange wie möglich hinauszuschieben. So kämpfte er sich verbissen bis zur Spitze hoch. Unter anderen Umständen hätte er den Ausblick genossen. Über die Brüstung gelehnt und halberstickt Luft in seine gequälten und protestierenden Lungen ziehend, sah er Siena unter sich ausgebreitet wie eine Stadt aus dem Märchen. Eine Mondsichel erhellte den Campo und die ihn umgebenden mittelalterlichen Gebäude. Sie beleuchtete die schwarzweißen Marmorstreifen des Kathedralenturms. Helle Lichter in Dutzenden von Fenstern zeigten, wo die Bewohner der Stadt noch wach waren, fernsahen, Wein tranken oder sich mit Freunden unterhielten. Eine leichte, warme und erfrischende Brise. Wunderschön, sicher und normal.

Aber Argyll war nicht in der Stimmung, über den Anblick oder seine unglückliche Lage nachzudenken. Ich könnte rufen, »Mörder« über die Dächer schreien, dachte er. Aber er tat es nicht. Kein Mensch würde rechtzeitig merken, wo es herkam. Und außerdem würde er in seinem augenblicklichen Zustand kaum mehr als ein schwaches Krächzen herausbringen.

Er drehte sich um, als er die Tür quietschen hörte. Der Mann stand still und bewegungslos da und schien sich sein weiteres Vorgehen zu überlegen. Als Argyll gesehen hatte, daß Flavia blutüberströmt zu Boden stürzte, war er zuerst wütend gewesen, und dann hatte ihn die Verzweiflung die Treppe hochgejagt. Jetzt waren all diese spontanen Reaktionen verschwunden, er hatte nur noch Angst.

Erstich mich, stoß mich über die Brüstung oder beides, dachte Argyll. Wer die Wahl hat, hat die Qual. Wahrscheinlich stößt er mich über die Brüstung. Sieht weniger eindeutig aus.

Er spürte einen Arm an seiner Kehle und wurde nach hinten gedrückt, bis er mit dem Kopf auf der Brüstungsmauer lag. Das Messer blitzte im Mondlicht. Er bekam keine Luft mehr. Er packte das Handgelenk unterhalb des Messers, aber das nützte nichts. Der geplante Widerstand war sinnlos, die spontane Reaktion viel effektiver: Aus einem Reflex heraus stieß er dem anderen das Knie schnell und heftig zwischen die Beine. Zu Argylls gelinder Überraschung löste sich der Griff an seiner Kehle, der Angreifer faßte sich an den verletzten Körperteil und stieß einen tiefen und sehr befriedigenden Schmerzensschrei aus.

Aber die Gnadenfrist war nur von kurzer Dauer. Sein Angreifer hatte noch immer das Messer in der Hand und war viel zu nahe. Argyll ballte die Faust und schlug ihn. Er hatte noch nie jemanden geschlagen, denn seine stille und sehr zurückgezogene Kindheit hatte er in einer Umgebung verbracht, die Zornausbrüche des Nachwuchses nicht tolerierte. Er hätte sich als Junge öfters prügeln sollen. Es war komisch, wie klein seine Faust sich anfühlte, und wie sehr die Knöchel schmerzten, als er seinen Gegner irgendwo in der Gegend des Kinns traf. Er schlug noch ein paar Mal ziellos zu und ließ es dann sein. Mehr konnte er nicht tun, und längerfristig war es sowieso sinnlos. Wenigstens schien sein Angreifer nach dem Kontakt mit Argylls Knie nicht mehr der Glücklichste zu sein. Beide hielten inne, standen schwer atmend da und starrten sich an, die Augen kaum einen halben Meter voneinander entfernt. In dem schwachen Licht sah Argyll zum ersten Mal deutlich das Gesicht, und einen Augenblick lang war er starr vor Überraschung und Entsetzen.

Dann kam die Hand mit dem Messer wieder hoch und Argyll griff in die Tasche nach seiner letzten Waffe. Schade, daß er nicht schon früher daran gedacht hatte. Er richtete die Sprühdose auf den Mann und drückte auf den Sprühkopf.

Ein Schmerzensschrei, und das Messer fiel klappernd auf

den Steinboden. Argyll war entsetzt. Er hatte überhaupt nicht nachgedacht, was er da eigentlich tat, hatte nur die Chance ergriffen in dem Augenblick, da er sie sah. Er wich zurück und starrte wie betäubt auf die Qual, die er eben verursacht hatte.

Während Argylls Angreifer noch versuchte, sich mit der einen Hand die Säure aus den Augen zu wischen, griff er mit der anderen in die Tasche seiner derben blauen Jacke.

O nein, nicht auch noch eine Pistole, dachte Argyll. Der Mann ist ja ein verdammtes Waffenarsenal auf zwei Beinen. Schon der Gedanke, sich auf einen neuen Schlagabtausch einzulassen und zu versuchen, ihn zu entwaffnen, war sinnlos. Dazu hatte er einfach nicht mehr die Kraft. Mit der Entschlossenheit, die nur aus der Verzweiflung ensteht, sprang er vor und warf sich mit jedem Quentchen Muskel- und Willenskraft, das er noch hatte, gegen den Mann.

Ohne einen Schrei oder irgendein anderes Geräusch verschwand Antonio Ferraro, der stellvertretende Direktor des Italienischen Nationalmuseums, über die Brüstung und stürzte hundert Meter tief auf den Campo.

14

Zwanzig Minuten oder vielleicht auch noch länger saß Argyll einfach nur da. Er war zu erschöpft und fühlte sich zu elend, um sich zu bewegen. Das Adrenalin in seinem Körper baute sich ab und ließ ein kaum noch funktionierendes Wrack zurück. Es war sehr still. Den Rücken gegen die Brüstungsmauer gelehnt, sah er, vorbei an dem hohen Glockenturm, der sich von der Plattform des Campanile erhob, hinauf zu den Sternen. Es war zwar nicht unbedingt der Situation angemessen, aber er war viel zu erschöpft, um etwas anderes zu tun. Flavia war schwer verletzt, wenn nicht mehr. Vielleicht lag sie sogar mit aufgeschlitzter Kehle da unten. Er hatte offensichtlich gerade jemanden getötet, der sich, bei seiner augenblicklichen Pechsträhne nur wahrscheinlich, als vollkommen unschuldig erweisen würde. Alles für dieses blöde, nutzlose Bild. Bei dem Gedanken wurde ihm schlecht. Es wäre besser gewesen, wenn er nie etwas von diesem verdammten Mantini gehört hätte.

Super. Ein toller Abend. Warum kannst du nicht wenigstens einmal etwas richtig machen? fragte er sich verbittert. Das kommt davon, wenn man immer so schlau sein will. Diesmal brauche ich mehr als nur eine gute Ausrede. Und die Polizei wird auch gleich hier sein.

Wie es aussah, war sie bereits hier. Er hörte, wie Autos mit Sirenengeheul auf den Campo fuhren und Befehle gerufen wurden. Schritte kamen die Treppe hoch. Na schön, dachte er mutlos, jetzt ist's also soweit.

Was anschließend passierte, interessierte ihn nicht sonderlich. Sein ganzer Körper schmerzte, und das schien vorrangig. Er starrte einfach weiter den Himmel an, als Leute durch die Tür traten und zu ihm kamen.

Der Strahl einer Taschenlampe blendete ihn. Er schloß die Augen und hörte General Bottando sagen: »Es ist Argyll. Er ist noch am Leben.«

Der Rest der Nacht verging wie im Nebel. Sobald Argyll erkannte, daß man ihn nicht sofort in die örtliche Arrestzelle sperren würde, machte er eine Szene und weigerte sich, einen Arzt in seine Nähe zu lassen, bevor man ihm nicht sagte, wie es Flavia gehe. Sie sagten, es gehe ihr gut, aber er weigerte sich, es zu glauben.

Schließlich mußten zwei Polizisten ihn nach unten tragen, damit er sich selbst überzeugen konnte. Es war schwierig, und sie fluchten heftig, als sie versuchten, ihm die Treppe hinunterzuhelfen, ohne ihn fallenzulassen. Doch was Argyll betraf, war es der Mühe wert. Flavia saß an der Wand, in eine Decke gehüllt, den Kopf dick einbandagiert. An der linken Schläfe war ein kleiner roter Punkt zu sehen. Sie war bei Bewußtsein, klagte über Kopfschmerzen und bat um etwas zu essen. Viel fehlte ihr offensichtlich nicht. Argyll war so erfreut, so erleichtert und so erschöpft, daß er nichts anderes tun konnte, als ihr die Hand zu streicheln und sie anzusehen. Bottando stand mit verschränkten Armen über ihnen und sah mißbilligend auf sie herab.

»General, was ist mit dem Bild, ist es in Sicherheit?« fragte Flavia schläfrig. Man hatte ihr ein Schlafmittel gegeben, das jetzt langsam Wirkung zeigte.

Der General nickte. »Ja«, sagte er. »Zwar aus dem Rahmen geschnitten und ein bißchen beschädigt, aber im großen und ganzen heil. Ein bißchen Arbeit, und es ist wieder ganz in Ordnung.«

Das schien sie zufriedenzustellen, und sie schlief ein. In diesem Augenblick hätte Argyll eigentlich etwas sagen sollen, aber er brachte die Energie dazu nicht auf. Das hatte alles Zeit bis morgen.

»Junger Mann, sie schläft fest. Wenn Sie jetzt ihre Hand loslassen und aufhören würden, sie anzustarren wie ein liebeskranker Ochse, könnten wir uns vielleicht um Ihren Arm kümmern.«

Argyll hatte es noch gar nicht bemerkt, aber anscheinend hatte er sich bei seiner Flucht über die Treppe den Arm an dem rauhen Stein aufgeschürft. Jetzt bemerkte er es, und es tat sofort scheußlich weh. Er streckte ihn aus, und der Arzt reinigte und verband ihn.

»Was ist da oben eigentlich passiert? Wie ist er da runtergefallen?« fragte Bottando.

»Ich habe ihn gestoßen. Aber es war eigentlich nicht meine Schuld.«

»Ja, ja, das wissen wir«, erwiderte Bottando ungeduldig. »Aber warum haben Sie ihn gestoßen?«

»Er hat Flavia angegriffen und ist dann hinter mir her. Er wollte eine Pistole aus der Tasche ziehen. In dem Augenblick fiel mir nichts anderes ein.«

»Ich verstehe. Und er ist einfach dagestanden und hat sich von Ihnen schubsen lassen?« Der Tonfall gefiel Argyll ganz und gar nicht. Besonders mitfühlend schien der General nicht zu sein.

»Ich glaube nicht, daß er mich kommen sah.« Argyll zog die kleine Sprühdose aus der Tasche. »Ich habe ihm das ins Gesicht gesprüht, während wir kämpften. Es ist eine Reinigungslösung für Bilder.«

»Aha. Das dürfte die Erklärung dafür sein. Ich kann mir

vorstellen, daß er sich die Augen auswischen wollte. Ihre Vorsicht kann ich ja durchaus verstehen, aber er zog keine Pistole.« Bottando sah ihn mit einem dünnen Lächeln an. »Er hatte gar keine. Ich fürchte, sie haben ihn von einem hundert Meter hohen Turm gestoßen, weil er ein Taschentuch herausholen wollte.«

Die Nachricht verwirrte ihn beträchtlich, aber nicht für lange. Auch er bekam ein Beruhigungsmittel, und während er langsam in den Schlaf driftete, dachte er, wie wunderbar Flavia doch war. Was eigentlich ein großherziger Gedanke war, wenn man bedachte, wie schlecht sie ihn behandelt hatte. So wie alle anderen auch. Eine grausame und ungerechte Welt, denn schließlich hatte er doch nichts anderes als helfen wollen.

Beide schliefen tief und fest, obwohl sie die meiste Zeit auf den Rücksitzen von zwei Polizeiautos verbrachten, die über die Autostrada nach Rom zurückbrausten. Sie wachten nicht einmal auf, als man sie aus den Autos hob und wie zwei Säcke Rüben in Flavias Wohnung trug.

Besorgt überwachte Bottando die Operation. Da Flavia nur ein Bett besaß, überlegte er sich kurz, was er mit Argyll machen sollte. Doch schließlich überwand er seine Vorurteile und ließ seine Männer den Engländer neben sie legen, wobei er hoffte, daß Flavia diese Notfallmaßnahme verstehen und am nächsten Morgen nicht zu sehr protestieren würde. Nachdem dies geschafft war, gab er einem Polizisten, der es sich eben in Flavias Sessel bequem machte, Anweisung, hierzubleiben, bis sie aufwachten, und sie dann so schnell wie möglich ins Büro zu bringen.

Flavia wachte als erste auf, doch die Betäubung wich nur so langsam von ihr, daß sie gar nicht merkte, daß sie wach wurde. Argyll lag zusammengekuschelt neben ihr, seine Hand ruhte auf ihrem Arm. Sie strich ihm geistesabwesend über die Haare und überlegte sich, wo sie das Aspirin hingestellt hatte.

Dann fiel es ihr wieder ein, und seine Nähe wurde ihr plötzlich lästig. Sie beendete die zärtliche Geste und versetzte ihm einen kräftigen Schlag auf den Arm. »Was machen Sie denn hier?« fragte sie.

»Heh. Vorsichtig. Der ist verletzt.« Er wachte schnell auf, schloß die Augen sofort wieder, öffnete sie dann ganz und sah sich um. »Das ist Ihr Bett, nicht?«

»Ja. Ich mach' uns Kaffee. Dann können wir uns überlegen, wie Sie da reingekommen sind.« Flavia krabbelte aus dem Bett und ging zur Tür hinaus. Einen Augenblick später war sie wieder zurück und schnappte sich ihren Bademantel. »Da draußen ist ein Polizist«, sagte sie. Bei ihrem zweiten Auftritt im Wohnzimmer nickte sie ihm grüßend zu und brachte ihn mit einer Handbewegung zum Schweigen, als er anfing, seine Anwesenheit zu erklären. »Nicht jetzt. Ich halt das noch nicht aus.«

Sie stützte sich schwer auf die Küchentheke und wartete, bis der Espresso im Kocher blubberte. Sie erinnerte sich nur undeutlich an die vergangene Nacht, aber es genügte ihr, um zu erkennen, daß sie kein reiner Erfolg gewesen war. Argyll hatte zwar das Bild gefunden, und das machte zum Teil den Schaden wieder wett, den er mit seinem reichlich bizarren Verhalten in London angerichtet hatte. Doch dann hatte er alles wieder verdorben, indem er jemanden vom Turm stieß. Eigentlich sollte sie ihm dankbar sein, aber trotzdem wäre es ihr lieber gewesen, wenn er es nicht getan hätte.

Als Argyll aus dem Schlafzimmer kam, war er offensichtlich auch nicht besserer Stimmung. Sein Arm schmerzte, sein Magen schmerzte, seine Lungen schmerzten, seine Beine schmerzten. Und auch er grübelte über seine Leistungen nach. All das Risiko, diese entsetzlichen Gefahren, und für was? Flavia könnte ebensogut mit einem Etikett am kleinen Zeh in einem Plastiksack stecken. Und er genauso. Nicht einmal Raffael, mochte er ein noch so guter Maler gewesen sein, war das wert. Zu überstürzt. Schnell, schnell, schnell. Das war schon immer sein Problem gewesen. Nicht genügend Liebe zum Detail.

So saßen sie in geteiltem Leid da, bis der Polizist, ein halber Junge, der erst seit kurzem bei der Truppe war und noch nicht recht wußte, was er unter solchen Umständen zu tun hatte, sich einmischte und seinen Anweisungen entsprechend versuchte, sie ins Büro zu bringen. Flavia schickte ihn kurzerhand alleine zurück mit der Nachricht, daß sie in einer Stunde nachkommen würden.

Die Stunde nutzten sie, um zu duschen, zu frühstücken und die Ereignisse der vergangenen Nacht durchzusprechen. Die Chance auf eine Verbesserung von Flavias Laune wurde dabei immer geringer. Schließlich stand sie auf, stellte das schmutzige Geschirr in den Ausguß und drehte sich dann zu Argyll um. »Ich glaube, wir können es nicht länger aufschieben. Also gehen wir besser und bringen es hinter uns.«

So langsam wie möglich gingen sie zum Revier. »Ich kann nicht sagen, daß ich mich darauf freue«, bemerkte Argyll.

»Weswegen machen Sie sich denn Sorgen? Sie kann er doch nur anschreien. Aber mich wird er feuern.« Sie hatte nicht ganz unrecht.

»Aber ich bin derjenige, der sein Stipendium verloren hat.« Natürlich hatte auch er nicht ganz unrecht.

Bottandos Begrüßung war dann allerdings eine angenehme Überraschung. »Herein, herein«, sagte er auf ihr zaghaftes Klopfen. »Schön, daß Sie so früh gekommen sind.« Es war kurz nach Mittag. Flavia wußte nicht genau, ob es ironisch gemeint war.

»Ich habe gestern nacht Schreckliches durchgestanden. Sie sollten mir nicht immer solche Sorgen machen. Können Sie sich vorstellen, wie es mich getroffen hätte, wenn Sie getötet worden wären? Ganz abgesehen von dem Problem, es dem Minister erklären und für Sie einen passenden Ersatz finden zu müssen.«

»Hören Sie, General, es tut mir leid...«

Er winkte ab. »Keine Entschuldigungen. Ich fühle mich auch so schon schlecht genug. So etwas passiert eben. Die Sache mit dem Turm ist natürlich schade, Argyll. Aber ich bin mir sicher, daß Sie keine andere Wahl hatten. Eine furchtbare Sauerei hat er gemacht. Ich bin allerdings ein bißchen überrascht, daß nicht Sie es waren, der da unten auf dem Campo klebte. Er war viel größer als Sie.«

Argyll gestand, daß ihn das nicht weniger überraschte.

»Na gut. Ich glaube nicht, daß es langfristig gesehen viel ausmacht. Wie geht es Ihnen beiden? Fühlen Sie sich schon besser?«

Flavia bejahte. Bottando schien in erstaunlich fröhlicher Laune zu sein. Aber er wußte ja auch noch nicht alles.

»Gut«, fuhr er fort, ohne auf die deprimierte Stimmung seiner Assistentin zu achten. »Freut mich, das zu hören. In diesem Fall können Sie mich zur Berichterstattung zum Direktor begleiten. Eine kurze Zusammenfassung habe ich ihm bereits gegeben, aber er will Einzelheiten hören. Ich fürchte, die Sache mit Ferraro hat ihn nicht gerade glücklich gemacht – die Sterblichkeitsrate im Museum ist in letzter Zeit ziemlich hoch. Aber das ist sein Problem.«

Argyll war unbehaglich zumute, als der General sie zu seinem offiziellen Polizeiauto führte und sie sich alle drei auf den Rücksitz zwängten. »Sind Sie sicher, daß Sie mich dabeihaben wollen? Ich kann mir nämlich nicht vorstellen, daß Tommaso mich mit offenen Armen empfängt...«

»Vermutlich nicht«, erwiderte Bottando. »Nein, bestimmt nicht. Immerhin sind Sie verantwortlich für alle seine Probleme. Wenn Sie nicht gleich zu Anfang die falschen Schlüsse gezogen hätten, wäre das alles nicht passiert. Aber keine Sorge, ich werde Sie beschützen.«

Während sie über den Corso zum Museum fuhren, verstummte die Unterhaltung langsam, nur Bottando murmelte noch leise: »Noch ein Raffael, dio mio! Eine tolle Leistung...«

»Vielen Dank...«, begann Argyll.

Bottando hob die Hand. »Bitte nicht. Feiern können wir später. Im Augenblick müssen wir den Gesamtzusammenhang im Auge behalten.«

Für den Rest der Fahrt durch die verstopften Straßen Roms schwieg er, doch an seinem Spiegelbild im Fenster sah Flavia, daß er hin und wieder lächelte, während er abwesend die Leute auf der Straße betrachtete. »General, was ist mit Ferraro?« fragte sie. »Ich meine, ich verstehe nicht, wie er es getan hat.«

Bottando tätschelte sie auf väterliche Art. »Ihr rennt zu viel herum und denkt zu wenig nach, das ist das Problem mit euch jungen Dingern. Ich erkläre es Ihnen, wenn wir beim Direktor sind.«

Vor dem Museum öffnete der Fahrer die hintere Tür, ließ sie aussteigen und salutierte, während sie die breiten Stufen zum Eingang hochgingen. Dann durchquerten sie schnell die Ausstellungsräume und stiegen die Treppe zum Büro des Direktors hoch.

»Ich fürchte, der Direktor kann Sie nicht empfangen. Er ist beschäftigt.«

Bottando setzte seine grimmigste Miene auf. »Unsinn«, fuhr er die Sekretärin barsch an. »Natürlich will er mich sehen.«

»Aber er ist in einer sehr wichtigen Besprechung...«, protestierte sie, als er an ihr vorbeistürmte und die Tür öffnete.

Sogar Argyll, der sonst kein besonderes Gespür für die feineren Nuancen zwischenmenschlicher Klimabedingungen hatte, merkte, daß die Stimmung in dem Raum nicht die fröhlichste war. Genaugenommen war sie ziemlich angespannt. Und das war eigentlich auch gar nicht überraschend, denn die einzigen Anwesenden, die schweigend vor dem kalten Kamin saßen, waren der Direktor, Enrico Spello und Sir Edward Byrnes.

»Meine Herren, guten Morgen. Es freut mich wirklich, Sie alle hier so glücklich zu sehen.« Bottando rieb sich die Hände, und seiner Fröhlichkeit konnte die alles andere als freundschaftliche Atmosphäre im Zimmer nicht das geringste anhaben. Mit übertriebener Förmlichkeit stellte er die einzelnen Parteien einander vor, obwohl sie sich alle schon kannten. Dann setzte er sich und strahlte die Versammlung an. »Nun, Direktor, es gibt viele Einzelheiten, die wir durchsprechen müssen. Erstens hat das Museum jetzt, wie Sie alle wissen, einen neuen Raffael, und wir können den ersten ganz offiziell als Fälschung bezeichnen.«

Tommaso nickte. »Wenigstens ein Trost. Alles andere ist ja wirklich schockierend. Ausgerechnet Ferraro.« Er schüttelte den Kopf, eine Geste, die eher bedauernd als wütend wirkte.

»In der Tat. Eine betrübliche Angelegenheit. Wie auch diese Amtshandlung, die ich jetzt vornehmen muß.«

»Und die wäre?« wollte Tommaso wissen.

Mit einem Bick in die Runde kramte Bottando in seiner Tasche und zog ein Blatt Papier heraus. »Es ist nur ein kleiner Haftbefehl«, begann er mit entschuldigendem Tonfall, doch es schien ihm großen Spaß zu machen. Er räusperte sich, um nicht zu stolpern, wenn er den juristischen Text vorlas. Bei diesen kleinen Zeremonien lag ihm immer sehr daran, daß alles seine Richtigkeit hatte.

»Cavaliere Marco di Tommaso, ich verhafte Sie unter der Anklage der arglistigen Täuschung des Staates, der Fälschung eines Kunstwerks, der Rechtsbeugung sowie der Steuerhinterziehung.«

15

Sie saßen in Bottandos Büro und tranken Kaffee. Byrnes und Spello hatten die einzigen bequemen Sessel besetzt, während Flavia und Argyll auf zwei Stahlrohrdingern saßen, die man extra für den Anlaß ins Zimmer gebracht hatte. Bottando saß an seinem Schreibtisch und strahlte eine selbstzufriedene Ruhe aus, Byrnes und Spello ließen sich äußerlich nichts anmerken, nur in den Gesichtern von Argyll und Flavia lag noch ein Ausdruck kaum zerstreuter Angst, in die sich nur langsam eine gewisse Erleichterung mischte.

»Also nein. Was für eine Geschichte. Der Ausdruck auf dem Gesicht des Direktors, als ich ihm den Haftbefehl vorlas, war ein kleines Vermögen wert. Ich hätte mir nie gedacht, daß jemand so viel plappern kann«, sagte Bottando mit einem glücklichen Lächeln auf dem Gesicht. »Hätt' nicht besser sein können. Besonders stolz bin ich ja, daß ich ihm bei seiner Einkommensteuer auf die Schliche gekommen bin. Ich freu' mich schon auf die morgigen Zeitungen. Ich glaube, ich nutze die Gelegenheit und verlange zwanzig Prozent mehr Gehalt und fünf zusätzliche Assistenten. Wahrscheinlich bekomme ich sie jetzt sogar.«

»Ich fand es ja ziemlich beängstigend«, bemerkte Argyll. »Ich vermute, daß Sie nur geblufft haben. Aber was hätten Sie getan, wenn er nicht sofort alles gestanden hätte? Dann hätten Sie ganz schön in der Tinte gesessen.«

»Gütiger Himmel, junger Mann, wofür halten Sie mich denn? Nur weil ich ein klein wenig Übergewicht habe und nicht mehr in ganz Europa herumrennen kann wie ein durchgegangenes Pferd, muß ich doch nicht gleich komplett senil sein, wissen Sie. Natürlich habe ich nicht geblufft. Aber ich wäre natürlich viel vorsichtiger gewesen, wenn Sie nicht auf so brillante Art und Weise das Bild gefunden hätten. Ohne das hätte ich rein gar nichts beweisen können.«

Er lächelte den bescheiden errötenden Engländer an.

»Es war offensichtlich, daß er es war. Aber Sie waren ja so damit beschäftigt, den armen Sir Edward hinter Gitter zu bringen, daß Sie die Beweislage überhaupt nicht beachtet haben. Während ich gelassen und unvoreingenommen in meinem Büro saß und alles deutlich vor Augen hatte.«

»Hat man Ihnen schon einmal gesagt, daß Sie richtig unausstehlich sind, wenn Sie den Cleveren spielen?« fragte Argyll.

»Ich weiß. Aber es kommt nicht oft vor, daß ich einen so erfolgreichen Tag habe. Bitte verzeihen Sie mir.«

»Sie wollten gerade erklären, warum es offensichtlich war.«

»Ja. Zuerst war da das Problem, wer schon vor Argylls unbeherrschtem Ausbruch hier nach seiner Verhaftung von dem Bild wußte. Sie hatten doch gesagt, daß Sie nur Ihren Professor informiert hätten und daß der ein Freisemester abgeschieden in der Toskana verbringe. Richtig? Und er teilte Ihnen in einem Brief mit, daß er Ihr Papier gelesen und der Universität empfohlen habe, Sie nicht zu relegieren. Er wohnte zu der Zeit bei einem Freund östlich von Montepulciano. Interessant, nicht?«

Flavia und Argyll lehnten sich zurück, verschränkten gleichzeitig die Arme und machten grimmige Gesichter.

»Na gut. Wie Sie sich erinnern werden, habe ich Ihnen gesagt – zumindest Flavia habe ich es gesagt –, daß Tommaso mich mit der Ankündigung überraschte, er wolle sich nächstes Jahr in die Toskana zurückziehen. Genauer in eine Villa bei Pienza. Waren Sie schon mal dort? Sie sollten wirklich hinfahren. Eine sehr hübsche Stadt. Eigentlich ein richtiges kleines Juwel. Und ganz leicht zu erreichen: Sie fahren bis nach Montepulciano, dann noch ein paar Kilometer Richtung Osten und Sie sind da.«

Bottando hob den Blick zur Decke, bevor er fortfuhr. »Es kam mir ziemlich unwahrscheinlich vor, daß zwei so herausragende Gestalten der Kunstwelt in Rufweite voneinander entfernt wohnen und sich nicht treffen. Ein kurzes Telefongespräch bestätigte das. Ihr Professor hat bei Tommaso gewohnt, als er Ihr Papier las. Das war also Hinweis Nummer eins. Tommaso hatte zumindest die Gelegenheit gehabt, so lange im voraus von dem Bild zu erfahren, daß er eine Fälschung anfertigen lassen konnte. Soweit das meine Ermittlungen ergaben, konnte Sir Edward unmöglich ebenfalls davon erfahren haben. Tommaso forscht nach und entdeckt, daß Sie sich geirrt haben. Aber er sieht sich auch die ganzen Hinweise an und erkennt, daß unter dem Mantini, obwohl da nichts ist, eigentlich etwas sein sollte. Sie haben das gleiche gesagt. Falls jemand unter dem Mantini nachsieht und etwas entdeckt, das wie ein Raffael aussieht, wäre der geneigt, ihn für echt zu halten.

Aber Tommaso ist kein Narr. Man kann nicht nur irgendeinen Schrott produzieren und erwarten, daß er akzeptiert wird. Er brauchte einen Experten. Und wer fällt ihm ein? Natürlich der gute alte Professor Morneau, der ihm alles über Malerei beigebracht hat, als er noch in Lyon studierte. Er hatte den Richtigen gefunden. Morneau war wirklich gut. Er kaufte dieses alte Bild und benutzte die anderen zum Üben. Dann löste er vom Mittelteil die Farbe ab und malte einen Raffael, so wie Sie ihn beschrieben haben. Darüber kam der falsche Mantini, Schmutz und künstliche Altersspuren, und schließlich vertauschte er die Bilder, als keiner hinsah. Abgang Morneau. Natürlich hatte ich Tommaso schon immer ein bißchen in Verdacht, aber ich konnte nicht ignorieren, daß Byrnes der wahrscheinlichste Nutznießer war und der Direktor bei jedem Vorfall ein wasserdichtes Alibi hatte. Flavias Ansicht, daß Byrnes vermutlich sein eigener Auftraggeber war, schien da am einleuchtendsten.

So richtig klar wurde mir die Sache erst, als Byrnes mich anrief. Der hatte ganz schön heiße Ohren bekommen, nachdem Argyll ihm gesagt hatte, wir wüßten inzwischen, daß das Bild eine Fälschung gewesen sei und daß er das Geld werde zurückzahlen müssen.« Er hielt inne und wandte sich an den Engländer. »Warum haben Sie das eigentlich getan?«

Flavia sah Argyll mißbilligend an, und er sah dümmlich zurück. »Wie ich Flavia schon gesagt habe, hielt ich es damals für eine gute Idee. Ich wollte, daß Sir Edward nach Siena stürmt, dort versucht, das Bild zu zerstören und dabei verhaftet wird. Ich glaube, ich muß mich bei Ihnen entschuldigen«, sagte er zu Byrnes, der es großzügig zur Kenntnis nahm.

»Eine sehr gute Idee«, entgegnete Bottando lobend, was sowohl Flavia wie Argyll überraschte. »Natürlich der falsche Mann, aber im Prinzip richtig. Wie Sie wissen, habe ich praktisch den gleichen Weg eingeschlagen. Und eigentlich war es gar nicht schlecht, daß Sie ihn besucht haben. Denn schließlich hat er mich darauf hingewiesen, daß Tommaso Morneaus Schüler gewesen ist. Bis zu diesem Punkt war Argyll der einzige, bei dem ich mir vorstellen konnte, daß er das Bild angezündet und Manzoni getötet hatte, und das bedeutete, daß auch Byrnes mit drinsteckte, da ich Argyll die Idee mit der Fälschung nicht zutraute.«

»Vielen Dank«, sagte Argyll.

»Nichts für ungut. Ich habe damit nur Ihre mangelnde Erfahrung gemeint. Aber Sie wären in der Lage gewesen, jemand zu töten. Ich konnte mir nicht vorstellen, daß einer dieser etwas übergewichtigen – bitte verzeihen Sie, meine Herren – Ästheten sich auf einen Kampf mit Manzoni einläßt. Ich steckte in einer Sackgasse.«

Bottando schraubte den Deckel von einer Flasche Mineralwasser ab, goß sich ein Glas ein und bot dann den anderen welches an. »Also. Byrnes erhält den Auftrag, kauft das Bild und nimmt es mit nach England, und damit ist der Betrug bereits in vollem Gange. Tommaso hatte natürlich auch zu Hause bereits Vorkehrungen getroffen, indem er dem Minister das Versprechen abschwatzte, das italienische Erbe auf jeden Fall fürs eigene Land zu retten, sollte sich die Gelegenheit dazu ergeben. Das Museum kauft das Bild, und Tommaso kann so die Tests zu dem Teil des Bilds dirigieren, von dem er weiß, daß er sie bestehen wird. Er ruft Byrnes an und gibt ihm die Anweisung, nur den linken Rand zu untersuchen. Leider hat seine Sekretärin dieses Gespräch mitgehört und es mir gestern vormittag erzählt, als ich in seinem Vorzimmer warten mußte. Das kommt davon, wenn man seine Besucher nicht sofort empfängt.

Dann fliegt Flavia nach England, und Argyll erzählt ihr von seiner Hypothese. Ich berichte dem Direktor von Argylls Verdacht, und er explodiert. Aber er unternimmt nichts. Erst als ich versuchte, mich um diese Party zu drücken, indem ich Tommaso erzählte, ich müsse auf der Suche nach ein paar Ikonen in die Schweiz, wurde das Bild zerstört. An diesem Punkt gleitet die Sache Tommaso aus den Händen.

Und da war auch noch ein anderes Kuriosum, das hervorragend ins Bild paßte, wenn man Tommaso als potentiellen Anstifter ins Auge faßte. Plötzlich schlägt er Ferraro als seinen Nachfolger vor und kündigt seinen Rücktritt an. Schon komisch, jemand, den man ganz offensichtlich nicht mag, einen solchen Gefallen zu tun. Ich vermute, Ferraro hat herausgefunden, was da vor sich ging, als er das Museum während Tommasos und Spellos Abwesenheit leitete. Der Direktor sagte mir, daß das für Ferraro den Ausschlag gegeben habe. Ich glaubte zuerst, das sei so, weil er gute Arbeit geleistet hatte, aber vermutlich war es so, weil Ferraro seitdem Tommaso in der Hand hatte.

Ferraro pokert weiter und sagt, er wisse, daß ich kurz davor bin, das Bild als Fälschung zu entlarven. Er nennt seine Bedingungen dafür, daß er das Problem aus der Welt schafft und nicht zur Polizei geht. Tommaso hat keine andere Wahl. Er stimmt zu, und Ferraro, ein viel skrupelloserer Mensch als er, macht sich an die Arbeit. Ferraro war in einer schwierigen Lage. Würde die Fälschung überleben und entdeckt, wären Tommasos Ruf und Ferraros Chance, Direktor zu werden, ruiniert. Würde aber das Bild zerstört und nicht als Fälschung entlarvt, wäre Tommasos Ruf wegen seiner Unfähigkeit, ein Meisterwerk zu beschützen, trotzdem ruiniert. Außer, natürlich, man kann die Schuld abwälzen. Ferraro war offensichtlich ein Mann, der vorausdachte. Deshalb dieses schnelle Auftauchen von Zeitungsartikeln über die Unfähigkeit des Sicherheitsausschusses. Plötzlich stand Spello als Verdächtiger im Rampenlicht, und ich wurde zum potentiellen Sündenbock. Aber sobald ich aufhörte, das nur als politisches Ränkespiel zu sehen, und es als Aspekt des Falls betrachtete, lichtete sich der Nebel ein wenig.

Ihre Absicherung hatte zwei entscheidende Schwachpunkte. Erstens mußte jemand entdecken, daß das Bild gefälscht war. Manzoni findet es heraus und erzählt es Ferraro, weil er hofft, damit seine Stellung im Museum zu sichern. Ferraro schlüpft heimlich aus seinem Büro, bringt ihn um, schleicht sich dann wieder zurück und verläßt das Museum erst spät abends, wobei er darauf achtet, daß der Portier ihn gehen sieht. Das letzte Detail war dann die Zerstörung des Originals, und genau da hat er leider einen Fehler gemacht.

Jetzt, da wir alle wissen, was passiert ist, ist es natürlich leicht zu sehen, wo wir uns vertan haben. Wir gingen immer von der Annahme aus, daß hinter dem Anschlag auf das Bild und dem Mord an Manzoni dieselbe Person steckte wie hinter dem Betrug. Und da Tommaso für den Mord und die Zerstörung ein perfektes Alibi hatte, kam ich nicht darauf, daß er dafür verantwortlich war.«

Hier widersprach ihm Flavia. »Aber für den Zeitpunkt, als das Bild verbrannt wurde, hatte Ferraro doch ebenfalls ein Alibi. Das haben Sie mir selber gesagt.«

»Stimmt. Tommaso hat ihm ein Alibi gegeben, und die Amerikaner haben Tommaso ein Alibi gegeben. Was wir nicht hatten, war ein amerikanisches Alibi für Ferraro. Zumindest bis gestern, denn da rief ich sie noch einmal an, und sie sagten mir, Ferraro habe etwa nach der Hälfte der Besprechung das Büro des Direktors verlassen. Ich hätte natürlich selber darauf kommen müssen, weil ich ihn schon zehn Minuten, bevor Tommaso wieder auftauchte, auf der Party gesehen hatte.«

Er hielt einen Augenblick inne und nahm dann seinen Monolog wieder auf. »Aber eingefallen ist es mir erst vor zwei

Tagen. Ich bin ein bißchen langsam. Nachdem Byrnes angerufen hatte und das Bild sich allmählich zusammenfügte, hatte ich einen entsetzlichen Tag. Ich wußte alles, hatte aber keinen Beweis. Also mußte ich eine riskante Entscheidung treffen. Sie beide fuhren nach Siena. Sollte ich es Ferraro sagen? Wenn nicht, hätten wir zwar einen Beweis für die Fälschung, aber keine Überführung des Anstifters oder des Mörders. Wenn ja, würde Ferraro unweigerlich dort auftauchen und versuchen, sämtliche Beweise ein für allemal zu vernichten. Und da das sowohl Sie beide als auch das Bild bedeuten konnte, war ich natürlich sehr nervös. Um ehrlich zu sein, ich hatte eine Heidenangst. Aber Sir Edward überzeugte mich, daß wir Sie schützen können, wenn wir nur genug Zivilbeamte nach Siena schicken. Im wesentlichen bin ich also nach dem gleichen Plan vorgegangen wie Argyll, nur mit einem anderen Ziel. Ich flog mit dem Hubschrauber hoch, um die Operation zu überwachen, schlug mein Hauptquartier in einem Hotel auf – natürlich bei weitem kein so luxuriöses wie das Ihre, aber ich bin ja nur ein einfacher Polizist –, und dann ging's los.

Wir hätten Sie auch wirklich beschützen können, wenn Ihnen nicht die blöde Idee mit der Toilette gekommen wäre. Die war zwar neu und ungewöhnlich, aber lächerlich. Wir waren überzeugt, daß Sie das Museum bereits verlassen und wir Sie verloren hatten. Allgemeine Panik. Wir verteilten uns und suchten die Straßen ab. Und natürlich alle Restaurants. Nichts. Ich war überzeugt, Sie mit durchgeschnittener Kehle in irgendeiner dunklen Gasse zu finden. Bei der Sorge um Sie wäre fast mein Magengeschwür wieder aufgebrochen. Wir haben Sie dann doch gefunden, aber erst, als Ferraro vom Turm fiel. Er landete nur ein paar Meter von dem Polizisten entfernt, der den Auftrag hatte, den Campo zu überwachen und auf verdächtiges Verhalten zu achten. Und da dem das verdächtig vorkam, benachrichtigte er mich.

Kein Mensch hatte bemerkt, daß Ferraro an die Hintertür klopfte, wo der Nachtportier sitzt, dem armen Mann eins über den Schädel zog und eindrang. Wir waren doch alle zu sehr mit der Suche nach Ihnen beschäftigt. Und damit sind wir am Ende der Geschichte angelangt. Ferraro ist Gott sei Dank für immer aus dem Weg, und Tommaso hinter Schloß und Riegel.«

»Was passiert jetzt?« fragte Argyll. »Wie lautet die Anklage gegen ihn?«

»Oh, so läuft das nicht. Zuerst einmal sitzt er in Vorbeugehaft. Damit er nicht nach Argentinien verduftet wie die anderen Gangster. Da bleibt er ungefähr, sagen wir mal, achtzehn Monate, bis der Staatsanwalt die Anklageschrift vorbereitet hat. Dann bekommt er ein gerechtes Verfahren und wird für schuldig befunden. Weiß Gott, warum das so lange dauert. Aber es wird ein hübscher Prozeß werden.«

Argyll hob zögernd die Hand, fast wie ein Schuljunge, der auf die Toilette will, aber er kam nicht zum Reden. Flavia war schneller.

»Ich verstehe nur nicht, warum er sich die ganze Mühe gemacht hat. Schließlich war er wohlhabend, hatte einen tollen Job und wurde von allen beneidet und bewundert. Warum dann so ein Ding abziehen?«

»Genau dieser Gedanke brachte mich überhaupt erst auf ihn. Im letzten halben Jahr hat mir jeder erzählt, wie reich dieser Mann ist. Aber als ich dann darüber nachdachte, fiel mir auf, daß ich zuvor noch nie etwas von seinem legendären Reichtum gehört hatte. Und für mich war Tommaso nicht der Mann, der so etwas für sich behält. Also nahm ich mir die Zeit und sah die Dossiers und meine alten Fälle durch. Eine höchst nützliche Übung. Dabei entdeckte ich, daß er, wie es oft der Fall ist, auf den Namen seiner Mutter getauft ist: Marco. Die Familie war in einen Finanzskandal verwickelt, den ich in meiner Jugend mit auflösen half; am Ende ging sie bankrott. Der junge Tommaso stürzte plötzlich aus immensem Reichtum in äußerste Armut, und das hat wahrscheinlich bei ihm Gier und Rachegelüste geweckt. Er hatte überhaupt kein Geld. Zumindest nicht bis zu dieser Geschichte. Erst dann machten Gerüchte über seinen Reichtum die Runde.«

Byrnes rührte sich in seinem Lehnsessel neben dem Kamin und sprach zum ersten Mal. »Da ist ja auch noch meine Rolle in dieser Geschichte«, begann er. »Ich kann mir vorstellen, daß er die Sache sowieso durchgezogen hätte, aber daß er dabei mich ins Netz locken konnte, machte seinen Triumph komplett. Er wußte, daß ich der Hauptverdächtige sein würde. Ich habe Ihnen doch von der Correggio-Affäre erzählt. Ich habe damals das Bild zurückgenommen, und das hat mich, glaube ich, um so verdächtiger gemacht. Aber ich habe es zurückgenommen, obwohl das gar nicht nötig gewesen wäre. Ich war nämlich von seiner Echtheit überzeugt. Ich stellte einige Nachforschungen an, bewies, daß es echt war, und konnte es anschließend für mehr Geld verkaufen, als Tommaso bezahlt hatte. Sein Rücktritt im Treviso hatte also keinen anderen Grund als die kritischen Bemerkungen und gewisse Zweifel von ein paar Kunstkennern. Das wurmte ihn natürlich, und ich kann es ihm auch gar nicht verdenken. Außerdem mochte er mich nicht, weil ich ihm schon zweimal einen Fehler nachgewiesen hatte. Und als sich ihm diese Gelegenheit bot, faßte er sie beim Schopf. Diesmal wollte er alle seine Kollegen lächerlich machen, die ihn verspottet hatten. Je länger der Betrug unentdeckt blieb, desto mehr Artikel und Bücher würden geschrieben, desto mehr Gelehrte würden eindeutig Stellung beziehen. Und schließlich, wahrscheinlich erst in seinem Testament, damit er das Geld nicht zurückzuzahlen brauchte, würde er alles enthüllen und sie dem Gespött preisgeben.

Doch dann tauchen diese neuen Hinweise auf, vor allem, weil Argyll erste Zweifel gesät hat, Morneau stirbt unerwartet, und Ferraro nimmt ihm die Sache aus der Hand. Was als intelligenter und gut ausgedachter Witz begonnen hat, wird plötzlich eine ganz gefährliche Geschichte. Wirklich schade. In gewisser Weise bedaure ich fast, daß er damit nicht durchgekommen ist. Andererseits haben wir jetzt wenigstens einen echten Raffael.«

Argyll schüttelte den Kopf. »Ähm, nun ja. Ich fürchte nicht. Ich wollte es Ihnen schon die ganze Zeit sagen. Ich glaube, ich habe schon wieder Mist gebaut...«

Eine Pause enstand, und dann war ein leises Stöhnen zu hören, als die anderen im Zimmer begriffen, was er eben gesagt hatte. Nur Flavia, die schon den ganzen Nachmittag auf diese Eröffnung gewartet hatte, war erleichert, daß er sich endlich dazu durchgerungen hatte.

»Wieder?« Bottando hob die Augenbrauen. »Zum zweiten Mal? Noch ein Fehler? Aber Flavia sagte doch, Sie hätten es gefunden. Sie haben zu ihr gesagt, da sei ein Bild darunter.«

Argyll lächelte verschämt. »›Farbe‹, nicht ›Bild‹. Und Farbe war ja auch da. Grüne. Hellgrüne Farbe. Nichts anderes habe ich ihr gesagt. Ich wollte ihr eben erklären, daß das ein schlechtes Zeichen ist, kein gutes, als sie den Schlag auf den Kopf bekam. Alle Maler benutzen eine stumpfe Farbe, um die Leinwand zu grundieren. Meistens eine Art Mattweiß. Aber Mantini benutzte Hellgrün. Und das wollte ich ihr sagen. Es war von vorn bis hinten ein echter Mantini. Es war überhaupt nichts darunter. Ich habe das falsche Bild erwischt.«

Einen Augenblick lang sahen ihn die anderen nur traurig an. Argyll kam sich vor wie ein Insekt.

»Das war aber wirklich sehr nachlässig von Ihnen.« Bottando seufzte schwer. »Ich bin zu Tommaso gegangen, weil ich überzeugt war, wir hätten den eindeutigen Beweis, daß das erste Bild eine Fälschung war. Überlegen Sie mal, was passiert wäre, wenn er einfach alles abgestritten hätte. Wir hätten ihm nichts anhaben können. Sie haben jetzt innerhalb eines Jahres zwei Raffaels entdeckt, die es gar nicht gibt. Das ist wahrscheinlich ein Rekord.«

»Ich weiß«, erwiderte Argyll traurig. »Und es tut mir ja auch furchtbar leid. Ich kann nur sagen, daß es eigentlich der richtige hätte sein müssen, genaugenommen sogar beide. Ich verstehe das wirklich nicht. Ich muß etwas übersehen haben. Vielleicht habe ich beim dritten Mal mehr Glück, was meinen Sie?«

»Nein. Bestimmt nicht. Vergessen Sie es. Auch wenn Sie einen Echten finden würden, würde Ihnen kein Mensch mehr glauben. Konzentrieren Sie sich lieber auf ihren Mantini, das verursacht wenigstens keinen Aufruhr. Und bitte seien Sie in Zukunft bei solchen Sachen etwas zurückhaltender.«

In den folgenden Monaten befolgte Argyll den Rat des Generals und machte gute Fortschritte in seinem Vorhaben, Carlo Mantini seinen ihm zustehenden Platz im Pantheon der Maler zu verschaffen. Sein plötzliches und außerordentliches Engagement entsprang jedoch keinem ausschließlich akademischen Interesse. Byrnes hatte Argyll zwar vergeben, daß er ihn des Mordes verdächtigt hatte, doch allmählich wollte er für sein Stipendium auch herzeigbare Resultate sehen. Außerdem hatte er durchblicken lassen, daß er für Argyll nach Beendigung der Dissertation möglicherweise einen Job in seiner römischen Galerie habe.

Mit der Aussicht auf einen Daueraufenthalt in Rom als Motivation schuftete Argyll in der Hertziana, der deutschen Kunstgeschichtsbibliothek am Ende der Spanischen Treppe. Umgeben von allen Büchern, die er brauchte, und mit dem nicht unbedeutenden Arbeitsanreiz hatte er auch kaum eine Ausrede, es nicht zu tun. Auch Flavia trieb ihn erbarmungslos an, wobei sie ihn immer wieder daran erinnerte, daß es doch nur zu seinem eigenen Vorteil sei. Im großen und ganzen stimmte er ihr zu, und so kaum es zu keinem Riß in der engen Freundschaft, die sich, trotz ihrer unterschiedlichen Charaktere, langsam entwickelte.

Seine Arbeit war nicht besonders interessant, aber auch nicht besonders anstrengend. Vormittags rang er sich ein paar Stunden ab, aß dann gemütlich im Presseclub zu Mittag, und ging anschließend nach Hause, um auf seine Schreibmaschine einzuhämmern. Es ging nur langsam und mühselig vorwärts, viele Stunden saß er nur da und starrte die Wand an, immer auf der Suche nach einer Inspiration, oder, wenn das schon nicht funktionierte, der Willenskraft, die er zum Weiterarbeiten brauchte. Gegenüber seinem Schreibtisch hatte er ein Foto des falschen Raffael aufgehängt. Von wem der auch stammen mochte, für Argyll war es immer noch ein wunderschönes Bild. Daneben heftete er die alte Kopie, die Morneau als Grundlage benutzt hatte. Die Schöne und die Bestie. Die Bilder erinnerten ihn an die ganze Affäre. Rückblickend betrachtet erschien sie ihm als recht interessante Episode.

Langsam machte er Fortschritte, doch im Hauptkapitel, in

dem er den Betrug behandeln wollte, blieb er stecken, denn er suchte verzweifelt nach einem neuen Aspekt. Außerdem hatte er zugesagt, bei einer Kunstgeschichtskonferenz im Januar ein Referat zu halten, und auch das verzögerte seine Arbeit, vor allem, da er nicht wußte, worüber er reden sollte. Aber er konnte jetzt nicht mehr absagen, auch wenn das bedeutete, daß er in der schlimmstmöglichen Jahreszeit nach England reisen mußte.

Diese Gedanken gingen Argyll durch den Kopf, als er in einer Verschnaufpause mit einer Zigarette in der Hand auf dem Bett lag und die Wand anstarrte. Vom Tippen bekommt man Kreuzweh. Er sah sich seine beiden Bilder wieder an. Die Kopie war wirklich furchtbar. Wie konnte man nur so auffälligen und plumpen Schmuck tragen, selbst im sechzehnten Jahrhundert? Und dazu noch so ein bizarres Design. Ein Ring in der Form von toten Vögeln.

Er ging in der Wohnung auf und ab und versuchte, seine Gedanken zu ordnen, während sich in seinem Kopf langsam eine Idee für sein Referat herauskristallisierte. Er würde zwar eine Menge Arbeit investieren müssen, aber das wäre kein Problem, wenn er sich erst einmal über die Grundzüge im klaren war.

Er war in Versuchung, seine Schreibmaschine für den Rest des Nachmittags zu verlassen und nach einem Spaziergang im herbstlichen Abendlicht Flavia zu besuchen, um ihr die Grundzüge zu erklären. Doch dann ließ er es sein. Flavia war ein geduldiges Mädchen, aber nicht gerade eine Heilige. Sie würde ihn nur kritisieren, weil er mit seiner Dissertation nicht vorankam. Außerdem arbeitete sie schwer, und er wollte sie nicht stören.

Also behielt er es für sich und arbeitete heimlich nebenbei an dieser Idee. Es war harte Arbeit, da er sich mühselig die überall verstreuten Informationen zusammensuchen mußte, doch allmählich hatte er so viel beisammen, daß er die Vorsicht, die er sich in letzter Zeit angewöhnt hatte, über Bord werfen konnte. Ende November fuhr er nach London, wo er Byrnes wegen des in Aussicht gestellten Jobs besuchte. Sein Wohltäter war höchst zuvorkommend. Eigentlich ein netter

Mann, wenn man ihn erst einmal näher kannte. Und sehr humorvoll. Außerdem grub Argyll Phil wieder aus und redete so lange auf ihn ein, bis der ihn zum Mittagessen mit seinem Vater im National Trust einlud. Aus dieser Begegnung folgte eine Einladung nach Yorkshire an einem eiskalten Dezemberwochenende. Anschließend kehrte er nach Rom zurück.

Flavia war erstaunt über sein Verhalten. Er hatte zwar mit der Arbeit an seiner Dissertation begonnen, aber sonderlich engagiert hatte er dabei nicht gewirkt. Doch jetzt, zur Vorbereitung des nur zwanzigminütigen Referats für die Konferenz, arbeitete er wie ein Besessener. Von früh morgens bis spät in die Nacht saß er da, schrieb, änderte und machte Fußnoten. Außerdem weigerte er sich, ihr zu zeigen, was er geschrieben hatte, obwohl sie ihm angeboten hatte, es durchzusehen. Bei der Konferenz könne sie es hören, sagte er zu ihr, falls sie kommen wolle.

16

Argyll war sehr nervös, denn er hatte noch nicht viele Referate gehalten, und vor allem nicht vor einem so großen Publikum. »Das sind ja mindestens zweihundert Leute hier, auch wenn ein paar gerade eine Teepause einlegen. Aber nach ein paar Absätzen von meinem Referat setzen die sich bestimmt auch wieder hin«, dachte er, während er zum Podium ging.

Er holte seine Aufzeichungen heraus, sah sich im Saal um und wartete, bis das Geplapper der Kunsthistoriker verstummt war. Was sein Vorgänger geboten hatte, konnte mit seinem Referat natürlich in keinster Weise mithalten. Der Truppe da unten stand der Schock ihres Lebens bevor. Argyll entdeckte seinen Wohnungsgenossen Rudolf Beckett, der mürrisch in einer der hinteren Reihen saß, und winkte ihm zu. Der arme Kerl hatte sich überreden lassen, zu der Konferenz mitzukommen, und bedauerte jetzt ganz offensichtlich diese für ihn untypische Freundschaftsgeste.

»In den vergangenen Monaten«, begann Argyll, »gab es,

sowohl in Fachzeitschriften wie in populäreren Blättern [höfliches Lachen], lebhafte Diskussionen über den Ankauf eines angeblichen Raffael durch den Fälscher Jean-Luc Morneau. Wie Sie alle wissen, wird der frühere Direktor des Museo Nazionale wegen seiner Verwicklung in die Affäre in Kürze vor Gericht erscheinen müssen. Ich werde mich allerdings mit diesem Aspekt der Angelegenheit nicht befassen, da ich weder mit der italienischen Rechtsprechung in Konflikt kommen noch Dottore Tommasos Chancen auf ein gerechtes Verfahren gefährden möchte.

Ich möchte heute statt dessen zurückkehren zum eigentlichen Ausgangspunkt dieser ganzen Kette von Ereignissen. Damit meine ich die Hinweise, daß tatsächlich ein Porträt Raffaels der Elisabetta di Laguna von Carlo Mantini übermalt wurde, um es am päpstlichen Zoll vorbei nach England schaffen zu können. Wegen der Publicity, die die Aufdeckung der Fälschung begleitete, rückte die Frage nach dem Original etwas an den Rand des Interesses, obwohl es doch zweifellos existierte. Ich möchte Ihnen heute demonstrieren, daß es Beweise gibt, die eine eindeutige Bestimmung des letzten Aufenthaltsorts des Bildes ermöglichen.«

Im Publikum entstand Bewegung. Die Hinterbänkler unterbrachen ihr Geplapper. Die Leute am Teewagen kehrten auf ihre Plätze zurück. Es stimmte zwar, daß Argyll die wissenschaftliche Strenge zugunsten der größtmöglichen Wirksamkeit etwas vernachlässigt hatte, aber das konnte kaum schiefgehen. Verglichen mit Referaten über »Manets Begriff des menschlichen Fortschritts« oder »Die Theorie des männlichen Blicks«, war seines wie Rock and Roll.

»Man ging immer davon aus, daß das Bild verschwunden ist, entweder weil es Italien nie verlassen hat, oder weil der Händler Sam Paris es zu irgendeinem Zeitpunkt beiseite geschafft hat.« Na, zumindest er hatte das angenommen. Aber die Verallgemeinerung schadete keinem.

»Wichtigstes Indiz dafür war die Tatsache, daß der Earl of Clomorton an einem Herzinfarkt starb, als das Bild in England eintraf. Man nahm an, daß für den notorischen Geizkragen die Erkenntnis, daß man ihn um über siebenhundert

Pfund betrogen hatte, einfach zu viel war. Ein Brief seiner Frau stellt diese Interpretation allerdings in Frage.«

Er las den Brief vor, den er Flavia in seiner Wohnung gezeigt hatte. »Dies beweist eindeutig, daß Clomorton in Yorkshire erwartet wurde und seit drei Wochen bei Samuel Paris in London war, wo er ›ungeduldig die letzte Lieferung‹ erwartete. Er starb eine Woche, nachdem dieser Brief geschrieben wurde. In einem anderen Brief scheint der Bruder der Witwe ihr zu versichern, daß es zu keinem unfreundlichen Gerede über den Betrug kommen werde.« Er las den Brief aus dem Zeitungsartikel vor, den er sich ausgeschnitten hatte. Das war zwar nicht gerade die wissenschaftlich sauberste Vorgehensweise, aber immerhin hatte er die Korrektheit der Abschrift überprüft. »Auch diese Lesart ist problematisch. Ich halte es für unwahrscheinlich, daß jemand, der einen Raffael besitzt, drei Wochen wartet, bis er ihn sich ansieht. Paris stand zur Verfügung, und er war nicht nur Händler, sondern auch Restaurator. Ist es denn nicht wahrscheinlicher, daß er sich an die Arbeit machte, gleich nachdem das Bild das Schiff verlassen hatte? Und wenn das der Fall ist, hätte man innerhalb von Stunden entdeckt, ob etwas unter dem Mantini steckte oder nicht.

An was ist der Earl also gestorben? Es ist nur schwer vorstellbar, daß ein Mann, wie geizig er auch sein mag, am Schock über einen Betrug stirbt volle drei Wochen, nachdem ihm dieser Schock zugefügt wurde. Außerdem wurde Clomorton in Yorkshire beerdigt. Er starb im Januar, dem Monat, in dem die Straßen Englands am unpassierbarsten waren. Und er starb an dem Tag, als seine Frau ihn zurückerwartete. Wenn sein Tod also von dem Schock verursacht wurde, den er ihm Atelier des Restaurators erhalten hatte, hätte sich seine Familie dann wirklich die Mühe gemacht, seine Leiche zu dieser Jahreszeit vierhundert Kilometer über Land zu karren? Kehren wir deshalb noch einmal zu Lady Arabella zurück.«

Hier las er die Auszüge aus dem Tagebuch des Viscount Perceval vor, die er auch Flavia schon vorgelesen hatte. »Vielleicht sollte man das in einem neuen Licht betrachten«, fuhr er fort. »Als Perceval die ›dunkelhaarige Schönheit‹ erwähnte, die Clomorton mit nach Yorkshire bringen wollte, meinte er damit nicht eine Mätresse, die er irgendwo aufgelesen hatte. Diese Formulierung könnte sich auch auf ein Porträt der Elisabetta di Laguna beziehen. Es war allerdings etwas ungeschickt von Clomorton, daß er diesen kleinen Witz gerade vor der Duchess of Albemarle machte, denn die verstand ihn falsch und schrieb sofort einen warnenden Brief an seine Frau. Die fürchtete natürlich, daß ihr Gatte seine alten Unarten wieder aufgenommen hatte, und war entrüstet über diese weitere Beleidigung ihrer Ehre. Sie war schließlich eine schrecklich jähzornige Frau, hatte sie doch ihren ersten Gatten in aller Öffentlichkeit geschlagen und fröhlich zugegeben, den zweiten bedroht zu haben.

Die Lösung könnte also folgendermaßen aussehen: Der Earl kommt mit seiner letzten Lieferung Bilder nach Hause und freut sich schon darauf, sie herzeigen zu dürfen. Aber er erhält nicht die Begrüßung, die er erwartet. Es kommt zu einem furchtbaren Streit. Lady A. läßt sich von ihrer Wut hinreißen und schlägt zu. Doch diesmal geht sie zu weit und tötet ihn. Und genau darauf bezieht sich der Bruder in seinem Brief. Nicht der Betrug sollte geheimgehalten werden, sondern der Mord. Man setzte das Gerücht in die Welt, der Earl sei an einem Herzanfall gestorben, und er wurde eilig und in aller Stille in der Familiengruft beigesetzt. Ich war anwesend, als die Gruft, inzwischen in der Verwaltung des National Trust, vor wenigen Wochen geöffnet wurde. Der Schädel des Earls war zertrümmert, ein Symptom, das sich nur schwer mit Herzversagen in Verbindung bringen läßt.«

Wieder grummelte es im Publikum, so als hätten sämtliche Anwesenden Verdauungsstörungen bekommen. Argyll hielt inne, bis es wieder ruhiger geworden war, und blinzelte Flavia zu, die in der ersten Reihe saß. Dann setzte er wieder eine ernste Miene auf, bevor er zum endgültigen Überraschungsschlag ansetzte.

»Also was nun? Lady Arabella hat bereits kundgetan, was sie von den Bildern ihres Gatten hält und was sie mit ihnen tun will. Nachahmungen und Fälschungen, die man am besten in dunklen Winkeln versteckt. Genau das ist passiert, und dort sind sie größtenteils immer noch. Die Bilder, die nicht verkauft wurden, bevor die Familie in den vierziger Jahren das Anwesen verließ, hängen noch immer an ihren alten Plätzen, in selten benutzten Schlafzimmern, in dunklen Gängen oder in den Kellergewölben.

Er hielt inne, um seine Sätze wirken zu lassen. Tagelang hatte er das schon geübt. »Nach den noch existierenden Inventarlisten hing Raffaels Porträt der Elisabetta di Laguna – gekauft vom Earl, übermalt von Mantini, und von Samuel Paris restauriert und in gutem Glauben abgeliefert – direkt vor dem Personaleingang zur Küche, ohne daß je jemand seinen wahren Wert erkannt hätte. Über zweihundert Jahre blieb es dort versteckt und wurde von Küchenschwaden geräuchert und mit Soße und Kaffee bekleckert. Als es 1947 bei Christies versteigert wurde, war es in einem schauderhaften Zustand.«

Argyll hatte einmal zugehört, wie ein Psychologe die Reden von erfolgreichen Politikern analysierte. Der Mann hatte erklärt, daß viele von ihnen, um eine erregte Atmosphäre zu schaffen, die Zuhörer zum Klatschen bringen; dann schreien sie die nächsten Zeilen der Rede über den Applaus hinweg und vermitteln so den Eindruck faszinierender Rhetorik. Seit Jahren wollte er das schon ausprobieren. Seine Bemerkung über die Soße hatte beträchtliche Unruhe verursacht, und so hob er die Stimme und sprach weiter.

»Von da an war das Aufspüren des Bildes reine Routinearbeit.«

Das Publikum beruhigte sich wieder, deshalb hielt er inne, trank einen Schluck Wasser und ließ sie warten. Von all seinen Entdeckungen des letzten Jahres – und er gab ohne Zögern zu, daß einige von ihnen peinlich unqualifiziert gewesen waren – war er auf diese eine am stolzesten. Sie hatte Beobachtungsgabe, Intuition und Phantasie verlangt, alles Eigenschaften, mit denen er für gewöhnlich nicht glänzte. Aber das bewies, daß er es konnte, wenn er es nur versuchte.

»Bei der Versteigerung im Jahr 1947 wurde das Bild von einem gewissen Robert MacWilliam, einem schottischen Arzt, gekauft. Er starb 1972, und das Bild wurde bei Parson's in Edinburgh für zweihundertundzwanzig Guineen verkauft, an keinen anderen als Sir Edward Byrnes.«

Gedämpftes Schweigen legte sich über das Publikum, und die Zuhörer fragten sich, welche schreckliche Enthüllung als nächstes folgen würde. »Als ich Sir Edward darüber informierte, war er sehr amüsiert. Anfangs glaubte ich, er würde sich totlachen. Als er sich dann wieder erholt hatte und sich das Bild in Erinnerung rief, erzählte er mir, ihm sei nie auch nur der Gedanke gekommen, daß es von besonderem Wert sein könnte. Er habe sich nicht einmal die Mühe gemacht, es reinigen zu lassen. Eines Tages sei jemand in seine Galerie gekommen, habe ihm einen Preis angeboten, der ihm einen kleinen Profit sicherte, und er habe akzeptiert. Nach einigem Suchen fand er die Unterlagen. Das Bild war von einem privatem Sammler gekauft worden, und es blieb in seiner Sammlung, bis auch er vor ein paar Jahren starb.

Jetzt kommen wir zum Höhepunkt, und ich muß mich entschuldigen, daß ich Sie so lange hingehalten habe. Diese Raffael-Affäre war ja für viele der Beteiligten äußerst peinlich. Vor allem die Techniker verstehen noch immer nicht, warum sie den Betrug nicht entdeckt haben. Raffael malte auf eine ganz bestimmte Art und Weise, und sie sind der Ansicht, sie hätten jede Unstimmigkeit bemerken müssen. Ich vermute, daß die meisten von Ihnen wissen, wie Jean-Luc Morneau bei dieser Fälschung vorging. Dazu benötigte er ein außerordentliches Geschick und Einfühlungsvermögen in den Maler, den er imitierte. Er benutzte Raffaels Maltechniken, Raffaels Farbenrezepte, Raffaels Stil.

Es fällt mir zwar äußerst schwer, Ihnen das zu sagen, aber er benutzte auch einen Raffael. Die Verkaufsunterlagen zeigen, daß das Porträt der Elisabetta di Laguna unter der Bezeichnung ›Porträt einer Dame, Kopie nach Fra Bartolommeo‹, für zweitausend belgische Francs verkauft wurde an Jean-Luc Morneau. Hier sehen Sie ein Foto des Bilds.«

Das Bild, das Argyll in einem römischen Restaurant zum ersten Mal gesehen hatte, erschien auf der Leinwand. »Der entscheidende Beweis ist die linke Hand«, fuhr Argyll fort und deutete mit einem kleinen Zeigestab auf die Stelle. »Wie

Sie sehen, befindet sich dort ein Ring.« Eine verschwommene Vergrößerung leuchtete auf. »Er hat die Form von zwei miteinander verschlungenen Pelikanen. Und das ist natürlich das Emblem der Familie di Parma. Elisabetta war die Geliebte des Marchese, und es war nichts Anstößiges daran, daß sie den Ring trug, um zu zeigen, zu wem sie gehörte. Die Liaison war schließlich alles andere als ein Geheimnis.

Man muß nur kurz die Fälschung und das Original vergleichen« – zwei Dias erschienen auf der Leinwand – »um die Ähnlichkeiten in den Hintergründen der beiden Bilder zu erkennen. Und genau aus diesem Grund konnten die Tests die Fälschung nicht nachweisen. Die Teile, die untersucht wurden, waren echt. Morneau brauchte eine authentische italienische Leinwand aus der entsprechenden Zeit und eine passable Hintergrundmalerei, um den Eindruck zu erwecken, es handle sich um einen echten Raffael. Wie es aussieht, hatte er besseres Rohmaterial, als er es sich je hätte vorstellen können. Er arbeitete sich, wahrscheinlich mit einer Säurelösung, durch den Schmutz von zwei Jahrhunderten, um die Leinwand für seine Arbeit zu präparieren. Ich kann mir nicht vorstellen, daß er dem Original, das unter dem Dreck steckte, je große Aufmerksamkeit schenkte. Schließlich wirkt es auf uns kaum wie die Darstellung einer großen Schönheit. Der Geschmack verändert sich. Und so wurde der Großteil von Raffaels Werk, ausgenommen nur dieses Fenster und Teile des Interieurs, in dem die Figur sich präsentiert, ganz einfach vernichtet, damit er seinen falschen Raffael darübermalen konnte. Wie Sie wissen, wurde dieser Rest, zusammen mit Morneaus Arbeit, bei dem Anschlag im Museum ebenfalls zerstört.«

Das Ergebnis war besser, als er erhofft hatte. Er hatte stürmischen Applaus erwartet, bewundernde Zurufe, Programmhefte, die in die Luft geworfen wurden. Nichts von all dem passierte, aber die Reaktion war dennoch viel befriedigender. Als er das verblüffte, stumme Staunen auf den Gesichtern der Zuhörer sah, faltete er seine Unterlagen zusammen und steckte sie in seine Tasche. Dann stieg er lärmend die Stufen vom Podium herunter, und das Klappern seiner eisenbeschlagenen Schuhe hallte durch den Saal. Flavia erwartete ihn und strahlte ihn entzückt an.

»Langsam, aber sicher. Was für ein schlaues Kerlchen du doch tatsächlich bist«, sagte sie. Und küßte ihn sanft – auf die Nase.

»Es gibt schon so etwas wie krimi-nationale Charakteristika. Was bei den Italienern auffällt, ist ein Hang zum Makabren; die Linie zieht sich von Scerbanenco über Cario Manzoni und Fruttero / Lucentini bis hin zu Paolo Levi. Vielleicht ist er der ironischste, der seine gradlinigen Geschichten mit allerhand Seitenhieben auf Politik und Bürokratie würzt.«

rororo-Thriller-Magazin

Paolo Levi
Auf dem Holzweg

Roman. Aus dem Italienischen von Maja Pflug.
179 Seiten. Serie Piper 5508

»Paolo Levi führt den Leser ebenso wie seine Kommissare gekonnt in die Irre. Dieser Kriminalroman ist spannend gebaut und pfiffig geschrieben.«

Frankfurter Allgemeine Zeitung

Bestechungsversuch

Kriminalroman. Aus dem Italienischen von Lea Rachwitz.
223 Seiten. Serie Piper 5563

Der Schatten der Schwester

Roman. Aus dem Italienischen von Christiane von Bechtolsheim.
152 Seiten. Serie Piper 5553

Du springst nur einmal

Roman. Aus dem Italienischen von Klaus Prost.
144 Seiten. Serie Piper 5527